朱鸿作品精读

在峡谷享受阳光

朱鸿 著

中国出版集团
東方出版中心

图书在版编目(CIP)数据

在峡谷享受阳光:朱鸿作品精读 / 朱鸿著. — 上海:东方出版中心, 2019.7(2025.10 重印)

ISBN 978-7-5473-1505-7

Ⅰ. ①在… Ⅱ. ①朱… Ⅲ. ①散文集—中国—当代 Ⅳ. ①I267

中国版本图书馆CIP数据核字(2019)第138481号

在峡谷享受阳光——朱鸿作品精读

出版发行:东方出版中心
地　　址:上海市仙霞路345号
电　　话:(021)62417400
邮政编码:200336
印　　刷:上海盛通时代印刷有限公司
开　　本:890mm × 1240mm　1/32
字　　数:254千字
印　　张:10
版　　次:2019年7月第1版　2025年10月第2次印刷
ISBN　978-7-5473-1505-7
定　　价:45.00元

目录

02 热爱山川河流

03

观察民俗文化

04

思考人生和社会

05 探究历史和历史人物

自序

无论如何，春风总是蕴含着暖意的。不仅如此，它拂窗而过，显然还带着花香、草涩、木朽及黄土的气息和天地之间一种生命萌动的喧哗。这些我嗅得见，也听得见。

在这样的日子里，我昼夜并用地检阅了自己的散文作品。它们有的刚刚发表，有的已经行世几十年了。

我难免慨叹，既有欣慰，也有惭怍，不过更多的是坚定和振奋。

我注意到自己的散文作品，无非是表达了对人情和人性的感受，对山川河流的热爱，对民俗文化的观察，对人生和社会的思考，对历史及历史人物的探究。我的目标是真诚、真相和真理，这或许有助于我的精神世界的清明和强健。

实际上我一点也没有达到自己的期许。不过我已经有了经验和教训，我知道应该怎么努力了。

高山仰止，不可懈怠。攀登虽苦，乐在其中。

感受人情和人性

01

导读

岁月含辛，月色明亮

散文取材广泛，笔法灵活，或绘山川，或叙琐事，或溯历史，或想未来，但无一例外，穿越时空，一草一木展现的是生命的呼吸，凡人琐事咏叹的是岁月的歌谣。本辑“感受人情和人性”所录散文是最能体现作家性格的文章，因为每篇文章都是作家亲历之记录，字里行间的思考都来自作家最本真的生活。

本辑散文触动人心者有三：

首先是行文质朴，足见一颗最真的灵魂。朱鸿先生以最质朴简洁的文字真诚地记录自己的青春、自己的求学、自己的家庭、自己的乡土。不溢美，不忸怩，不矫饰，不回避，态度真诚，情感真挚。于此，我们看到一个真诚地面对生命的灵魂，一个执着于生命、希望不负生命、希望此生有所建树且能创造价值的灵魂。在真诚度上，阅读朱鸿先生创作的一些篇章时，总不禁会想到卢梭的《忏悔录》。你看《伞下》，他回避又想看男女在一把伞下，他心慌着唤同桌到自己的伞下来，被拒绝时脑子的空白；回忆与自己同在一把伞下的陌生的姑娘，默默地站着的时光。《伞下》的生命体验，是多少人青春曾有的悸动。朱鸿先生说自己作品“目标是真诚、真相和真理”，期望有助于“精神世界的清明和强健”。他说“实际上我一点也没有达到自己的期许”，显然是自谦了。真诚、清明是显而易见的。你看《别难》中不违本心又怕伤害厚道姑娘的幽微情思。你看《路遥纪念》《苦难与智慧》中对自我的认知，对路遥、史铁生的敬重。不一而足，你看到的是一个纯真的不世故的灵魂。

其次是其文似心灵的山涧流淌出的涓涓溪流，清新宁静，表现出对善良的珍重，映射出一颗善良的灵魂。刘勰《文心雕龙·知音》中说：“夫缀文者，情动而辞发，观文者披文以入情。”世界的模样取决于你凝视它的目光。朱鸿先生以善良之眼观世，文字记录的都是人世间的善良，读其文可以让人心温暖、眼光柔和。都说而今人心不古、人心浮躁，宫斗戏、谍战戏等充斥荧屏、充斥文化市场值得反思。文化是“人化”，文化相对于“自然”，是人的主体性或本质力量的对象化；文化是“化人”，教化人，塑造人，熏陶人。人是文化的创造者，也是文化的创造物，通过文化的继承、传播和创造，促进人的社会化、文明化、个性化，从而塑造健全的人、完善的人。从这个角度讲，朱鸿先生的散文敬畏文化、记录善良、传播善良，善莫大焉。你看《忧郁的钱歌》中同学“都静静地等着他，而且要推迟归期，将他送走才离校”的善良。你看《善点燃了善》中刘路老师“声音是低沉的，道理并不高深，不过他的肺腑之言带着穿透人情世故的力，敲击着每一个学生的心。他的叮咛是滚烫的，旋即融化了学生梗塞于胸的块垒”的善良。……在这些善良中，我们分明感受到人性的高贵。而这份高贵，从来不拘于身份地位，这份高贵善良原来就在我们的身边，时时在我们的身边。朱鸿先生以他之文字开启世人蒙昧的眼，开启了读者的善良之旅、温暖之旅。

第三，本辑文字是一个时代的记录和记忆。朱鸿先生是20世纪60年代生人，经历了改革开放前陕西农村普遍存在的贫穷饥饿，有着农村孩子走出农家的那份坚毅和执着，有着改革开放后精神与物质碰撞中的彷徨与坚守，有着大西安发展中周边乡村拆迁故园不在的恓恓惶惶与失落痛苦。写的虽是他自己的故事，唤起的却是那个时代的中国人共同的记忆。《平凡的世界》为什么一直居于高校书籍借阅榜首，就是因为孙少平的故事是无数中国青年的故事。2019年4月10日晚，人类首张黑洞照片问世，照片在网上瞬间刷屏。5月25日电视节目《开讲啦》提到黑洞时，人们或喻之为蜂窝煤，或喻之为小太阳，或喻之为甜甜圈。很显然，不同的喻体折射出的是比喻者不同的生命体验，他们生活在不同的时代。也像人们现在常说的，听你唱什么歌，就知道你多大年纪。庄子曰，夏虫不可以语于冰者，笃于时也。所以，朱鸿先生的散文不仅可以唤醒一个时代的共同记忆，更可以弥补当下青年拇指一族的生命体验，增加生命的厚度。《忧郁的钱歌》让人感动于王凡的北京之行的诗和远方，《彷徨》让人思考对自己生命价值的珍视，《故乡难言》《老人与狗》让人产生不尽的乡愁……打开书读吧，在《恋旧》《出城踏雪》中你会慢慢地看见你自己，眼角慢慢地流淌出滚烫的泪。

其实以上触动人心的三点本质，是朱鸿先生几十年从没有辜负过这片养育他的皇天后土，没有辜负过他生命的每一天。文如其人，因此读本辑文章，你绝看不到牙尖嘴利，也不会看到轻巧华丽。每一行文字简洁厚重，似关中大地涵养了一个冬季的麦种在春季破土而出。类似《善点燃了善》中“在贫困的地方，欲望是要勒紧的。欲望也能够勒紧，他们当然是一直紧勒着欲望的”的地气、生活气，这些文字俨然陕西的手擀面，劲道十足，耐人回味。

朱鸿先生的用喻也非常别致,《苦难与智慧》中“他不希望任何人看见他挣扎的状态，这仿佛蛇蜕皮、蝉脱壳、虎狼豺豹舔其创伤，总是隐蔽在角落进行的。禽兽也会维护其自尊，何况是人，何况是史铁生”,《出城踏雪》中“冬天不下一场好雪，就像人生少了一场热恋一样平淡、乏味、庸庸碌碌，甚至浑浑噩噩。伟大的热恋难以预期，不过一场好雪毕竟还可以希望，遂盼着盼着”,《告别》中“您就像一棵已经伐倒并横在田野的老树，然而您总是反复地从树端上和树皮之间长出绿芽”等让人读之难忘。

朱鸿先生严肃认真地思考，在平淡如水的日子、琐琐碎碎的苟且中咀嚼出生活的诗意、生命的尊严。你看《问鱼》《母爱如流》等篇章，他善于串点成线，由线去织出生命的华彩、人生的无常。

他用心纯良，观察世事人情，落脚点都指向了善。知世故而不世故是最真实的善良。你看《哭泣的老牛》中的各个村民，你看《一臂之力的伟大》中的童先生，读文识人，但在描写了自私、懦弱、邪恶、嫉妒等过后，最终还是落在了建设人性的善上。

毛姆的《月亮与六便士》说:“在这个遍地都是金钱的年代，他却抬头看见了月亮。”王蒙说:“文学既是一个热情投入的方式，又是一个拉开了距离的方式，保持某种客观的心态。”笛卡儿说:“读一本好书，就是和许多高尚的人谈话。”远也罢，近也罢，“岁月含辛，月色明亮”，相信朱鸿先生不负生命的《感受人情与人性》一辑会给读者带来灵与肉的洗礼、净化和升华。

陕西省特级教师、陕西省教师队伍建设专家委员会委员、
西安市中语会理事长，西安市教育科学研究所　贾　玲
陕西省优秀教师、陕西名师工作室主持人，
西安市第一中学　罗　畅

伞下

小时候，我在乡村，天下雨了，不是戴一顶草帽，就是光一个头，雨里来，雨里去，匆匆地跑着。偶尔碰见一个打伞的人，我就站在雨中，呆呆地看着，直到人家的伞盖和背影在蒙蒙的灰白之中消失，这才出一口气，慢慢迈动我的脚步。当年我是多么想要一把雨伞啊！

我到西安去读大学之际，家里给我买了一把雨伞。雨天，校园来往的同学，几乎都打着伞，下课以后，大家从一条路上经过，夹在绿树和鲜花丛中的甬路，就被伞盖笼严了，纯色的，带花的，黑蓝黄绿，俨然一条美丽的伞的河流。走在甬路上，雨落伞响，很有节奏，心里便油然生出一种愉快，一种自豪，不禁感谢我的父母了。

不过一种新的渴望和苦恼，渐渐向我袭来。在雨夜，我常常看到男女同学走在一把伞下，悄声细语，显得颇为亲近。我知道他们是在干什么，并情不自禁地欣赏这种景象，不过又觉得逊礼，甚至为自己的举动感到羞愧，于是悠然一瞟就回避。不过心里还是想看的。

那时候，我正倾慕一位女生，她是新疆来的，人瘦小，然而很俏皮，戴着一副白色眼镜。她和我同桌，喜欢看我的散文作品，我俩整天在一起，交流得很多……。但是，如果我把思绪引向我所希望的方面，那么她就会垂下目光，睫毛交集，俨然关窗闭户一般。有一天她没有带伞，便顶着书包，在雨中半跑半走。我赶上去，心慌着，唤她到我的伞下来，一块儿回宿舍。从教室到宿舍，其路近乎一里，这样长的时间，我与她彼此并肩于一把伞下，我觉得那是非常美非常幸福的事情了。然而她却笑了笑，道一声谢谢，跑了。我脑子一片空白，久久站立，感到自己因为羞愧而两颊发烧。毕业以后，我由其他同学那里获悉，她是明白我心的，对我的为人和发奋用功也很佩服，只是嫌我家在农村，嫌我个子矮。

从这个女生跑了以后，我的伞下就一直没有姑娘进入，当然也没有遇到我可以为之招手的机会，但我的心却在虔诚地呼唤，我希望能够凌空飞起一座桥梁，让我的感情从此岸走到彼岸；我希望我清澈的爱的河流，能够寻找到它滋润的秧苗。我经常问自己：什么日子，你的伞下便没有了孤独和寂寞呢?

一天晚上，我探望一位老师，回家已经晚上十点以后了，因为下雨，车站只有零星的几个人，或打雨伞，或穿雨衣，都不言不语地站着。初夏的雨，洒在树上，沙沙作响，灯光照亮的地方，雨丝竟成了条条闪烁的斜线，路面忽明忽暗的。

忽然嚓嚓地走过来一个姑娘，她缩着脖子，细看站牌，之后就平心静气地站在那里，仍缩着脖子，显然是要乘车的。她只穿了一件薄衫。看着她在雨中瑟缩的样子，我不知道自己是怎么想的，又仿佛什么也没有考虑，完全是自然而然地接近她，把我的伞放在她的头上。她蓦地一惊，诧异地回头，注视着我，似乎迅速地思索了一下，便向我微微靠拢，于是我与她就并肩而立，庇护于一把伞下，不即也不离。等车的人，有把我们当成熟识者或亲密者的吧，遂向这边一瞟一瞟的。不过我明白，我和她实在是陌生的两个人。我不知她想什么，但她一定会想什么的。我的伞下一向缺姑娘，现在我跟她站在一起，竟猝尔产生了一种异样的感觉，觉得很温暖，很和谐，很完整，就连在雨中洗濯的古城，也让我觉得从来没有像现在这么宁谧，这么庄严和美丽。我们一直默默地站着，直到汽车来了，她浅浅一笑，点点头，走出雨伞上车去了。灯光照亮了她纯朴而天真的眼睛，照亮了她白净而红润的脸，照亮了她那窈窕而温柔的背影。我这才发现她确实是很美的。

我不知道自己为什么走到车前又没有上去，也不知道为什么要收伞而迎着夜雨。望着汽车在蒙蒙的夜雨之中远逝，我突然有一种惆怅的感觉，不过它须臾之间便消失了。我步行着回去。夜雨携着清新的气息吹到我的脸上，让我的心一片明净，遂不禁吹出一支温馨的口哨曲调，在沙沙的雨中悠然走去……

别难

在大学阶段，恋爱方面的事很是失意，当然常感苦涩。毕业以后，有老师要引荐一位女生给我，虽然不怎么喜欢这种形式，但我却知道辞谢失礼，遂认识了老师所推举的那位女生。

老师安排我在一个屋子坐下，悄悄交代了几点，才决定把还在另一个屋子的女生带过来。他过分认真，倒水放糖的匆忙之中，动作竟不免显得拘谨，甚至笨拙，完全没有平常激扬文字与指点人生的潇洒。我一一应承着，想他这样大概是重视此事的缘故吧。正因为这样，我对他充满了感激。

喟叹之际，老师领着女生过来了。分别作了介绍，老师笑一笑，就走了。

女生刚刚进门的一瞬之间，我感到她光彩照人，因为她显得充满活力。这样的女生在我心里总是美的。

在交流过程中，我仔细观察，发现她并不漂亮，不过长得还算白净，也丰腴。她静静地坐在椅子上，颇有稳重之感，神情、言语、举止都透露着一种纯朴气息。

她低我一届，所以学校发生的一些要闻趣事，彼此几乎都知道，这使我们有了足够交流的话题。

不过我对她总的印象是平淡的，胸中没有我所想的日出的喷薄之感。我觉得缺乏一种强烈的吸引力。

立即分手，我也不会，因为她身上也许蕴藏着令我倾倒的优点，还有待我去发现。于是我就约了她再见。我以为再见一次是必要的，它可以使彼此产生一次新的感觉。

我打算往她宿舍去了。我知道，要了解一个人，非常有效的途径便是往其生活的地方去，这里应该满是其生活的影子。

那天晚上，她的同学都在教室自习，宿舍只有她一个人。我们并排坐在她的床边。她似乎很高兴，一会儿拿出藏书，一会儿取出影集，但我却颇为被动，觉得寡味，常常便沉默了。偶尔她斜着身子，用一只胖胖的手支撑在床上，我才醒悟自己所担任的角色。

我终于明白，虽然难以挑出她的缺点，不过我也难以对她产生热烈的感情。平淡对恋爱似乎是不宜的，我决定结束交往。

实际上这就是分手。恋爱没有不存在分手的可能的。这是经常发生的事，不过处理不妥，便会产生伤害。以前我伤害过别人，别人也伤害过我，而且这种伤害会像一些疤瘌，遇到阴雨，便隐隐作痛。所以对这样一个天真的姑娘，我应该尽量处理得妥当一些。

基于如此考虑，我就没有继续约她。我有信给她，先后两封。信客客气气，抹着一种冷色，而且两封信的时间隔得甚长。我是以这种形式启发她，让她反思，使她渐渐有所觉察。

也许这不是最好的方式，缺乏当机立断的效果。不过我以为，为不使她感到突然，感到难以接受，这种方式还是好的。

然而，我的目的并没有达到，事实是：我有信给她，她又有信给我，似乎是以新的途径作相互的了解。尤其是她误会我没有约她，是为了她能专心复习，迎接考试。她竟提升了我的品质，因为我对她的体贴在感动着她。此乃不虞之誉！

放假以后，她来看我，并提出在她回家的那天，我能送一送她。在默然慨叹之余，我答应了。不过也暗暗决定，假期结束以后，一定鸣金收兵，长时间这样含含糊糊是不当的。

为不搅乱她的安宁，我送她到车站，并尽量热情、亲切，一直送她进入车厢。我可以迅速帮助她寻找座位，帮助她把包裹放在行李架上，但我离她很近，望着她的眼睛，我却极难说些什么。我以为，我与她之间显然不能建立我所期望的恋爱关系了，过分的热情，过分的亲切，很不合适。可惜她浑然不知道我之所思，仍以眷恋的目光注视着我，使我不免窘然。

周围也有送行的青年男女，其不舍之状，有的真是难分难解。也许是这种气氛的感染，她显得很兴奋，又是告诉我她过去的旅行之趣，又是告诉我她家的花园之盛，脸上呈现着霞一般的红晕。但我却只是礼貌地诺诺而应，甚至常常残忍地将目光投在窗外，看天桥上紧张奔跑的人。

列车要开动了，我便穿过隧道返回。陌生的人在我身边匆匆而过，昏昧之中，脚步声杂沓一片。我默默地走着，看到隧道的出口摇晃着人的影子，有微弱的白光在其中散布。这时候，我感到泪水突然涌流而下。我现在都不知道，当年的泪水到底是为这个厚道的姑娘涌流的，还是为孤独的自己涌流的，或是因感到了青春的苍凉而涌流的。

我为什么没有长高

我为什么没有长高？如果这算作一个问题，那么关心它的，唯有喜欢我的一些女性。男人对它是没有兴趣的，甚至他们暗暗认为我这样正好，世间多一个矮于自己的人，自己就多一份优越，其优越不劳而获，真是有福了。至于爱我的人，当然不会产生这个问题，因为爱这种感情，本质是自私而主观的，它可以使任何外在的评判标准消化为零，被爱之人不知不觉已经成为自己的一个部分，并以拥有被爱之人而幸福。事情就是这样：你爱谁，你便希望谁是你的，他或她无论如何你都不会在乎。

我是没有长高，谁也掩盖不了这个现象，只要我走进人群，这个现象便会显示出来。不过小时候，我对自己身矮的问题毫无知觉，我根本没有发现自己与人何异。我是快乐的奔马，得意的游鱼。我发现自己身矮于人，是在大学的时候。根据个子高低的标准排队，我被列入最后几名。接着在操场作军事训练，两人走步，竟是一个女生和我构成一组。特别是跳舞，由于个子的问题，居然一半以上的女性难做我的舞伴。这主要是我不愿意，我担心她们败兴。虚荣的女性总是喜欢外表出众的男人，这种女性在追求所谓的美的标准之下，开始便将一批矮子排除了，她们哪里知道能力和魅力才是男人的金子。然而，这种女性在一个时期竟越来越多，其互相攀比，把身体高度作为择偶的必要条件，仿佛1.75米以上的个子就是幸福。我很清楚，这种女性是给别的一类男人准备的。

但我心里却颇有苦恼，甚至自卑。我暗中使劲，要在事业的成功和品质的修炼方面超越众多的男人。当然，我也对社交场合进行着选择，以规避那种酿造庸俗与市侩气氛的场合。我小心翼翼，并伤感地认为，我的身矮使我天生地减少了欢乐。为之我想哭。我甚至变得厌恶一些矮子同学，因为他们之身矮使我看见了我的影子，遂远离他们。我认为矮子聚集一堆，将显得更矮，这犹如雪覆盖了地面雪更白，夜色笼罩了天空夜更黑一样，量的累积便要改变它的质。

不过对身矮的苦恼，仅仅是一个阶段，我很快就恢复了正常的心态。这不惟因为我终究可能长高，关键是由于我发现一个人是否有用或用处的大小，并不由身体的高度决定。这种认识给我的鼓舞，胜似那些矮子伟人给我的鼓舞，尽管在历史上有众多的矮子建立了功勋，有人所熟悉的拿破仑、康德、贝多芬，不过他们只是证明的材料，真理之光才可以照亮我灰暗的灵魂。我尽扫形秽之感，舒展地发我想发之言，举我想举之义。

实际上我极为敏捷，喜欢运动，充满了爆发力。在故乡的麦场，我和伙伴曾经常常摔跤，那是十分痛快的游戏。我也是过去的长安县少陵中学的乒乓球冠军，从我进这所中学到我出这所中学，整整五年，没有谁能够夺走这个荣誉。我的同学对我举拍跃起扣球的风格，总是掌声四起。上了大学，我仍喜欢运动，体育教师总是将我从队列拉出，由我在单杠上或木马上做示范动作，我没有一次不是做得潇洒而完整的。不过那时候，我恰恰为自己的身矮而苦恼，虽然它只是一个短暂的时期。

矮子的优势绝不仅仅是敏捷。其优势在于他不会给人以威胁的感觉，人往往会对他发生错觉而轻视他，误以为那短小的身材没有什么力量。这正为矮子提供了出奇制胜的机会，他将悄然利用自然的隐蔽条件而达到自己的目的，甚至平凡的事情，经过矮子一做，便会出乎意料地闪出光辉。在重要的场合，往往也是矮子引人注目，并容易给人留下印象。尤其是矮子长期生活在身高且大的人群，难免压抑，从而时感危机，于是他就强烈地要冲破压抑，战胜危机。他热切希望取得成功以让世界承认，似乎这样才能轻松一下。一般人或身高且大的人便没有如是感觉，反而滋生得意，从而不知不觉之中钝化了意志。矮子的另一个优势是人倾向于对其推心置腹，容易成为朋友，这竟使矮子在女性那里常常胜利。对身高且大的男人，女性总是警惕和提防的，因为其天生具备了一种威慑力量，即使他确实喜欢一个女性，也需要岁月慢慢证明，但矮子却自然削弱了对女性的威胁，他好接近女性，好获取女性的信任。所以我要提醒矮子，不要为身矮叹息，只要努力，一切都会有的！

人是从动物进化而来的，人的形骸永远潜伏着争斗的因素，这使那些身高且大的人往往要野蛮地挑衅矮子，认为矮子可欺。不过实际情况并非如斯。我在小时候经常打架，我的对手几乎全是身高且大的人，然而我没有一次让对手完好地离开，虽然我付出的总是更多。中学的一个同学与我曾经在球场打架，那仅仅是因为我指出他犯规了，他便动武，而且误以为自己可以用强力制服我。对这种行径，我忍无可忍，遂在其咋咋呼呼、皱眉瞪目、张牙舞爪之际，攻其不备，跳起来给了他一掌，这使周围的老师和同学无不喝彩。几年以后，我在大学仍如斯跳起来反击一个肉厚之徒，感觉十分痛快。进入社会，打架行为没有了，但争斗却不止，其方法往往是辩论。我一个矮子驳斥一个身高且大的人，那种场面实在奇妙。看着对手气急败坏的神态，真让我觉得他愚蠢。这样的感觉是一个矮子所独具的，其他人要体验也难。

我从来不想用高跟鞋垫起自己，以修改我的身矮。这种方法，显然无聊而虚假。也许在某年，当有科学的技术使矮子长高，这种结果也许会为众多的矮子所欢呼，然而我绝不采纳如此技术。天生为矮子，我就喜欢天生的这种样子，如果来世我仍为人，那么我希望自己还是矮子。当然，一个矮子是难免会遭遇侮辱的，因为并非一切人都文明到完美的程度了，不过这不可怕。我曾经受到一个无赖对我的讽刺，然而我立刻这样回敬他，我说："我是一个矮子，这是因为上帝精心地创造了我，但你的高大却只不过是上帝随便涂抹的一张草稿而已！"

那么，我为什么没有长高呢？我成为矮子的原因是什么？有人认为这是父母的遗传所致，有人认为这是20世纪60年代的饥馑所致。也许吧，不过这都不重要。

我为什么没有长高，属于秘密。我独创这个秘密并独享这个秘密。那是在我18岁的时候，一天，我在秋日的原野上走着，惠风送爽，淡云行空，明媚的阳光照耀着刚刚收获了的田间，玉米和谷子的芳香，带着泥土的湿润四下飘散，松鼠与兔子偶尔在远方的沟坎鸣叫。这一切都让我心情愉快，想喊想呼，难以自禁。忽然，天上飞翔而过的一只大雁，噙着一个精致的小包落在地上，我捡起打开，发现小包里装着一页薄脆的纸张，其上布满了星空山河世间之图，复杂无比，深奥无穷。我正在迷惑，感觉一个人的声音在什么地方响了起来，我的印象是，他告诉我：我现在要停止生长了，我身将低于一般人，不过如果我能发现其图之中隐藏的真理，并付诸行动，那么我就可以长高。这声音使我震惊。我将成为矮子！我一下醒了，才知道这是一个梦，随之秋日辽阔的原野蓦地便无影无踪了。这是一个多么美丽而残酷的梦，我的长高，竟是附加了条件的。

这个梦实际上是我编造的，我将自己的追求和期许融进此梦，以激励自己，鞭策自己。我清楚地知道，实现我所设计的境界之日，才是我真正长高之时，否则便是矮子。这是一个过程，显然需要艰苦的跋涉。岁月流逝，尽管我苦苦探索，孜孜以求，其中的孤独、凄凉、创伤、疲倦，如影子追随着我，如瞌睡陪伴着我，但我的手却仍是空空如也，一无发现，而且人照旧在庸俗之中走动。我的脚上污点斑斑。我一点都不满意自己。我什么时候才能耸立云霄呢？什么时候才能树挺大地呢？我是怎样盼望着自己长高啊！

秋天来了

这个夏天，我一直羁留北京，公事也办，私事也办，忙得一塌糊涂。春天我就出去了一趟，沿着长江的漂游改换了我的心境。回到西安，已经是夏天，各家各户都打开了窗子，阳光照在古都灰色的城墙上，让人又伤感又欣慰。我清扫了房间，铺上了竹席，准备度过漫长的酷热之季。因为有事，且事不宜迟，便匆匆到了北京，擦得干干净净的竹席，我只睡了三个夜晚，一把新的扇子，还没有打开。可我人在北京，心却不在。这里的繁华和热闹，并不能吸引我，我当然也不会沉浸其中。人生众多的责任，虽然我没有明确承诺，但我却时刻准备担当，这只有自己清楚。我长了一颗心，不过常常感觉它是一朵梅花，天生便分成了几瓣，而且注定要落光才作罢。人实际上并不是为自己活着，爱使你充满牵挂。如果世间没有了你所爱的，那么活着究竟有什么意思！

长江一线的旅行结束之后，我和女儿待了一天。我是到幼儿园接她的。我刚刚出现在教室门口，她便看见了我。她扔下玩具，直奔过来。女儿红着脸腮，喊着爸爸。我正准备抱她，她发现我穿了新的皮鞋，便蹲下去，用手抚摸着，惊异鞋怎么这样明亮。这使两个老师痴痴地望着，我觉得不妥，便拉起女儿离开了教室。我带女儿来到一片空旷的草坪，在这里，我取出了给她买的玩具、衣服和食品。女儿很是快乐，她唱歌跳舞，流利地背诵童谣，打乱笔画照猫画虎地写字，以这些让我高兴。我颇为感动，但我却只是紧握她的手在草坪上走着，要她听老师的话，长大做爱劳动有才能的人。她点着头，答应得很是认真。我将她送回了幼儿园，分手之际，她叮咛我下次接她。遗憾的是我没有接她，因为还不到下次我接她的日子，我就到北京来了，匆匆而来。

我对女儿的歉意绵延如水，在北京的街上，我看见孩子就想起女儿，甚至懊悔没有带她来。女儿五岁了，是能跟我到北京来的，可惜我没有带她，她仍在西安的幼儿园。也许她在那里很好，不过我仍会反复想象她在夜晚的情景。她的漆成绿色的床狭窄如带，那是一个极大的寝室，其中有几十个孩子，她的床只占据了极小的位置。在那里，灯熄之后她想什么呢？她会问我为什么没有接她么？她的小小的灵魂，对世间产生了怎样的印象？在某些时候，什么东西会刺痛她稚嫩的心吗？对女儿，我有一种深沉的愧疚。作为父亲，不管什么理由，我总之是没有给她创造一个完整的环境。实际上是孩子用幼稚的肩膀承载了父母的痛苦，或是父母将自己的困难让孩子分担了。望着女儿身穿花衣的背影，我便不禁这样想，而且感到辛酸，但她却爱我。当我用自行车带她的时候，她会开心地用后脑勺撞我的胸。她吃饼干，吃苹果，往往会悄然拿出一些塞到我的手里，这样做，她完全是自觉的，在默默地做。我和女儿告别所立下的一个规矩是握手，她已经习惯这样。不过有一次我在教室拉她的手，她竟缩了回去，我诧异之际，她伏在我的耳边告诉我，老师和同学都在那里，羞得很。

另一个让我牵挂的人，是父亲。几年之前，他患脑血管病，生命垂危，亏得治疗及时，身体恢复了过来。不过他知道这种病无常，再发作便势不可当，遂遵医生之嘱，坚持锻炼，认真服药，也暗中准备着。他为我的祖父祖母补了墓碑，为选上乘石材，曾经数度前往县城。他撰碑文之际，手在颤抖，泪水滴满了纸。立碑那天，帮忙的人很多，并举行了简单的仪式。对已经亡故了二十年的祖父祖母，他叩首作揖，泣不成声。村里的人劝阻他，但他却坚持跪在地上。父亲要我把立碑的事情记录下来，因为忙乱，竟一直没有做。父亲考虑了自己走后的问题，并把其意见传达给我的姑姑，要她将来监督执行。他希望葬礼尽量简单，不要像乡俗所规定的那样麻烦。他没有告诉我，是想让我安心工作，以免影响我的情绪。他只是轻淡地吩咐我，他走了之后，姑姑怎么安排便怎么进行。那天，我们坐在寂静的屋子里，阳光灿烂，天空明朗，我从窗口可以看见遥远的田野。我一直望着田野，我看见在黄绿交错的少陵原的南坡，有牛缓缓移动。

父亲在少年时就参加了工作，为人勤奋、耿直、精明，一生东奔西跑，可惜失去了很多机会。在相当长一个时期，他一个月几十元人民币的工资，养活了包括他自己在内的八口人。退休之后，有一段时间他显得忧伤，默默地在院子里扫地、铲土，以掩饰自己的情绪。作为儿子，我对父亲的心境能猜测出来，一是他没有什么积蓄，劳动的价值在生活的过程之中就消失了；二是他感觉忽然就进入了晚景，人生的终点似乎临近了。实际上并非如斯悲哀，因为他一再接到企业的聘请，要他管理业务。此间他赚了一些钱，不过仍像过去一样省吃俭用。他计划在院子里建两层楼房，留给我和弟弟，不然心里空空荡荡的。1990年春天，他的构想使自己情绪高昂。他拿着尺子，在院子里量来量去，并在纸上计算并制图。但那些日子，我却不能给他多少协助，岂止是不能协助，我反而还要让他为我担惊受怕：我不得不将两岁的孩子送回老家，由我母亲看着，以便我应付那些日子的生存问题。他很是愤慨，竟嘱我不要管什么国家的事情了。他怒气冲冲地用一个指头戳着天空，眼睛大冒火星。我只是静静地听着，很沉默很沉默。

谁家都是有矛盾的，但我弟弟和我父亲的矛盾却让我伤透了心。他们各有各的道理，都是火暴性子，蓦地便会吵起来。母亲害怕他们这样，几次到城里来，见我就流泪，让我想办法。解决困难，我的办法非常有限，只能让朋友帮忙。我不是处长，不是科长，什么权力也没有。指责他们吧，我于心不忍，而且没有这个资格。责任是有的，便宽慰父亲，劝解弟弟，不过这没有什么效果。如果有人从故乡寻找我，那么我的第一问题永远是：是不是出了什么事情？

父亲是一个刚强的人，一向要面子。身体有病，使其似乎失去了用武之地，不过他不想这样。他一直要挣扎着做一些什么，避免闲着。他拿笤帚扫地，拿木杈挑场，然而不能随心。他艰难的动作，看着催我泪下。我对父亲从来没有亲昵的表示，彼此相处，总是严肃的，也许这是我小时候他对我过于峻急所致吧。不过父亲终于显出慈善了，很久之前，他提着鞭子在院子里追打我的样子已经荡然无存。我不知不觉增加了探望他的次数。我坐在他对面，他似乎满足而喜悦。他问工作，问孩子，叮咛我知足常乐。父亲暗示我，他老了，不能经受打击了。他特意为我置备了一个杯子，放在柜子的顶端，我回家，他便踮脚举臂，一点一点地够着，够着了就取下来让我喝水。他给我扑打衣服上的尘埃。当知道我的一套西装花了几百元人民币的时候，他突然笑了，高兴得眼睛也眯起来，并到厨房去笑着告诉我母亲，似乎得意于自己的儿子居然穿得这么贵重，岂不知它只不过是西装的普通档次而已。如果我带着女儿看他，那么他的情绪便有微妙的变化。走的时候，他要拉着我女儿，送到村外，送得尽量远，依依不舍的样子。女儿幼稚，竟学着他一踮一踮地走路，这使他笑得泪水盈盈，但我却泪水在咽。

在南方旅行以后，我回家见到父亲，时值春夏之交，花好月圆，他颇是愉快。他嘱我安心工作，现在不要探望他了，只希望我在他生日那天回家就行。他说：如果忙，那么向领导请假，我已经没有几个生日了。我答应回家，我想有的是时间，怎么都可以回家为父亲祝寿的。我在北京出差，并没有忘记父亲的生日，然而事情极不顺利，拖了一天又是一天，马上就是父亲的生日了，但我却不能离开北京。在这里，我没有一点玩的情绪，临近父亲生日的时候，我尤其烦躁，思考着放下所有事情返回西安。然而公事不办不行，私事不办不行，而且私事是受朋友之托的，于是我就硬着心肠置孝敬于一边，继续滞留北京。情绪不好，使我在夜晚做了一个梦：我的牙齿掉了一颗。乡俗，这预示着老者的凶讯。我当然想到父亲，遂很是惶恐，如果父亲真的去了，那么我将多么懊悔，多么遗憾。我一点睡意也没有了，东方既白，我仍在辗转。到了父亲生日那天，我一直沉默着，朋友都以为我病了，三番五次地问我怎么了，我只轻轻告诉他们：今天是我父亲的生日，他要我回家，我曾经答应回家的，他有病。

剩下的日子过得很涩，我只是跟着事情旋转，根本没有注意北京的风景和风情。事情完毕，我随便买了一张经过西安的票就上了火车。抵达西安是在中午，下了火车，我跟着流水似的旅客来到大街上。我默默地走着，思考着很多事情。蓦地有一种诧异的感觉，我的胳膊怎么是凉的，遂看周围的人，见他们都穿着长袖上衣，但我却是短袖，仍是我离开西安那天所穿的上衣。我这才发现夏天已经过去，地上落满了虫蛀的黄色的槐叶，供应冷饮的摊点竟少得寥寥无几。漂亮的姑娘都换上了深色的裙子，她们的变色镜不见了，遮阳帽不见了。在天桥一带，竟有农民担着石榴和柿子在卖。这时候，一行大雁恰恰飞过古都的天空，它们悠长地叫着，其声透露着深刻的迁徙之苦。我突然意识到现在是秋天了，秋天来了！岁月流逝得如此迅速而残酷，悄悄地，半年就过去了，然而我必须做的事情才做了多少呢?

忧郁的钱歌

我的同学王凡，现在是一个特级教师了，人多赞赏他，但在十年之前，他却是一个默默无闻的人。他从榆林考入陕西师范大学。鄂尔多斯的阳光，给他的脸上涂抹了苹果似的红光，荒凉的高原的风，吹得他土豆似的郁郁寡欢。他的学习是刻苦的，我天天看见他挎着一个揉皱的黄色布包，从宿舍到教室，从教室到食堂。他的生活，是名副其实的三点一线。他永远待在教室的一个角落读书，从来没有高声笑语，班上的一切娱乐活动，他都不参加。他的裤子打着补丁，脚上穿的是姐姐做的黑色布鞋。

请不要为校园学子的衣服打着补丁而奇怪，那时候，社会刚刚从饥馑的岁月脱身，不过那时候整个社会也充满了一种清正之气，只要将校徽戴在胸前，就能赢得尊敬和羡慕，就会感到自豪和骄傲。其原因是，知识和才能是社会崇尚的主流。然而请勿认为我们只知道学习，是一群书呆子，实际上我们是懂得潇洒的。在所有云集青春的领地，都有潇洒，这是生命的规律，对此，就连一个鼻尖渗着油光的肥胖的厨师都清楚，他曾经这样喟叹：戏坊文坊，恋爱的地方。那个快乐的老头无疑是夸张了我们的浪漫，不过我确实曾经穿着用一元五角人民币购买的旧军服追求过校园的姑娘，而且，我发现几乎所有的男生都蠢蠢欲动，但王凡却无所作为。我曾经将这归于他的自卑和胆怯。

实际上我错了，王凡有一个愿望，他想在大学期间到北京去一趟，看看首都的样子，身临其境地感觉一下故宫，感觉一下广场，他担心毕业之后，分配在榆林某所中学从教，就难有机会了。然而他没有钱，父亲、母亲和姐姐生活在贫瘠的山里，经济是薄弱的。四年大学，他统共从家里拿到八十元人民币，总是在开学之前，母亲督促父亲，父亲才迟疑地用粗硬而年迈的手，将十元人民币放到他的包裹旁边。王凡知道，这钱是从卖鸡卖猪的收入之中分割下来的。不清楚它经过了怎样一种渠道流通到一个老农民的手里，迟疑之后，这个老农民才用善良的手递给了一个大学生。校园美妙的雨声书声，遮掩了王凡的身影，没有多少同学知道他的境况，他将自己的窘迫深深掩埋着。然而，窘迫的心中萌生了一个愿望，对于一个从闭塞的黄土高原走出来的十八岁的男生，这个愿望使他既感幸福又觉艰难。他便抑制了别的一种憧憬，他只想看看北京，遗憾自己没有钱。

如果是在今天，那么他随便打几天工就可以筹得北京之行的费用，不过那是在多年之前，社会并没有这样的风尚，对他，唯一的办法便是节俭。王凡真诚感谢班上那些干部，他们一直将贫困补助费给他，一年一次，一次八元，而他则像拆卸精密仪器似的花这些钱，以免日子的阻滞。问题是这不足以促成北京之行，他的有效举动是只吃咸菜，一角钱一份的咸菜，他吃了早晨吃下午，吃了下午吃晚上。他的理论是，在家乡，好的生活也不过如此，他为什么不能这样！冬天，成堆成堆的白菜放在食堂周围，饥饿难忍之际，他会偷偷撕下几片叶子在宿舍煮熟，调上烈火一样红艳的辣子，调上盐和醋，便是一餐美味，这当然是偶尔为之。那时候，我们的伙食是由国家供应的，一月十七元五角人民币的菜券和三十斤的粮券，生活委员从伙食管理处领回便发给同学。王凡拿到之后，悄悄抽出五元的菜券作一月之用，其中三元购买咸菜，两元左右在假日改善生活，将余下的十二元五角的菜券收藏在他的枣木箱子里，放假之前，将其兑换为钱。他这样积攒了三年。到了最后一个暑假，他手头有了三百六十八元，并终于在1982年6月28日那天买了一张从西安通往北京的车票。他拿着车票，十分兴奋。回到校园的时候，宿舍的同学都静静地等着他，而且要推迟归期，将他送走才离校。只有他们知道，王凡如此一个愿望的实现是多么艰难。

尤其可贵的是，宿舍的同学将这个秘密一直保守到现在。王凡是有尊严的，他们怕泄露了秘密，使其受到意外的伤害。倘若不是春天一个同学的聚会，那么我将永远蒙在鼓里，不过我知道了这个故事，我便难以沉默。让我面对崇拜金钱的浪潮，面对日夜蔓延的浮华和虚荣，轻轻吟唱一声吧！

哭泣的老牛

一头老牛的哭泣，从梦中把我惊醒。二十年之前的声音，寻找着二十年之后的我的良知，我当然能感到它的来头。谁也不能轻视从已经远逝的岁月突然出现在你梦中的一头老牛，而且是一头被人剥皮、被人切割为肉的老牛。它的登门，没有一点探望的意思，这便是我的灵魂难以安宁的原因。

秋天的阴雨，使田野的一个古坟塌陷成坑，它的周边有青青的嫩草。老牛在吃嫩草的时候掉了下去。六十岁的张裕一直套着它犁地，知道那是一头非常优秀的老牛，它跟张裕很久了。在秋天漫长的下午，张裕走在它的背后，扬着鞭子，但他却不打它，一下也不打。老牛认真地用脖颈拽着绳子，使明亮的铁犁得以插入其蹄子后面的黄壤之中，土壤便一点一点断裂，翻卷，破碎。汗水从老牛的脊梁渗流而出，在肋部和背部渲染。汗水把老牛的黄毛变成了黑毛，黑毛浸泡于汪然的汗水之中。张裕望着静默耕地的老牛，感觉了它的辛苦和劳累，便喟叹一声，让其歇息。他卸下老牛的笼嘴，解开绳子，放它在田野活动或吃草。张裕离开老牛刚刚翻出的大片大片的黄壤，到另一块田野去游逛。浓烈的地气弥漫在新土之上，颇有鲜味。有麻雀愉快地觅啄着新土之中的虫子，当其受惊而起飞的时候，夕阳便照红了它们的翅膀。不过秋天空旷的田野，蓦地出现了老牛的嘶号。

我提着捡柴的竹笼跑到老牛那里去，发现它的臀部坐在墓穴中，头和犄角沾满了泥巴。墓穴很深，老牛庞大的身子架在半壁，如果它继续挣扎摇晃，那么将会完全坠落到底。老牛用乞求的眼睛望着我，我惊恐之极，立即奔走，把老牛遇险的消息通知给我的几个伙伴，并告诉给四个在村子插队的知识青年，他们随之向在田野施肥的几个农民呐喊。

当人过来围住老牛的时候，它左看看，右看看，欢快地轻绵地叫着，目光充满了一种得救的希望，两个耳朵还向后一抽一抽的。我的一个伙伴，扯了一把嫩草让老牛吃，但它却摇头，之后便向大家望着，期待着。它窝在散出腐朽霉烂气味的墓穴，闷热得汗水淋漓。它忍受着后蹄顶着肚皮的疼痛，前蹄折在墓穴的半壁。然而，没有人建议怎么把老牛拉上来，他们只是在古坟周边来回踱着，装模作样地沉思着。当时我十二岁，已经有机智了，遂隐隐感到了藏在成年人脑子里的一种阴险的思想，这就是希望老牛死了，它死了便有肉吃。那是一个饥馑的时代，细粮是不能天天吃的，即使粗粮也并不多，仅仅可以在春节之际吃到肉。我预感到老牛的下场，遂向神情惶惑的老牛望着。我既兴奋，又难过，但难过却无所作为。有一个农民含糊地提出可以用绳子吊起老牛，不过一个白脸知识青年立即反驳了其意见，他认为，也许老牛已经残废，让它活着只有受罪。白脸的声音在夕阳的红光之中如蛇的信子，这使我朦胧地感到了世间的虚伪与残酷。

老牛察觉没有人会采取行动救出自己，便焦躁起来。它使劲挺直脖颈，向两边看着，眼睛流露着深沉的哀伤。它拉长声音，一下一下地叫着。老牛的声音，穿过墓穴周边的嫩草，消失在辽阔的散发着杂花野菜芳香和渐渐成熟的玉米谷子芳香的少陵原，遗憾没有人给老牛以应对。实际上成年人的心并不安，那几个农民的额头和鼻尖满是汗水，并反复揉搓着自己的手指，四个知识青年也是走来走去的，彷徨难定。老牛的声音慢慢弱小下去，这既由于失望，又由于疲倦。它窝着，显然难受，而且一拧一扯，一挪一移，都在冒着猛地坠落的危险。

张裕出现之后，老牛才嚎啕起来。它望着急急火火怒吼的张裕，老牛一气紧似一气地叫着。它圆圆的眼睛，一直盯着张裕，似乎知道张裕有心且有能力救出它。张裕义愤地质问所有的人为什么不告诉他，为什么没有寻找可以吊起老牛的绳子。在他剃得发青的头皮上，冒着黄豆绿豆红豆大的汗珠。他终于从一伙人迟疑和怪诞的神情之中发现了问题。张裕痛心疾首地哭了，并大骂起来。他扬着鞭子，唾沫四溅地大骂着：

“你们是想吃它的肉啊！这头老牛跟我八年了，没有咽过好的饲料。它一直嚼的是草，生产队把好的饲料都喂给那些骡马了。不过它耕地，拉车，种麦子，种玉米，种谷子，什么活没有干过？你们不觉得它可怜啊！老牛呀，你怎么掉在这里了？我是看见你太苦太累才放了你的啊！他们盼你死啊！他们盼你死啊！”

张裕沙哑而干涩的声音，使所有的人都无言以对，但他们却并没有行动，也不愿意行动。当时我尽管恨他们，不过也暗暗希望他们不要行动，我想，如果他们吊起老牛，那么就没有肉吃了。张裕的斥责似乎一下勾起了老牛的辛酸，然而它突然沉默下来，不向人嚎啕了。我看到泪水涌满了老牛的眼睛，它一眨眼，泪水便流淌而下。见老牛哭了，一瞬之间，四个知识青年神情有戚，仿佛要改变主意，然而终于没有什么举措。惟张裕走了，宣布要报告队长。我和我的几个伙伴，吓得站在远处，想离开，又想留下，以知道结果。

四个知识青年互递眼神以后，便绕着墓穴徘徊。白脸竟偷偷从老牛的背后踢起一块土，其滚下砸在了老牛的脊梁上。接着，其他三个知识青年也踢起土。他们要趁队长派人来救出老牛之前将它弄死。我望着他们这样想的时候，老牛突然扬起脖颈向我打量，并轮番观察其他人，随之使出浑身的力量粗声痛哭，泪水便像河一样流淌下来。但老牛的泪水却并没有阻止那些要它性命的人，他们反而加紧了行动。老牛彻底沉默了。它低垂着头，任泪水悄然喷涌。凄楚的夕阳覆盖着田野，它的红光照在老牛的脸上，其中幻化着极度悲怆的意象。令人费解的是，张裕并没有让队长派人来，而且他走了以后便消失了，似乎是在规避窝在墓穴的老牛。

那个白脸知识青年，显然不满意几个农民的犹豫。他还让我们这些孩子搬起大块的土扔向墓穴，不过我们不忍，便向后退缩。只剩下知识青年了，他们彼此也不对视，也不招呼，唯以丢大大小小的土与砖石于坟坑为要务，其面目之狰狞和阴冷，是我以前所没有见过的。老牛仍在啜泣，不过谁也不看，一副鄙弃曾经为之服务的世间的样子。夕阳照耀着，星罗棋布的村子及树木与庄稼，随着浮在红光之中的少陵原伸向远方。

老牛凄厉的哀鸣断然撕裂了天地所具的温情。急切的三声以后，便安静下去。一种死的安静，使我感到非常紧张。随着隐隐的一阵踢踏之声，墓穴上空升起一些黄壤的粉粒与嫩草的枝末，夕阳把这些游物竟都照亮了。死一般的沉寂！我想老牛是一定死了，否则那些人怎么会停止行动呢?

牛是不能打滚的动物，过分的摇撼，会将它的内脏震裂，并迅速致死。何况是一头老牛！它掉在墓穴中，将其臀部蹲下，将其头部扬上，如此颠覆性命的姿势，只能牺牲。何况人在加害它。

老牛的皮被剥了，老牛的躯体被剁成了一块一块的肉，分给了生产队的社员。那是一个黑暗的夜晚，没有月光，也没有灯光。坟坑周围尤其黑暗且阴森。村子的人端着盆子，翩然而来，翩然而去，无一拉下的都得到了肉。张裕和队长是最后拿到肉的，我躲在一棵白杨树的背后看到了。那个夜晚，村子到处飘荡着杂花野菜似的肉香，所有的人都觉得解馋，觉得幸福。

然而，哭泣的老牛终于穿越我懵懂的少年时代进入青年的我的梦中，它呜咽着、泪水涟涟的样子，让我感到它的一种对人类的愤怒的指责、深刻的藐视、强烈的仇恨。我想向老牛道歉吗？我显然缺乏道歉的资格。我身上也还有一个地方长着老牛的肉，在十二岁那年，我曾经偷偷地吃了它。实际上人类的发展便是建立在奴役和掠夺动物的基础之上的，问题是，难道人类因为有智慧就应该这样做么？我常常感到鹰捕兔子的凶狠，猫抓老鼠的残忍，不过比起鹰、猫之类的动物，人类真的是要凶狠和残忍得多。可惜人类的凶狠和残忍往往为自己的聪明所掩盖了，人类总是能为自己的凶狠和残忍寻找到堂皇的理由。当我这样考虑的时候，我明白了一种长期压迫我的恐惧，这就是：我待在家里，坐在办公室，走在街上，难免感到害怕。我缺乏一种安全之感。尽管如此，我仍要诚挚地向老牛赔罪。

善点燃了善

在中国，不是所有的地方能像成都平原那么富饶，即使种一粒石子都会萌芽；也不是所有的地方能像深圳那么幸运，一夜之间就会冒出森林似的高楼大厦。实际情况是：很多地方仍没有跳出贫困的圈子。这固然是由于自然条件所致，还有部分是历史造成的，总之，人定胜天的法则收效甚微。问题是，贫困地方的孩子出生了，而且要读书。他们挎着破烂的书包，坐在简陋的教室里，伏在粗劣的课桌上，他们毕竟从小学升到中学，其中一些孩子将乘着梦进入大学。这些孩子，除了自己的聪明之外，他们要具备含辛茹苦的素质，不能挑剔饮食不香、衣服不新、床铺不软，尤其不能讨论文具的精致与漂亮。在贫困的地方，欲望是要勒紧的。欲望也能够勒紧，他们当然是一直紧勒着欲望的。

然而，大学常常驻立城市。城市的水不是乡村的水，城市的水涨得很高。城市的水并不管他们是从贫困地方而来的，一顿简单的饭，几元就是几元，一本必需的书，十几元就是十几元。这里的水逼迫他们把船撑得很高，如果不能撑得很高，他们就不能留于此。遗憾的是，父母的供养实在有限，有的家长即使拿出吃奶的力气，每月也才能给孩子挤出数十元。贫困的学生在城市支撑着，节俭度日，设法挣钱，有的因为身体的虚弱而昏倒在教室。贫困是要呈现自己暗淡的颜色的，于是他们另一个任务就是回避冷脸，抗争歧视。贫困学生的压力，只有自己才能感觉。他们难免产生退学的念头，不过这往往使老师的心抽搐和颤抖。

陕西师范大学中文系老师刘路，岁近五十，教授写作。他以自己读书时候所遭遇的窘迫，体会贫困学生的心境。刘路怕贫困摧毁了他们，担忧他们退学，或是沉沦，或是对社会产生仇恨。他想，如果这样的事情发生在自己的视野之内，将是老师的耻辱，是自己所从事的教育的失败。刘路的所虑，实际上就是他周围大部分老师的所虑。只有老师最了解自己的学生，也最爱自己的学生。刘路颇想对贫困的学生有一点资助，只是老师也甚清寒，他上有老母，下有稚子，必须计算着月薪而持家。这使他对学生的资助，一直是心有余而力不足。然而他不忍，无法推开，无法割舍。为此，他确实有一点耿耿于怀。当学校一次发给刘路三千元奖金以后，他才有了实现愿望的机会。发给他奖金，是由于他的牵线搭桥，学校获得了一个奖励基金。拿到钱，刘路直接把它交给了中文系。他提出，要把这些钱全部资助给那些特别贫困的学生，而且绝对无偿。

一个老师资助贫困学生的意义，领导是清楚的，于是一天下午，中文系就为刘路的资助举行了一个小小的仪式。二十名特别贫困的学生都来了，他们是由班级选出的，而且经过了调查，证明这些学生的家庭经济真的极差。其中一个男生是靠母亲卖凉皮积攒学费的，另一个女生更难：她只有一张从铁岭市到西安市的车票。走进校园，她的手就空了。无可奈何，宿舍的同学便凑钱，付了她的报名费。十月的一天下午，那些特别贫困的学生低着头，静静地坐在教室，心情是复杂的。一抹从窗口探入教室的夕阳，想以它的金光照亮他们的眼睛，然而不易。秋天的夕阳让他们伤感，所以他们都眯着眼睛。刘路像教授写作知识一样站在讲台上。他戴着眼镜，穿着普通的猩红夹克，亲切地看着他们。此刻，与教授写作知识所不一样的是，在这个异常的气氛之中，他没有旁征博引，没有抑扬顿挫。刘路只是轻轻地说：

“同学们，见一见你们，是我长久以来的想法。我资助的钱，只能平均每人一百五十元。这对你们的生活实在是杯水车薪，我很内疚。然而，它带来的信息是，老师牵挂着你们。对于贫困，你们不是孤军作战，你们的后方除了有家长，还有社会！盼你们一定要自强自立，完成学业，万万不能半途而废。在这里，我要提醒你们：贫困是尴尬的，不过变换一个角度考察它，它就成了一笔财富。它培育人的同情之心，忍耐之心，而且它锻炼人的意志，所谓寒门出奇，所谓雄才多磨！贫困是由于缺钱，缺钱必然想钱，对钱作召唤或是诅咒。然而无论如何，你们应该保持精神的自由和昂扬，不做钱奴，不为钱役。在这里，我要强调的是：不能把贫困归于自己的父母，不能抱怨和嫌弃他们。父母供养你们，送你们上大学，已经难能可贵了。还有，你们所产生的适应艰苦环境的能力，质朴而坚毅的品质，也多是受他们的影响。他们足以敬重！”

刘路的声音是低沉的，道理并不高深，不过他的肺腑之言带着穿透人情世故的力，敲击着每一个学生的心。他的叮咛是滚烫的，旋即融化了学生梗塞于胸的块垒。贫困的学生几乎都哭了，滑落的泪水像秋天的梧桐叶子一样沙沙作响。最最激动的时刻是：中文系领导把钱交给刘路，刘路把装钱的红包递给学生，学生依次接过，依次深深地鞠躬，毕恭毕敬，腰弯得俨然是在顿悟之后表达一种信念，神情突然成熟得有一点肃穆，泪水滴在地上，而谢词则化为哽咽。我想，他们不仅仅是为一百五十元钱才感叹且感奋的。学生之所感，是因为他们进入了感动和感激的境界。一个能使人产生万千感慨的境界并不常有，缘分到了，才会遇合。

恶引爆着恶，善点燃了善，而且对于平凡的人，作恶行善大约都很难，这是我的一点体会。刘路资助贫困学生之举，为我的体会提供了新的证据，它当然是善的反应：在资助仪式上，田同学获悉张同学的家景比自己更拮据以后，便拿出一百元，在晚上去找张同学，一定要她收下。然而张同学认为自己已经得到了刘路的资助，当然不肯领受。在一棵柳树下，她们悄然地推让着钱，并倾诉着对世间的感受，清亮的眼睛，满是月光。王同学把得到资助的事告诉给了自己的母亲，这个信奉佛教的妇女虔诚地为刘路烧了香，并从遥远的甘肃赤金堡为刘路祝福。赫振龙是西安市一家副食品公司的经理，偶尔获悉刘路资助贫困学生的消息，感佩之至。他放下工作，立即取出一千元钱，让职员送给刘路，以补贴其生活，并表示对一个陌生老师的敬意。善就这样产生着新的善，善所酿出的温暖，使我也情不自禁。我有一个愿望，盼那些得到老师资助的学生，发愤成才，让善的种子开花并结果。我盼他们成为有尊严和有良知的人，并盼在20世纪的某月某日有关于他们的好的消息。我以为，那才是真正巨大的善。

古代鲁国大夫叔孙豹说："太上有立德，其次有立功，其次有立言，虽久不废，此之谓不朽。"

现在的人一天匆匆忙忙，很是劳累。人当然都知道自己是为了什么而奔波。大约也有想立功的，也有想立言的，然而立功立言，究竟为了什么？立德似乎显得虚无缥缈，立德仿佛是雨点落到了汪洋大海之中，无声无息，无影无踪，从而小善难行，大善更难行。不过我想指出的是：善自有其轨迹，善从来不会不留下印痕，善总是默默地以神秘的方式运作，善总是在关键之际展现它的灵验。可惜庸俗的人不知道，不明德。唯有智者懂得，行善就是立德，立德就是永恒。

恶引爆了恶，善点燃着善。

路遥纪念

一年之中，总有几次要到西安的一些大学去为学生谈一谈当代文学的情况，讲座的最后半个小时，照例是回答提问。也许是地域的原因，学生对生活在这个古都的作家有极大的兴趣，而已故的路遥则是大家非常关注的一位。那种场面是感人的，因为提问学生的神态很是虔诚，没有嬉笑，也没有调侃。可以感到，他们完全是陪伴着路遥在思索，甚至是路遥引导着他们，起码是影响了他们。讲座是为学生传道授业解惑的，但学生的表现却也启示着我。《礼记》曰教学相长，体会起来，我以为确实是对的。

路遥的书在他生前就有很多版本，而死后则更多。他的书几乎都由出版社自己出版，不过也有出版商造货的，也许还有一些盗版。我便见过一种字小而模糊的书，我有相当的根据怀疑它的来路。路遥的女儿叫路明，她曾经代表其母亲林达向我征求如何对待盗版的意见，我的回答使她失望而沮丧。杜绝和打击盗版，以保护路遥在内的作家的知识产权，显然是一个制度问题，即使我是路遥的朋友，即使我还是一个编辑，我也没有办法。然而我可以思索这样一个问题：媒体几乎没有对路遥的书进行过煽动性宣传，他的书的出版，也没有过商业性运作，实际上路遥的书是以平静的方式行世的，但它却一直拥有大量的购买者和阅览者，这是为什么？

有一次，我看到一个学生拿着路遥的小说，封面脏污，边沿破损，显然是经过很多人的手才传到他那里的。作家的书被人读烂了，却仍被人读着，显然是一种极大的荣耀。把曹雪芹的书和柳青的书读烂的情景，只有小时候我在自己的故乡看到过，不过那时候可怜的中国人是没有多少书可读的。现在，把书读烂的情景几乎没有。书多了，便增加了选择的机会。在一个有种种选择的岁月，路遥的书经过很多人的手而由新变旧，我为他感到骄傲，当然也有一点嫉妒。我还在一个县城的书店看到他的书出租的情景，老板告诉我，要路遥书的人几乎都是青年。调查显示，路遥是20世纪下半叶作家之中读者最多的一个，多于琼瑶和金庸。我曾经一再表示对评论家的遗憾，并抱怨他们忽略了这种现象。朋友之间，偶尔也讨论这种现象，也瞪大眼睛惊叹，然而讨论尚未升华起来。在我看来，既然是一种现象，就需要认真研究，因为在现象背后很可能有一把开启某个文学理论之锁的钥匙。

路遥是一个农民的儿子，但这个乡村青年却怀有改造中国与世界的理想。也许路遥对自己的设计是当一个杰出的政治家，我以为，路遥完全具备政治家的天赋和气魄。不过政治家是在一定的气候之下才能产生的，而在路遥所生活的时代，路遥以他底层的身份难以进入权力阶层。这多少刺痛了路遥的心，不过也使他深刻地了解了社会与命运。当然关键是，它引发了路遥严肃的思虑，并造就了他这么一个有使命感和责任心的作家。路遥也存在着明显的局限，这便是他没有把自己提升到一个人文知识分子的境界。不过这不能苛求于他，因为做一个人文知识分子，是需要一定的文明的传播和交流的，还需要一定的文化视野，可惜如此条件在路遥的时代还不具备。然而路遥也绝不仅仅是一个追求风雅的文人，在他身上，没有丝毫的中国传统文人的习气。他不会吟风弄月，也不懂棋琴书画。他是把主要的精力都花在对现实的关注上了，进而分析着普通人的生存状态。也许路遥的作品缺乏艺术的先锋意识，但它却一点也不缺乏普通人的情感。

路遥虎背熊腰，给人以强悍之感。当然，一个男人体质上有力量，并不等于他精神上就有力量，这仿佛女人有一张好脸，并不等于她就有一副好心一样。不过路遥是多少有英雄气概，并有征服之欲的。实际上路遥也只能这样，否则他便会像黄土高原上的一棵杂木一样自生自灭。荒凉、落后、没有前途，这便是路遥的环境。要改变这一点，要出人头地，他只能奋斗。高加林是奋斗的，孙少平也是奋斗的，而奋斗则会有挫折。奋斗，挫折，甚至失败，对此过程路遥有深切的体验。不过这种体验难道唯路遥有吗？不！凡是这个社会的普通人，凡是底层的青年，不管是乡村的，还是城市的，他都会有，而且是一茬一茬涌现的。这些青年便是路遥的基本读者。路遥的书使他们产生了共鸣，并舒缓了他们的孤独和辛酸。

还有爱情。在我看起来，爱情是有条件的。也许繁殖爱情的条件并不是财富和地位，甚至财富和地位恰恰会削弱繁殖爱情的能力。我以为，通常在贫困的情况下，在道德保守的情况下，在男女的自由受到限制的情况下，爱情才会活跃起来，这就像有压力才会有火山爆发一样。路遥曾经慨叹："雪夜之中，依偎在街角的恋人，是最幸福的，也是最让我羡慕的！"读路遥的小说，便能看见这样的爱情，它当然也是吸引青年的一个秘密。

我和路遥在过去有一点交往，不过属于蜻蜓点水式的，其背景是我在毕业分配的时候他帮助了我，对此，我心存感激。尽管我十分敬重路遥，但我却始终没有成为团结在他周围的人，这固然由于我主要写散文，他主要写小说，我年幼，他年长，也由于他当时是热点人物，他有自己的崇拜者和追随者，而我自己在骨子里则是一个独立者、高傲者或自负者。我从来都未进入过前呼后拥的队伍，也鄙视如此做人。我当时也为他做不了什么。现在能记得的，就是给他女儿找了一根注射针管作为玩具，不过这还是应林达之托。倒是他一直关注着我，并有庇护之意。

有一年在新城广场附近的一个地方开会，我觉得内容乏味，便抽身离去。出了门，我碰到他和贾平凹站在树下叽叽咕咕商量着什么。他们都是矮子，都穿着20世纪80年代北方时尚的黑呢大衣，都是一副胸有成竹的样子。我跟他们挥手告别，他们遂点头，应着好，随之路遥侧身对贾平凹说："这后生不错，今后多多在意他一点！"其实我认识贾平凹比认识他还早，我和贾平凹的来往也密于我和他的交往，然而路遥的庇护我是领受了。至于贾平凹，当然一直支持着我的写作，而且我也记得在一个困难的冬天他所给予我的帮助。还有一年，是1991年，陕西省作家协会已经确定我作为代表之一，参加全国青年作家会议，然而有奸佞之人向宣传部揭发我犯政治错误，于是协会就不得不遵命取消我作为代表的资格，并以一个身材细瘦的人顶替。这种事情是愤怒不得的，不过可以冷笑。大约就是那几天，我在一个家属院碰到路遥，他宽慰我说："蛋屎事情，不要管它，好好写自己的东西就行了。"我和路遥只有一次讨论过文学，他教我："你写散文一定要走自己的路。现在很多人都模仿贾平凹的散文，你不要这样！"我认为，如果路遥不把我当作他的兄弟看，那么他不会如此坦率；如果不把我当作他的兄弟看，那么他也不会如此诚挚。不过我觉得贾平凹散文的魅力还是很大的，你无法不学习他，然而当时我没有这样回答路遥，只是心里想着而已。

路遥逝世之后我真的非常难过，我一再默默地流泪。我记得一天骑自行车接女儿从幼儿园回家，经过钟楼之际我忽然控制不住抽噎起来，四岁的女儿觉察了，遂抬头仰脸问我："爸爸你怎么啦？"我说："爸爸有一个朋友，是作家，写小说的，他昨天突然逝世了，我心里很难过！”女儿说：“爸爸哭，我也要哭！”于是我和女儿就都哭着绕过了钟楼。今年的一天，我应邀在西北政法学院为学生比较余秋雨与贾平凹的文学，最后的提问当然涉及路遥及我对他的印象，我遂说了说我和女儿为路遥而哭的情景。我以为时过境迁，岁月的尘埃会把我的心灵污染得粗糙而迟钝，岂不知我还十分敏感，我一点也不料突如其来的悲伤会迅速袭击我，我竟在课堂上泣不成声。大约有三四百名学生的教室，一下变得十分寂静，也十分肃穆，我还隐隐感觉很多人都低下了头。感谢这些学生，他们理解我，并以默默无言的形式参与了一次感情的交流。我以为此时此刻的无言，应该是最合适和最美丽的方式。

我当然参加了路遥的追悼会，并留下了两个难以磨灭的印象：一是路遥躺下之后显得非常短小，我觉得他短小得简直像一个孩子；二是他的脚上穿了一双雪白的旅游鞋，鞋底有类似瓦当上的一种花纹。追悼会在三兆火葬场举办，我有几年不去那个鬼地方了。尽管有同事和朋友逝世之后也在那个鬼地方举行追悼会，然而我狠着心，坚持不去。我觉得那里阴森，充满了不安的灵魂，尽管哀乐也很是悦耳。

我一直在以自己的方式纪念路遥，不过我始终也没有获得一种足以表达我感情的方式，这是让我遗憾的。几年之前，我有了出版他的全集的设想，觉得这确实还算一件事情，随之找到林达和路明，她们也很是支持。评论家李国平过去也是路遥的朋友，并研究路遥，于是我和他就四处奔走、八方联络，以征得散落各地的路遥作品及书信。经过大约一年的努力，全集倒是编辑起来了，但出版却遇到了麻烦。在一段时间，出版的计划确实到了流产的边缘，甚至马上就要道歉退稿了，对此，作为它的编辑我极其悲哀，作为路遥的朋友极其负疚，也觉得抱愧于林达和她女儿。幸亏广州的杨斌对路遥的书很有兴趣，而且她确实是一个颇有见地和气魄的编辑。经过商榷，很快就有了一个合作出版的协议，全集终于行世了。路遥当然没有见过杨斌，不过他如果泉下有知，我想他一定会感谢她的，并喜欢这个漂亮的女士。依我对路遥的了解，我想这是完全可能的。

我还想告诉路遥，在日本有一位学者名曰安本，是专门研究路遥的。我敢保证，在整个世界，当然包括陕西，他是收集路遥资料最齐备的一位。他曾经再三打电话询问全集出版的情况，还托叶广岑询问过我。毫无疑问，从邮局取回书之后，我将立即送一套给安本。在冬天，路遥的书出版了！我真是高兴，我真想拥抱街上所有的人！

苦难与智慧

大约有二十年左右的时间，史铁生是我念念想见的一个人，此念源于他那篇关于清平湾的作品。我见一见他，并不是要请教小说的技法问题，也不是钱锺书先生所调侃的吃了蛋还要看鸡。我觉得他是一个有心的人，他的灵魂有一种历练之后的澄明，还有一种高贵的忧伤。这是他的作品给我留下的印象，当然也是他的作品挑起了我见他的念想。我一向善感，现实中的或艺术中的事，每每会打动我，于是近乎二十年之前我在那充满忧伤的青春岁月，就非常易于为史铁生的忧伤所浸润，随之汩汩地流泪，并感到了灵魂的净化和抚慰。然而也不仅仅是这样。我发现史铁生对生活留恋得极为深沉，甚至他认为清平湾的牛都知道羞耻，有道德，而村子里的男女老少则无不属于良家。我十分诧异，窃以为他在无意之间弄出了人之将死其言也善的信息，清平湾的暖色显然是黄昏的暖色。我独守这个发现，拒绝交流或传播，这是出于对宇宙之中一种神秘力量的敬畏，也不愿意让人骂我是诅咒史铁生。我多少也有文士相轻的毛病，对一般人的作品，通常只是品尝一下，领略其味就行了，可对史铁生的作品却兴趣强烈，能得到的一定要读。除了他的作品让我喜欢之外，我还有一个目的就是捕捉新的信息，并想见他。我尝思索，如果史铁生知道在西安有一个人这样关注他，而且是暗暗的、持久的，那么他大约很是反感。可惜他无法发现我，并阻挡我。不过我想见他的念想也是淡若轻烟，飘若浮云，忽隐忽现的，然而这个念想似乎也特别顽强，一岁一岁地延续下来，没有消失。我明白，见一见是需要机会的，遂等待着机会。

实际上我所捕捉的信息是很准确的，有史铁生的作品提供的证据。不过在清平湾之后，他显然已经战胜了自己。我的意思是，他曾经一步一步地走到了死的悬崖，甚至要纵身一跳，以摆脱身后的世界，可他却终于醒悟，决定要生，遂返回大地，从而看到了清平湾的美丽。醒悟的过程是漫长的，也是艰难的。也许只有史铁生知道，一个多么英俊，多么自尊、充满希望的青年，突然双腿废了，不得不靠轮椅在世间游移，是怎样一种苦难。是的，史铁生的苦难是从双腿有病开始的。人类有形形色色的苦难，而史铁生的苦难则起于身残。

苦难有时候真像大海，溺于其中的人，往往会由于难以承受其折磨而颓唐、而堕落，或是变得嫉妒或愤世嫉俗，甚至有的会图谋报复社会，若实在走投无路，那么便自杀。在我周围就有这样的故事发生，而苦难所造成的消极心理，我则完全可以考量，并愿意理解。在史铁生双腿有病的开始十年，他经常摇着轮椅把自己运到天坛。那是一个古老的祭场，不过史铁生进去的时候，它已经成了一个破败荒芜的园子，只有厌世或隐身的人才喜欢这里。史铁生显然是希望躲避喧嚣的，躲避所有的人，甚至要躲避自己的母亲，或分担母亲的忧伤。母亲也知道儿子所受的煎熬，然而她难以有效地安慰儿子，或减缓儿子的煎熬。如果史铁生离开家的时候不是心平气和的，那么他母亲便不会安安静静地待在家里，即使史铁生不烦不恼地走了，她也不能。她总是在史铁生出门之后，要悄悄地到天坛去，看一看儿子。史铁生不愿意遇到人，甚至在落寞的园子里，他也要藏在树后或林中，这为母亲找他增加了难度。有几次，他发现母亲在园子里张望着，四下张望着，终于也未能发现自己，遂怅然而去。之所以母亲未见他还能走，是因为园子的气氛是正常的，她感到儿子还好，虽然未见。如果儿子不好，那么园子里早就会有一种惊异与紧张的气氛。不过，她走也是怅然的。史铁生躲避在古老而荒芜的祭场，竟连母亲也躲避，主要的原因，甚至唯一的原因，是他正经受着苦难的锻造。他不希望任何人看见他挣扎的状态，这仿佛蛇蜕皮、蝉脱壳、虎狼豺豹舔其创伤，总是隐蔽在角落进行的。禽兽也会维护其自尊，何况是人，何况是史铁生。也许这还不仅仅是一个自尊的问题，它有可能是出于宇宙之中一种神秘的力量，具有生命诞生的性质，或是要脱胎换骨就必须这样，因为它将导致人的根本变化。苦难有时候真像大海，史铁生溺于其中近乎十年，终于摆脱了沉沦之势。

当然，他还从苦难之中掌握了智慧。至于苦难怎么变成了智慧，是用加减法，还是用乘除法，还是混合用之，他似乎省略了。不过总之，他是我知道的在世间同路而行的人之中，唯一对死有研究的人，而他的结论则从实践中获得。他是以见证死来研究死的人。他对死的研究，使他完全达到了这样一个高度：他凌驾于死之上，从而潇洒地生。在这一点上，我觉得他似乎有一种宗教的精神，使我易于想到释迦牟尼的信徒或耶稣的信徒。我以为，这是一种智慧，它使灵魂扔掉了庸常的累赘，变得澄明，充满了人之为人的纯洁。我所谓的有心，就是指这种经过一番历练之后才获得的纯洁，而史铁生则属于有心的人。多年之后，史铁生完全理解了母亲，也对母亲产生了一些负疚和懊悔，并深沉地纪念着母亲，这便是有心的表现。史铁生早就把对母亲的感情，扩而展之为对万物的感情，而这则恰恰是一种智慧。史铁生的苦难是从双腿有病开始的，他的智慧是从苦难开始的。对于这样一个人，我当然是要见的。

机会出现在一个夏天的下午，大雨以后。我进入史铁生所居住的社区之际，那里低凹的地方还汪着水，空中也有一种混合着花草与树木的气味，非常凉爽，有老人和孩子在路上且行且停。我敲了敲门，他的妻子便打开门礼让我，接着史铁生摇着轮椅出来，迎我到客厅去。近乎二十年之间我想见的人，一旦坐在我的面前，我居然不知道怎么说、说什么才算合适。孔子曰："智者不失人，亦不失言。"我便是这样考虑的。在以中国人惯常的用语相互问候之际，史铁生给我突出的印象是，如果他站起来，一定很高大，很魁伟，他在街上碰到流氓或盗匪，一定会有勇为。他也有静气，偶尔的一个手势，还带出了一种领袖的风采。他的身体仍然是麻烦的，他告诉我：每星期做两次透析，使人非常疲倦。透析就是把血液抽出来，消除其中的毒素之后再输进去。消除血液中的毒素，也会损害血液中的一些营养，所以会疲倦。他解释自己的身体，就像解释叶的光合作用或冰的物理变化，是没有任何忌讳的，这便是达观。他很清楚出版行业的变化，并以印数和版税计算我的一本书的报酬，还表示祝贺，不过我明白他对这种问题缺乏兴趣，他这样做，无非是量体裁衣，见客炒菜，以照顾我的情绪。讨论我和他共同认识的一位作家时，他骤然兴奋，并对她有可能的成功表示期待。零零散散，任其自然，就到了我应该离开的时候，遂起身告辞。史铁生摇着轮椅一直送我，走过客厅，还继续走。我要出门了，便站住，转过身说："请你留步！"他挥挥手，笑着说："你走好，再见！"

离开史铁生所居住的社区，我便在北京消失了。不过我一直回味我对史铁生说的话：请你留步！严格分析，它属于弗洛伊德所指出的口误。在我的潜意识之中，显然认为史铁生是一个健康的人，否则不会那样用语。如斯用语，有失推敲，它当然也是在我设防不严之际自己涌出的，总之难免有一点唐突与冒犯，并害怕刺激到他。我也久久想到他的客厅，地面是不加修饰的水泥地面，桌椅都是旧的，由于住在一楼，光线显得黯淡，然而刘梦得有言："山不在高，有仙则名；水不在深，有龙则灵。"孔子有言："君子居之，何陋之有！"我还感到上帝的伟大！上帝常常给金玉似的身体装满了败絮似的俗气，以让这种人到处展示自己的浅薄与卑劣，反之，常常给疾病之躯注入灵性，并让这种人静静地放射自己的光芒。我不知道上帝是什么旨意，是要造成悬殊的反差吗？若是，那么这种反差的作用何在？难道是要启示：瞧，人的能量多么巨大，疾病之躯都会修成澄明的灵魂，难道强壮之身不能吗？不过也可能是这样的启示：苦难并不是幸福的绝路，如果你愿意，那么苦难还培育智慧呢！然而这都是我的一点猜测，窃以为我愚笨的脑子是不能提供优秀思想的，请包涵，请原谅！

恋旧

我是一个恋旧的人，凡是我曾经使用的东西，即使完全过时、损坏，我都不舍得扔掉，当然也不愿意把这种有淘汰之嫌的东西捐给灾民，尤其不愿意赠送宾客，除非他们主动索要，因为我觉得赠送东西赠送新的、赠送自己亲手所购的，才显出情分。我知道恋旧的毛病会为人所讽，然而让我轻易扔掉自己的故物，总是手软，也心疼，所以这个毛病是难改的。

我有一件黑色雪花呢大衣，是大学毕业之前，父亲请人为我定做的。那时候，这种大衣相当流行，多少有一点身份的象征，北方的男士，当然是干部，只要经济许可，甚至即使拮据一点，若有必要，那么在冬天，都会穿一件黑色雪花呢大衣。父亲见我将要走向社会了，便为我定做了一件，它也蕴含着父亲对我的器重和希望。改革开放的力度加大以后，男士的服饰尽管赶不上女士服饰翻新之速度，不过也是一浪一浪的，这种大衣就在公共场合匿迹了，我也只得把它装进柜子，有收藏的意思，似乎还想在什么时候或是老了再穿它。我迁居几度，它也随我辗转数次。妻子整理柜子之际，往往要笑着抓起这件大衣说："多重呀！你老了再穿噢。只是不知道那时候会兴什么，你真的会穿么？"她建议我把它处理了，然而我不能。它毕竟在冬天为我遮过霜、挡过雪、温暖过我的身体，甚至还使我增加了一些风光，遂不忍弃之。我的一张书桌、一个书架，是20世纪80年代的款式，拙朴得粗而笨，放在经过装潢的屋子，显然是破坏气氛的。为了相宜一点，我请木工改造了一下，还刷了新漆，目的当然在规避对它作处理。我的爱华牌组合音响，在已经维修了几次之后，磁头又断了，不过我仍计划维修一下继续使用。凡是知道我有这种想法的朋友，无不给我洗脑，甚至维修音响的老头也劝我作罢，因为若要算账，那么买新的比维修坏的要明智。实际上这些道理我也是无师自通的，不过我仍在犹豫。念它在我独身的日子里，把德沃夏克深情的旋律和理查德·克莱德曼优美的琴声洒满我空空荡荡的房间，安慰我，催我振奋，给我启示和灵感，我怎么能随便处理它呢！我现在还保存着小学所用的第一个文具盒，保存着大学所用的第一本笔记本，翻出它们，就有温馨的记忆。

凡我的故物，都参与过我的生活，见证过我的欢乐与痛苦、希望与沮丧，甚至它们是我的审美意识和价值取向的体现，从而构成了我变化的标号。我把感情曾经投入到这些器具之中，而这些器具则曾经忠实地为我服务，我与器具之间，显然建立了一种亲密关系，我之爱器具就仿佛器具之爱我，是水乳交融的。尽管新的器具必然要为我所使用，随之加入我的生活，这是非常正常的，并不涉及道德问题，但我却对那些应该引退的器具怀有依依的惜别之感。我也非常喜欢文物，凡是祖先遗留下来的城墙、陵墓、石刻、碑、塔、俑，我都会反复欣赏，并会购瓦当、购陶罐，以作收藏。我以为，这些文物是历史的硬件，它们逾越悠久的岁月，凝结着祖先的生存智慧及他们的愿望、敬畏、祈祷，甚至这些古老的文物仍有他们的手印和体温。我景仰这些文物，实际上是景仰祖先的伟大，并珍重他们的劳动与创造。

对于朋友，我尤其是恋旧的。也许曾经由于意气之争、言语之误、行为不妥、礼数不周，我伤害了朋友，或是朋友伤害了我，遂使彼此疏远并中断了往来，然而事过境迁，我往往会想到昔日的朋友，并愿意彼此谅其瑕疵，温其玉美，即使不能像昔日那样或聚于陋室，或游于大地，壮怀激烈，慷慨悲歌，不过应该把共有的经历当作财富，并盼彼此都在心里留着一个位置。有一天，若我先走了，那么，我是要所有的朋友都送我的，而我则一定会送先我而去的所有朋友！

彷徨

在旧世纪终结和新世纪开始那一年，我进入四十岁，孔子曰四十不惑，但我却不能。实际情况是，我在这一年非常地彷徨起来。固然有一些私事，也有一些拖泥带水的公事，不过主要的还是我的精神走向。

在过去的近两年里，我匿迹着读书与写作，遂有一组原型人物散文的完成。只有我知道，当然也有熟悉的朋友知道，对于我，这些散文不仅仅是文学，确切的，它还是持久压抑与深沉思考的集中发泄，它是冲着中国文化的野蛮元素的。它的出版仍不是为了挣钱，如要挣钱，我早就改换手法写作了。当然它也有一些版税，然而这不过还是意外的收获。我曾经告诉朋友，这些系列散文的完成使我获得了长江流过三峡的阔朗体验，而它得以在上海结集出版，则是一种幸运。这些都是肺腑之言。

问题是接下来怎么办，我的彷徨随之而至。当我从简易的工作间走出来的时候，这个世界已经完全变了。世界如此繁荣，但我却是如此萧条，世界如此豪华，但我却是如此清寒，甚至一向能咬牙忍受的我，居然也有失尊严地向人倾诉了。世界之变迁还在于它导致了人的交往方式之变，我不得不暗叹，过去的朋友正在悄悄分化。我明显感觉一种落伍，不过它难以使我服软。于是我就为平衡心理而自辩，我以为，我并没有从事经营，我也不做生意，所以不要用经营与生意的结果衡量我，不要用钱衡量我。然而这个世界有自己的法则，并不管你干什么，只是以腰包的饱瘪评判人。习惯与风气如此，你奈何它不得。我遂产生了脱贫的打算，并想迎头赶上。

当一个体面的中产阶级，有轿车，有别墅，甚至有美目盼兮、巧笑倩兮，这固然是时代的潮流，也多少让人羡慕，不过我的脱贫，主要还在于使我的父母儿女及妻子不要拮据，也希望自己能以这个世界通行的方式参与这个世界。为此，我曾经打算要用一定的时间写作通俗作品，甚至要用三年五年的时间专门从事图书产业，以改变经济情况。不过我也知道，如果这样，那么实际上就是改变了生存方式。也许经过努力，自己会阔绰起来，然而可以预料，这个过程将丧失我的灵性。做一个精神的探索者与做一个钞票的积累者，是不同的实践活动，它也需要不同的素质，从而塑造不同的人。

当一个真正的作家，当一个有人文精神的作家，是我从小的理想，而这个理想的确立，则源于我在中学时代所受到的一次打击，它使我发现人性的黑洞，也产生了观察和体验人性的兴趣，我甚至迷恋于这样做。我选择了文学的途径，已经写作二十年。我根本不知道它是否有世俗的前途，只知道，它无害于社会，它有益于社会，当然它也是我从小的理想。如果由于外部的压力，丢掉自己的理想，那么我以为这是对信念的背叛，也是一种屈服。这样做显然是人生的不幸，其不幸所引起的隐痛，根本不是钱财的获得能够治愈的。坚持写作，全神贯注地写作，以写作的方式研究人性，解析一个民族的心理，并尝试着用爱照亮幽暗的精神地带，注定需要付出与牺牲，因为我难以把精力慷慨地用于现实利益的取得之上。一个可以自慰的道理是，人不能把什么都占全了。问题是，我要放弃的，恰恰是天下熙熙攘攘而追求的。我多少有一点逆流而行，甚至会独立于世。我相信自己的考虑是细致的，也是深入的，我仿佛看见了自己悲惨的结局，我的晚境将穷愁潦倒。然而我还是下了决心，准备牺牲。关于牺牲，中国人对它并不陌生，不过主动与被动牺牲有极大的区别。我引以自豪的是，我的牺牲是属于主动的。

我还有一些潜在的考虑：中国人真正缺少的不是财富而是思想。中国在拥有资本家的时候，也需要哲学家，或是现代意义的思考者，而且是迫切地需要。也许考察一个民族是否强大的标准，主要不是人均收入而是处世态度。对这些考虑，我不愿意随便言之，我不愿意遭遇曲解和讽刺。各人有各人的价值观，都有其存在的根据，不过这个世界上往往有人要把自己的价值观强加于人，以使之归顺于一个集体之中，否则便是另类。

秋天的一个晚上，几个朋友一边喝茶，一边讨论。这些朋友都是文化人，有智慧，也有能力，不过那种智慧和能力往往是零散地发挥着，甚至只是为一些正在成长的中产阶级所利用，而自己则一直不入中产阶级之流。这次聚会，我把长期积蓄的一腔情绪喷射了出来，因为我和他们相似，遂多少有惺惺相惜的感觉。一位朋友在上海待了一段时间，有心灵的触动，本是他发挥启示作用以改换大家的脑子，然而音乐之中的灯光，映出了另一种气氛，我情不自禁，大放厥词。我的观点当然也赢得了大家的认同，而我则由于得到鼓舞变得狂放起来。我的结论是：明天就行动，要像革命前辈过去把头拴在裤带上夺权一样把头拴在裤带上挣钱。我热血沸腾，立即拨通北京一个朋友的电话，以启动过去策划的一个方案。然而，也许是天意，那位朋友的电话关着，随之美国遭袭的消息突然传来，聚会便中断了。

但这次没有尽兴的聚会，却对我产生了生死一般的重大影响，它结束了我的彷徨。挣钱的咆哮誓言，显然把我固有的一种欲望推到了顶点，然而正是这个顶点使我感到了一种空虚，尽管它还是一个想象与演习的顶点。这个顶点向我反证，用充足的时间全力挣钱，并不是自己所需要的，这仿佛总是争吵的夫妻，整天闹着离婚，可一旦决定离婚，而且气势汹汹地要办理手续的时候，却发现他们彼此是深爱的，谁也舍不得谁，遂相拥而泣，携手回家，并誓将白头偕老。

大德之旅

可君是一个聪颖的学生，大约现在已经到了报考大学的年龄。他的父亲是作家，母亲是教师，都为我的朋友。我到他家去，可君总要从自己的小屋走出来问候我一声，之后继续他的作业。

几年之前，我和妻子，可君随着他的父亲与母亲，结伴作海南之行。原估计正月初一，火车上的人一定很少，岂知人多如麻，不但坐满了座位，站满了车厢过道，而且挤满了厕所。原推测越走越暖，要一层一层地脱下衣服，岂知越走越冷，在广州还要购置一袭棉猴穿上，因为百年一遇的寒流，从遥远的西伯利亚滚滚而来，并裹挟了火车。海南之行，没有预料的那么顺利。

我忘记了是在何处，不过总之是火车过了长江，有一会儿，可君显得颇为烦躁，皱着眉，跺着脚，翻着眼睛看他的父亲与母亲。几个大人热烈讨论着，显然忽略了他，否则他不会翻着眼睛提醒大人。当时可君只有十二岁，接近害羞的青春期，又腼腆，又内向，白皙的脸时时会浮现红晕。我向他父亲示意可君有事情，他父亲便问："怎么了。"可君说："上厕所。"他父亲遂领可君出去。回来之后，他的父亲一脸严肃，而可君则一脸窘迫，一点也没有方便之后的舒展神情。他父亲说："厕所都关着门，让他在过道撒，他又撒不出来。"他父亲一抖情况，尽管可君未吭声，但他却显然有一点恼怒了。他母亲说"可君跟我去"，遂带儿子出去。不过一会儿可君回来，仍是一脸窘迫，而且分明有一种承受折磨的痛感，因为他坐在那里，两腿合并着，使劲地夹着。他母亲忧虑地说："他不好意思！"

我知道这样下去会致他生病的，也知道接近青春期的可君有一点心理障碍，这当然也证明他是一个有自尊的孩子，如果他满不在乎，那么还能让尿憋着吗？不过这个孩子过分注意自己的行为所产生的影响了，他希望有完美的形象，只是他设计的形象堵塞了自己的排泄渠道，并有可能损害其膀胱。当此之际，他是需要帮助的，而且在那样的环境，唯我能给他以帮助。我的意思是，我能克服他当时的困难，也许还能给他一个为人的启示。于是我就摸摸他的头，让他跟我走。

我没有敲打厕所的门，那是徒劳的。我径直率可君来到车厢与车厢之间的过道。这里也有人，在昏暗的光线之中，他们或蹲着，或站着，或斜靠着壁板吸烟，当然也有人从过道来来往往。不过我不能有一点迟疑，因为微小的犹豫都会继续限制可君。我率他来到过道的窗下，让他和我并排站着，只是我稍稍朝前了半步，从而他落后了半步。我坦然地解开皮带，蓦地看到窗外有妩媚的青山匆匆而过，随之感到可君焦急地拉下自己的皮带，接着传来了潺潺的水声。我松了一口气，也骄傲地系上皮带，并像凯旋的将军一样携可君回到座位。可君的父亲与母亲见孩子轻松的样子，便知道问题解决了，何况大家讨论的事情似乎比上厕所的事情要高雅，便继续着自己的讨论，并大有把可君非常窘迫的经历封存起来之意。生活在起了褶皱之后，要促使它恢复自己的宁帖，能够理解，如此而已。

但我却不能像一朵浪花消失一样忘记了我的行为，恰恰相反，我一直分析自己在过道的越轨之举。我想，凡是看见我有那种行为的中国人，以其习性，虽然不在面前批评我，也不敢在面前批评我，不过他们有可能，甚至肯定会在背后骂我、鄙夷我，认为我糟糕，并以讹传讹，让偏见和谬种流行于世。不过只有我知道，我是依靠着一种以智慧为基础的勇气，依靠着天赋良知，才做出了越轨之举，而我的越轨之举则是为善之举，而且是我个性的显示。

依我的理解，人应该是活生生、气昂昂的，凡一切为善之举就要敢作敢当，甚至无法无天。但教化却像鸦片一样把人不知不觉喂得骨软筋疲，以至于人把观念当作礼服，想到舆论便患得患失，躲在规范之中缩头缩脑。老子曰："天下皆知美之为美，斯恶已。"不过老子能怎样，美之为美，不但天下皆知，而且天下皆行，因为以美的标准为之大家高兴，自己受益，只是社会所号召的标准把人的个性消磨得仿佛一块小巧的鹅卵石，或风干的土豆块了。荣幸的是，我人到中年，尚未世故，还能狷介，并时有让道学家与点评派私议的非常之举。我以为，我的非常之举，是我一直在进行着的大德之旅，就是不违己心，不伪己行，不畏其谤，不流其俗，不讨其好，只服从良知的调遣。大德之旅是有风险的，甚至是注定要付出代价的，所以人多不愿意走这样的路。

不过在历史上，反潮流而破成见的人总是有的，他们的思想已经结晶为文化的遗产，而他们的所为则展现了一种个性魅力。孔子向争霸的诸侯推广仁和礼，司马迁为俘虏辩护，耶稣呼吁为虐待者和迫害者祈祷，圣保罗传播基督教，林肯给了奴隶以自由，甘地要以非暴力抵抗英国的殖民统治，拉宾提出以土地换和平。当然这些人也因为其举措而不得安生，有的甚至牺牲了自己。孔子四处碰壁，状若丧家之犬，司马迁受了宫刑，耶稣上了十字架，圣保罗不得不负荷被曲解的压力，林肯遭到咒骂，甘地受到怀疑，拉宾饮弹丧命。然而他们都完成了自己的大德之旅，并终于获得景仰。

我在生活之中，一直有让周边人难以认同的行为。二十岁那年，我在一所医院疗养了三个月。这里有一个孩子，患败血症与心肌炎，难以治愈，即将死亡。凡是认识这个孩子的人，都赞叹他的聪明，更为他感到惋惜。这个孩子在去世之前，一直喊他的父亲，并流露着深切的思念之情。问题是，他的父亲与母亲早就离婚了，特别遗憾的是，父亲在一次车祸之后变成了植物人。为了不影响孩子的情绪，母亲隐瞒了真相，谎称父亲在新疆，工作忙碌，不能回家。临终之际，孩子执意要父亲，这使母亲十分为难。所有的大夫和护士都为孩子唏嘘，然而不能满足他的愿望。我想了一个办法，并征得了他母亲的同意，随之我以孩子父亲的名义，每天晚上七点，准时从医生办公室或护士办公室给那个孩子打电话，询问他，安慰他，以使他能够安心。这个孩子比我只小十二岁，然而我固有的喉音、我成全一个愿望的冲动，都使我成熟得酷似一个父亲。我四十岁那年，有一个老乡找到我，苦恼地告诉我，他唯一的女儿爱上了一个中年男子，希望我劝她一下，不然她一生就毁了。老乡特别叮咛，他女儿喜欢我的书，应该会听从我的。我把他女儿约来了解情况，从而知道那个中年男子的妻子已经病逝，也知道她爱他，她根本不图他的财产及地位。在我确信他们是有情人之后，不但没有阻拦，而且婉转地给予了鼓励。

我做的都是小事，不过刘玄德有言："勿以恶小而为之，勿以善小而不为。"我并不惭愧。我明白自己的越轨之举要遭人讥讽、受人贬斥，而且损害着我的清白。然而我不会退缩，也不会悔改。我为我自豪，我强烈地自信着和自爱着，因为在本质上我是为善的，而且个性是尊贵的，岁月将把个性之金越磨越亮，而舌尖之谣则会越传越碎。在这个世界上小人不给小人送葬，唯有高人给高人立碑，所以我会把大德之旅进行到底。

一臂之力的伟大

我从来不怕别人笑我：考大学我考了三次。第一次差几分没有考上，第二次也是差几分而没有考上，第三次考上了，但过程却很是惊险。

关于其中的故事我很少对人提起，因为它使我感到伤痛和悲凉。仅仅在当年，即1979年的夏天，我向母亲透露过一次。我早就发现，在人生的问题上，母亲总有让我钦佩的意见。然而这次母亲叹息了一声沉默了，我也沉默了，之后我一直守口如瓶。

那时候我是一个连续落榜的人，不过我没有丝毫的沮丧，反之越战越勇。我在坚持自学。全村以至全乡的人都关注着这个决定走进大学的18岁的青年。那时候社会崇尚知识，读大学不但光荣，而且能改变命运。我的呼声颇高。我像一棵已经长过墙头的槐树，远亲近邻都看见它的枝叶了。

考场设在长安韦曲的一所中学，我家在少陵原上。村子与县城相距五华里，为了省事，我打算依然骑自行车到中学去应试。第一天是顺利的，但第二天却遇到了麻烦。凌晨下了小雨，地面并不太湿，小雨也停了，可以骑自行车，遂按时出门。五华里，其中一段是土路，一段是沥青路。我万万没有料到，走着走着土路泥泞起来，而且泥土掺杂着柴草在向车链和车圈里面挤塞。我非常害怕自行车被夹死而不得不撑起它，以掏里面的泥土和柴草。一旦时间耽误，我将功亏一篑。若是步行能够赶到，那么我会扔下自行车改为步行，遗憾的是步行不可能赶到。我一下慌恐起来。猛一抬头，我发现路上有一个人一步一步拣选干硬的地面向前走着。他穿着洁净的干部服装，挎着一个洗了几水的黄色布包。我大喜，我认识他。他和我同村，同生产队，姓童，是一个文化人，不知道过去犯了什么错误而下放到其妻所在的村子劳动，之后平反恢复工作。他知道我在考大学。他还几次笑着了解我复习的情况，问我准备上什么大学。我很尊重这个文化人，平常呼他为叔叔。我断定那天叔叔是到他的单位去上班。我像一个即将溺水的人看见了船桨。大约有300米土路就是沥青路了，我想让叔叔帮我抬一下自行车。我觉得这是没有任何问题的，小忙，谁都会帮，甚至陌生人也会帮的。在农村，人习惯于称之为积福！我使劲冲叔叔说："叔叔，帮我抬一下吧，我马上就迟到了！"叔叔只是笑着，并无别的反应。我以为空旷的原野稀释了我的声音，遂指着沥青路向他呼喊："叔叔，帮我抬一下。谢谢你！我马上就迟到了！"可叔叔却照旧笑着，不动胳膊，也不动手。我顿悟盘踞在他白脸青须之中的笑表达着一种坚拒的意思，便咬牙将自行车置于我的肩上昂首而去。尽管身体单薄，但我却坚持把自行车扛到了沥青路上。我排除杂念，加速赶路。真的感谢上帝！在老师准备收走我的试卷之际，我气喘吁吁地跑入了考场。

我始终没有对童先生表达过憎恨，也没有对他作过谴责。高考结束之后，我便焦急地等待分数。获得录取的消息之后，我便充分享受胜利的喜悦。也因为童先生恰恰就在我所深造的大学做后勤工作，他还到我宿舍来关照过我。一年之后，他便患胃癌逝世了。

然而我并非不琢磨它。不！童先生拒绝给予一臂之力的形容像山顶的积雪一样永不融化，只要抬头，我就能看见它，并能感觉它的寒气。我曾经紧紧追究一个问题：谁高兴邻居的房脊高过自家的房脊呢？谁高兴邻居的油瓶大过自家的油瓶呢？我不敢也不愿意认为人心是黑暗的，不敢也不愿意认为人性是邪恶的，因为得出这样的结论，我的精神世界就会坍塌，我的人生将陷于虚妄之中。我知道必须相信精神世界是有阳光的，人生才有可能健康并幸福。我把童先生归为个案，不想让它具有普遍意义。但这个故事的影响却久久延伸。它像滴水穿石一样反复发出自己的声音，使我感到了它的一种提醒。它顽强地繁衍着自己的意义，让我咀嚼了它经常翻新的滋味。我告诫自己，不要像童先生那样行事。我相信，像童先生那样行事，上帝是会诅咒的！

大约从1989年起我便学着助人。凡是有求，我必应之，只要找我，我就开门，虽然渺小若我，能力极弱，不过我一定尽心。我还把怜悯随处相逢的妇幼病残等弱势者作为功课来修养。孔子说："君子成人之美！"佛陀提倡慈悲为怀。耶稣说："爱人如己。"真主鼓励救济和博施。圣贤各居其域，各生其时，然而他们所开辟的大道归一了，这便是：行善。可我的行善，我所感到的行善对一个人气质的养成，对一个人快乐的增加，却是童先生作为反方启示我的。

所有人都时刻站在一个能够给他人以帮助的点上，所有人都会遇到需要他人帮助的时刻，也许一臂之力就足以让他人梦想成真！一臂之力，实际上蕴藏着慷慨与伟大！

故乡难言

长安朱鸿，是在少陵原上长大的。

年岁之末，天垂大雾，故乡退出了我的视线，不过它一直充盈我心。

历经沧桑，我才知道任何人，不管他降生豪门还是寒舍，都有一段无忧无虑的日子。绝对美好的日子只在人之初，尽管短暂，不过它会沉淀于脑，构成原型，并为人活着提供支持。属于我的纯粹快乐的时光，当然是少陵原赐予的，它是我的神话、我的梦。似乎一切都是透明的，窗花、门神、祭月、过年、鸡鸣于晨、鸟栖于昏、蝴蝶悬枝、蚯蚓行泥，或房檐垂冰，或锅洞生火，甚至发臭的狗屎和温热的牛粪。渐渐地，有一种诱惑引领着我，使我沿着弯曲的小路，从此村进入彼村，并试探着到县城韦曲去，到省城西安去，从而形成关于少陵原的地理概念。

伊甸园的生活注定都很短暂！神逐亚当与夏娃，是由于他们偷食禁果。然而究竟是谁终止了我的伊甸园的生活呢？为什么？总之，有一天，我开始厌恶少陵原，觉得它小、脏、落后，甚至幽暗的生产队饲养室有诡计，杀猪分肉的时候有邪恶。阴云密布，寒风呼啸，沟沟坎坎无不纳垢，于是快乐的时光就结束了。我想离开少陵原，我以为生活在别处。十九岁那年，我出蕉村，经西兆余村，走皇子坡，挥了挥手，便穿过县城，到省城去报了户口。我变成了西安人，然而也变成了异乡者。从那个秋天起，我就像该隐一样四处漂泊，尽管神未直接给我立记号，不过事实是，凡伤我者，必遭报应，凡害我者，必遭报应。

然而知识的谱系将迅速见证，不是少陵原鄙陋，反之，是我浅薄。实际上过去的众多雅士都曾经登临我的故乡，并颂而叹之。“秋水明落日，流光灭远山”是李白之诗。“自断此生休问天，杜曲幸有桑麻田”是杜甫之诗，杜甫自谓少陵野老，郭兴文先生已经考证杜甫是我故乡人。“三月无雨旱风起，麦苗不秀多黄死”，哀民生之多艰，是白居易之诗。少陵原固然只是小小的一方水土，不过它隆起大块，涌向虚空，天高气净，光强风烈，素得适时云雨之润，从而贤才济济。这里是宰相朱博故里和皇帝刘询养地，这里出过义士苏武，出过将军杜预和史万岁，所谓洛阳才子韦庄的家实际上是在少陵原。这里也是中国最著名的高僧玄奘之葬地，因为少陵原南畔可以俯察樊川，眺望终南，有极好的风水。这里还是中国最早的行政区域，秦之杜县便是因为设于周之杜伯封土而得名。凡是种种，为我建立了关于少陵原的文化地理概念和历史地理概念。

都市是繁华的，有红灯绿酒，滚滚名利。不过我只是羁旅之人、客人，是移民、异乡者。在家千日好，出门一时难，斯乃中国经验之总结，我完全认同。《唐诗三百首》，近乎一百首渗进了乡愁，其中孟浩然江上之泪，李商隐夜雨之思，都是伤心伤骨之作。西安距少陵原不足三十里，回乡很容易，不过在我苦闷的青春期，乡愁仍涌流笔端，渲染纸背。每一次回乡，我都感到安慰；每一次回乡，我都觉得踏实。少陵原的深厚和奥博、朴素和宁静，总能消除我的紧张和焦虑。十九岁离开少陵原之后，我就一直浅睡，稍有声音即醒，十分烦恼，然而我回乡便能沉睡。一九九六年我在香港，房是阔房，床是软床，温度适宜，毫无噪音，可我却怎么也睡不着。数羊不行，数树仍不行，遂想少陵原，于是几十个村子就漫漫浮现出来，并流泻于枕、膨胀于室，甚至弥漫整个香港。从东到西，司马村、小兆村、康王井、兆寨、和村、栲栳村、新寨子、旧寨子、西北村、羊村、东兆余村、韩家湾村、夏殿村、高望堆村、蕉村、西兆余村、朱坡村、四府村、双竹村、皇子坡，我的灵魂像展开了翅膀，然而不用飞翔到县城韦曲，我就安眠了。那一夜，我在香港睡得实实在在。

故乡之于游子从来是慷慨的，它不拒绝一个人给它增光，它也不嫌弃一个人落魄潦倒，它更能收留那种在外受挫的人。当然，作为游子，你不能玷污故乡，使之蒙羞。小时候，我在少陵原经常遇到一些衣饰和神情俨然城里人的乡下人，多年之后我才知道，他们属于少陵原土著，长大之后在外闯荡，不幸犯了一些错误，或有男女问题，或有经济问题，或是反对革命，遂退到祖籍受罚。这些人偶显戚戚之色，然而少陵原给原上人多少阳光，也给他们多少阳光，给原上人多少雨露，也给他们多少雨露，绝不会使返乡游子面黄肌瘦。我三十岁之前，曾经有两次在外受到重压，心在哭泣，觉得都市势利、不宜我居，然而隐身无地，遂怏怏入住少陵原之家。在这里，我包扎了伤口，并恢复了元气和尊严。

少陵原显然近在咫尺，不过我已经多年没有回乡看我蕉村的老屋了，我儿子已经六岁，我也没有让他认识一下老屋。我极想用手触摸那扇粗糙的一推即响的木门，即使它把利刺扎进我的手指，让我流血受痛，甚至感染化脓，我也愿意，遗憾我不能。我的弟弟在老屋过着非常人的生活，我的父母不得不弃老屋而去。他们的鸡逃走了，他们的猪卖掉了。他们把田地托人耕种了。老屋及以特殊方式生活的弟弟，让我时时牵挂，夏秋长雨，尤其让我担忧，但回乡却不能。没有人知道，我也没有告诉任何人，然而少陵原可以见证。我曾经绕蕉村而徘徊，曾经站在皇子坡以东的一道梁上向蕉村眺望。夜幕遮蔽，星辰列位，风与白杨喁喁私语。

世纪之交那年，一条宽阔的水泥公路便从都市窜到了少陵原。这是一个信号，预示着欲望在窥视斯地，并将聚集斯地，直至吞噬它。开发势大，我不会螳臂当车。开发有理，然而我非无情之物。少陵原不属于我，所以我声明，我不是在管。不过我生于斯，长于斯，我有权利思想，何况这里是我的父母之乡，这里有我祖先的坟茔，祖先的灵魂以斯地为安。也许可以开发，问题是，现在的少陵原，它的风貌、它的景色、它的气势、它的品质，是自然亿万年的造化，是我的祖先数十万年的创造，从而才铸成了地理的少陵原、文化的少陵原和历史的少陵原。它不但是实用的，祖先世世代代赖以生活，而且是美的，遂容易估量出它的价值是多少。可以开发，不过开发的主导者、规划者、实施者，特别是把少陵原出让的人，千万要注意，覆盖了少陵原的种种新的建筑，它的价值不能低于其固有的价值，它也不能是丑的。我是在少陵原上长大的，如果在我这一辈丧失少陵原，那么我这一辈就对它负有道义责任，起码我这一辈应该上报祖先，下告子孙，以使其明白在我有生之年所发生的变故。少陵原不属于我，然而我一向壮怀激烈。多年之后，少陵原改换了模样，少陵原可能只剩下了它的名号，我将白发苍苍，变成一个倔老头。那时候，倔老头会拄着拐杖，经常在少陵原转悠。我想，倔老头将找不到他的蕉村了，及其他小时候到西安去要经过的西兆余村、皇子坡、韦曲。这也算了，然而要是我发现有劣质工程，有污染企业，有致祸部门，我将用拐杖敲击他们的门牌和匾额，并将在正义的法庭起诉，追究他们，强烈要求他们还我少陵原！问题是，有些事物一旦失去就永远失去，他们怎么还我少陵原！

年岁之末，天垂大雾，故乡退出了我的视线，不过它一直充盈我心。长安朱鸿，是在少陵原上长大的。

地

陆地在今人谓大陆，在古人谓大块，意差并非微妙的一点。谚云生有时，死有地，似乎蕴含着命运的定数。我当然不会考虑我的倒头之地，因为孔子曰:“不知生，焉知死。”孔子乃智者而率性，我从丘，不过我也知道我自有去处的。

我的大地始于我家院子。院子分前后，前院树少遂显开朗，后院树密便郁郁葱葱，前后院子皆砌围墙。居所有院子真好，这是我的体会，可惜我现在没有院子了。我对大地的感受是从我家院子产生的。我抓土挖洞，在它上面跌跤、打滚、给鸡搭架、给兔盘窝，甚至向它撒尿。大地确实让人舒服！它任凭你怎么都行，而且结实得完全可靠！大地是让人亲近的。

我以我家院子作原点，渐渐扩大活动的领域。我走出院子，走出村子，又走出故乡。我四处奔波，并从这个大陆进入那个大陆。所到之处，无不发现地是山之根、河之床、海之底。植物长焉，动物生焉，人类赖以生存和发展。

现在没有几个人会问地从何处而来。穷追钱之所自是正常的，然而穷追地之所来，除了疯人便是哲人，甚至哲人也会变为疯人若尼采。人是地之主，不过地之主又包含着要管理地，并把它管理好。我走过了一些大地，我以为有的人用大地的时候让大地美丽了，不管是政府还是民宅，只要是建筑的精品，我便鼓掌，但有的人用大地的时候却让它丑陋了，他们留下的完全是垃圾。梅菲斯特是那位引诱浮士德博士的魔鬼，它曾经向神反映世间糟糕透顶，神知道他是一个好发牢骚的家伙，然而神也知道他的意见并非没有根据。

中国人在过去显然是十分尊重大地的。历朝历代的皇帝都会筑坛以祭之，在乡下则有土地庙以拜土地神，甚至农民收粮也敬，盖房也敬。昔人认为，大地载万物、产五谷，是有德于人的，人不能忘其恩、负其义。想到这些，我每每感到一种人性的温暖，包括皇帝和农民都有一种足以亲爱的人性。遗憾的是，今人把这种习惯已经丢掉了，人变得野蛮起来，从而也在野蛮地对待大地。过去有杞人忧天，我是秦人，我是秦人忧地。我并不怕为能者所笑。我要强调，我确实担心狂妄之徒蹂躏大地而触怒了神。

问鱼

水素有美誉，上善若水，柔情似水，便是水之颂。不过水中缺了游物，若天空失鸟一样，河水将显空虚，湖水将显沉闷，海水将显恐怖。水中游物，我最常见和最乐见的当然是鱼。实际上很多人都对鱼有感悟。老子反向思维，认为治理大国应该像厨师烹饪小鲜，小鲜便是鱼。庄子相信从容而游是鱼之乐，惠子曰："子非鱼，安知鱼之乐？"庄子曰："子非我，安知我不知鱼之乐？"孔子对鱼似乎具特别之爱，甚至以鲤命子名，但孟子却舍鱼而取熊掌，所以孔子是大圣，孟子是亚圣，真是理所当然。

鱼在古人那里一向是贵重的。梁元帝诗曰："轼锦车而前骛，驱鱼轩而继踪。"鱼轩者，鱼皮作饰并为贵妇所专乘之交通工具也。唐高祖的祖父名李虎，唐高祖执政，遂废传统的虎符而启鱼符，是避祖父之名讳。改虎为鱼来炮制皇帝授予臣属的信物，应该是鱼的光荣，不知道鱼以为然否？鱼在古人那里还有别的用途，似乎是负面的，不过这也由不得鱼了，因为鱼有服务于人的义务。光是吴国的公子，光想当吴王，便派遣刺客专诸完成谋杀吴王僚的任务，其办法是把匕首藏在鱼腹，以献鱼为借口杀之，竟成了。据司马迁调查，在专诸杀吴王那天，恰恰有彗星袭日，显然是很紧张的。陈胜起义，心有所忧，怕人不跟从他，便在帛上用朱砂书“陈胜王”藏于鱼腹，之后把鱼偷偷放进网中以使士卒买到这条鱼，并发现其帛，从而让人相信陈胜为王属于天意，真是绞尽了脑汁。

我在小的时候好动，瞎折腾，有一天，我提着竹笼，一个人走出少陵原，到韦曲去。那里是川道，有小溪，小溪里有鱼，我把竹笼置于小溪中，用绳子拉着逆水而行，一趟又一趟，竟捞了几尾鱼。我把鱼装在一个罐头瓶中，顶着太阳捧回家。我以为井水是养鱼的绝妙之所，遂拉开井盖，把罐头瓶里的鱼全倒进井里。开始几天，我还爬在井口看我的鱼，并注意它们是否会出现在母亲绞水的桶里，以后便忘了，玩别的了。我的叔叔那时候还在，有一次，他的桶里穿梭着一条虾似的微小之鱼，立即惊诧起来。叔叔是医生，非常讲究卫生，我怕他嫌我置鱼于井会弄脏井水，遂不敢声张。当年我十岁左右，而今我年逾不惑，几十年过去了，我的鱼啊，不知道你们过得如何，不知道你们是否由于我而受了委屈，你们的心情好吗，你们已经儿孙成群了吧。

我的大学

命中注定，我只有一所大学，陕西师范大学。

我生长在乡下，小学为邻，中学离村子也不出三里，但大学却很是遥远，因为它当时中止了招生工作，上大学是要推荐的，当然遥远而且渺茫。

中学的班主任是一个活跃的人。有一天，他得意地决定，要率自己的几十个乡下孩子见识一下大学，那便是陕西师范大学。步行几十里，进入一个幽美的校园，穿梭花木之间，仰望图书馆爬着青藤的红窗，踏了踏又明亮又宽大的教室的台阶，竟对这所大学产生了深度喜欢，并暗中向往。

几个春秋以后，乾坤扭转，大学之门骤然打开，似乎到处都在招手。不过陕西师范大学古雅的图书馆及其周边的垂柳昂杉、曲槐直松，反复挠我的心。别无所念，唯思斯校，从而毅然择之。

我一直不敢骄傲地认为此乃缘分，因为缘分便把我和我的大学对等了。我有种种理由证明，当它的学生属于我的幸运。它给我的多，我报它的少，此账我还是清楚的。

哲学是我的专业，但作家却是我的理想，要兼顾显然不易。然而在校数年，我不但收获了一种哲学思维，而且还得以发表作品，真是有福了。学校气氛宽松，老师也能积极给予，确实是求智得智，求道得道。阎景翰老师、刘路老师、刘明琪老师，指导过我的写作，循循善诱，诲而不倦。曹冷泉老师和畅广元老师，评点过我的文章，所圈所批，久而弥新。他们的故事，我曾经一再叙述，因为扬其善就是扬斯校之美，就是颂斯校之风。他们无一是我所修专业的老师，不过他们待我无一不是喜悦的，扶我以诚的，对我有启示的，甚至给我以肩膀让我站立的。

毕业之后，我在社会上闯荡，难免经历风风雨雨、坎坎坷坷，但陕西师范大学却始终是我的后盾和平台。出版了一点著作，产生了一点影响，我的大学都注意到了，并给予鼓励。我的作品的第一个讨论会，是母校的学生自发组织的，我的关于文学的第一个讲座，是母校的张国俊老师邀请的。2002年春日，陕西省作家协会主持讨论我的一部散文集，裴亚莉老师发言说："朱鸿虽然是一家文艺出版社的编辑，不过我觉得他一直就是陕西师范大学的人。"我和裴老师是第一次见面，我觉得她透露的是一种信息，它使我感到了母校的仁爱和温暖。

忽然有意回到我的大学来执教，便投书时任校长赵世超先生。之前我并不认识他，此举显然是冒昧的，不料赵校长的支持坚决而慷慨，于是我就成了斯校的一位老师。教学自有其秩序，作为新手，我确实还有种种陌生的细节需要学习，鲍海波老师和王敏芝老师便帮助我，甚至代我做计划和填表之类的琐碎工作。想从新闻与传播学院转到文学院去，李西建院长和付功振老师便设法接收，使我归位于文学岗位。张宗涛老师所安排的课，为我留下了游刃有余的空间，以方便写作。

从1999年起，我在收集陕西的“文化大革命”的资料，包括一些历史人物的资料，艰难之极，又不清楚怎么筹措经费，在外地调查之时，总是寻找朋友，希望旅馆能够打折，难免尴尬，甚至狼狈。回到学校以后，我仍在悄悄做这件事情。主管人才引进的张建祥副校长发现了我的窘境，立即通知我使用科研启动经费，工作便顺利了。令我尤其感动的是，现任校长房喻先生在百忙之中还专门约我，认为我的资料收集是抢救工作，有意义，建议我申请科研经费，并说：“出门在外，也不能太艰苦，不能住得太差！”我不知道房喻先生是从谁那里获悉了我的状况的，然而我知道有一次，他到文学院去考察，还提到学术要包容，要尊重个性，给了我准备之中的研究以肯定。

也许有人以为我是在发布感恩榜。有这样的意思，我不会掩饰。在世间，即使给我一臂之力，我对他的谢忱也永无止境。一张感恩榜根本不能尽我之意。

有时候我会问自己，我究竟凭什么得到这所大学如此之久且重的支持呢？我究竟给它做了什么呢？我何德之有，何功之有？遂感到十分惭愧和歉疚。有时候便安慰自己，认为陕西师大固有其厚德载物之品质，人文主义之蕴含，所以凡是她的学生，对谁都是支持的。然而我仍觉得自己幸运之极，她给我的多，我报她的少。

我偶尔会想应该以什么方式给我的大学一些贡献。我有瓦当收藏的兴趣，也收藏了几个好的瓦当，我愿意在合适的时候捐出来，充实斯校的博物馆，以表达我的感情。然而大学如此久且重的支持，显然不是为了得到几个瓦当，遂觉得自己的所想有一点荒诞和可笑。

也许这所大学支持我，根本就没有任何要求，它仅仅是按照固有的原则行动。只要她的学生有追求正义和真理的意志，她对谁都是支持的，这是她的传统。人一旦在陕西师大浸染，学校的传统便要渗进他的血液。我以为，感恩榜上的那些人，都是学校传统的担当者和发扬者。不过我还是一直在提醒自己，必须加紧努力，争取有大的收获，否则就辜负了我的大学。

希腊神话中的英雄珀尔修斯是冒险才取得女妖墨杜萨之头的，他把墨杜萨之头对准谁，谁就会变成石头。珀尔修斯当然伟大，我以什么成果完成我的精神冒险呢？亚当和夏娃在伊甸园也是舒服的，不过他们吃了禁果，从而辨别善恶，懂得羞耻，遂有文明，亚当和夏娃当然伟大。我以为在艺术上和思想上要超越一点，就应该向珀尔修斯学习，向亚当和夏娃学习。苟且偷安是不行的。

我只有一所大学，但它的激励却是强劲的，这就够了。我喜欢我的大学。

出城踏雪

冬天不下一场好雪，就像人生少了一场热恋一样平淡、乏味、庸庸碌碌，甚至浑浑噩噩。伟大的热恋难以预期，不过一场好雪毕竟还可以希望，遂盼着盼着。终于在钟楼与秦岭之间出现了一片黑云，它反复酝酿，极端努力，黄昏之际，便有雪飘扬了。

不知道什么缘故，雪总是让人兴奋，尤其是小孩。我的儿子今年七岁，早晨起床，见窗外洁白，有雪斜飞，惊呼着，操起一把玩具手枪便开门，急得连外套也不穿了，匆匆往楼下窜。社区有一个乏味的花园，素日并不使人青睐，但雪落一层却顿生魅力。那里已经有几个小孩以雪做球，互相抛掷。儿子奔突而去，径直加入了战斗。一个少妇似乎情不自禁，也参与到小孩的游戏之中了，于是形势骤变，她作为一方，几个小孩作为一方，就开始对打起来。她的感觉也太夸张了，其呼其叫，弯弯绕绕，起起伏伏，竟穿过了我家的玻璃。也太夸张了，是由于太高兴了吧！

有一些经典的故事涉及雪，程颐门外的雪，便是一例。程颐是思想大师，当年杨时和游酢慕其学识，往洛阳拜他为师。一日登门求教，程先生正坐在炉旁打盹，二弟子出于敬仰，不敢进去，一直侍立在门外。等程觉醒，门外积雪已经一尺多厚。此故事在于表达师之尊严，传播近乎千年。然而我以为它虚伪，并从心里反感。雪落一尺，需时不会短吧，此间二弟子没有离开，继续站在门外，自以为是礼，实际上是把礼变成了打扰。程也是的，为人之师，自己困了，本应该让二弟子规避一下，因为学问高并不保证睡态也雅，万一打鼾、呓语，或是口流涎水，岂不是有失师之道貌和威仪。我以为作家叙述这种故事就像杜撰七十岁的老莱子晃着小摇鼓逗弄父母欢笑一样让人肉麻，而且虚伪。不过请宽容，宽容才是文明。关于雪的故事，丹麦那位卖火柴的小女孩，我觉得还有一些意思，主要是它有美感。冰天雪地，小女孩又饿又冻，几近于死，但她却能在一点火柴所闪的光芒之中，看见吊灯、台布及昂贵之瓷器，而且欣然看见了早就逝世的奶奶，并由奶奶领她到天堂去了。这完全是一种幻象，然而它的美感可以融化其雪，甚至让寒心获得暖意。

我想去踏雪！可惜在都市的雪有轮胎挤压、尾气污染，摊在路面便化成墨汁，又处处是高楼，缺乏辽阔的视野，又满是广告，五颜六色的，显得迷乱一团，难免龌龊和局促。

那么就出城踏雪吧！应该极美，若有二三子同行，那么一定更妙。然而这时代、这风气，忙者多，痴者少，我怕我的邀请遭到拒绝反而扫兴。也许会有响应的，不过他们若仅仅是出于礼貌，其性不率，其情不真，那么即使相伴，也难尽兴。到旷野去踏雪，完全是一种自由行动，仿佛苏轼当年贬谪于黄州的一个夜晚，他已经解衣上床，顷见月色入户，寐意速消，遂入承天寺，寻张怀民夜游一样。难得张怀民，他懂得苏轼的性情。

下午三点，我愉悦出城，独上少陵原。天地浩然，穹苍尽雪，走数公里，才遇一村，房、树、电杆、水井皆陷于雪，车声、人声、鸡犬声诸声皆无。我的路线是，出城向南，走小道，一直穿过少陵原，到樊川北岸回头。我悠然地走着，真是体轻魂喜，澄明在胸。我想，如果碰到一位像我一样在旷野踏雪的人，那么他一定会觉得我是少陵原上茫茫大雪之中悄然移动的一个信息、一个鼠标，或是像明朝大雪三天之后出现在杭州湖心亭的其中一人。遗憾的是，我四下张望，竟没有任何人。不过天地为家，有何孤独！

老人与狗

我早就发现西安以南的少陵原将遭城市化运动的剥皮或换面，遂在2007年春天走遍其台地，为所有的村子拍了照片，以作资料。

当时，我在庙坡头村碰到一个老人，他沉浸在民居拆迁之后的忧伤里，茫然地望着废墟。一条黑狗陪着老人。

少陵原南起引镇和樊川，向北而斜，一直延伸到曲江池和大雁塔。我一个村子一个村子地走着，走进庙坡头村，才看到这里已经像受到了轰炸似的狼藉一片，只剩下一座小庙以及显然是一个钉子户的一座三层小楼。不知道是谁种了席大一畦蒜苗，无主自长，嫩绿显目。远远地，有两三个男女在嶙嶙的瓦砾中砸墙取铁。城际线，有塔吊晃晃悠悠地飘着。阳光之下，尘埃如粒，自由沉浮。

我问老人："你就是庙坡头村的？"不动声色，只是点了点头。又问："都拆迁了？"仍不动声色，点了点头。我说："拆迁就有楼可住了，也是好事。”老人蓦地泫然泪下，吞声说：“是好事，不过家在哪里呢？家就是两室一厅或三室两厅吗？故乡在哪里呢？院子的水井在哪里呢？村子的小巷在哪里呢？飞到椿树上、杨树上筑巢的喜鹊在哪里呢？清明祭奠的老坟在哪里呢？祖先的灵魂一旦回家落在哪里呢？晚上睡不着，想过去的院子，所以我一周有两三次会跑来看一看村子，然而村子在哪里呢？院子在哪里呢？北极宫是小庙，不敬神不敢拆，钉子户厉害得很，赔不够不能拆。村子现在只剩下这两座房子了，我家就在它们之间，等他们推平了小庙和小楼，我就无法看出我家房子的底摊了。”老人唏嘘失语，抽噎不已，泪水汪闭了双眼。黑狗便贴过去，用脸摩挲着老人的肩膀。

我难免感慨，便以大言安慰他，接着拍了几张照片，离庙坡头村而去。不过又寂寞又孤独的小庙的红门和黑墙，有两棵国槐笼罩的钉子户的小楼，尤其是坐在废墟上的老人，他的悲怆俨然刻在了我的脑子里，常常会想起。几次路过庙坡头村，看到这里满是美轮美奂的建筑，便想起那位留着平头的老人。

少陵原诚如我之预判，工厂建矣，大厦耸矣，中国罕见的沉积了累累史迹的一个台地，变得支离而破碎。

告别

爸，我们即此向您告别。

我们村里的本家人多来了，村里您过去的交游也来了，您单位的故知和3507社区的主管都来了。亲戚不分远近，能来的全来了。您的儿女与儿媳、女婿，率其孩子都站在您的身边。我的老师和学生也来了，我的同学也有来的，我的朋友当来的都来了。宜之在外读书，来不及，不过她爱爷爷。

我们即此向您告别。大家知道这是您的生命里程的最后一站，遂放下手中的工作，送您永归。请允许我代表您向大家，也向这几天在灵堂前为您上香的及呈送了花圈的我的领导、同事和朋友，表示由衷的感激，并为了您，谨记所有吊唁者的悲情！

您将见到我的祖父祖母。多年以后，我也要去见您。今世我们是一家，但愿来世我们还是一家。如果还有什么事情在这个世界上我们不便透彻交流，那么在另一个世界里我们敞开交流吧。

怕我的母亲出现不测，没有让她到这里来向您告别。有一次，您对我说：“没有你母亲，我早就完蛋了。”确实如此。尤其令人钦佩的是，我母亲在罹患重病的情况下照顾了您十年。请您放心，我们会善待母亲的。总有一天，她也要去见您。由她通报您走了以后，她的生活情况吧！

爸，越是临近生命的终点，您的生命意志就越是展现了峥嵘的面目。得脑溢血之后半身不遂二十年，不管步行多么艰难，您始终拒绝拐杖！再犯脑溢血，您就像一棵已经伐倒并横在田野的老树，然而您总是反复地从树端上和树皮之间长出绿芽！尽管死神到底战胜了您，不过您也一定让它领略了您的厉害。爸啊，您的生命意志真的让我增加见识，也使我恢复了自16岁反抗您以来曾经模糊了的对您的敬畏。我能意识到这是您留给我的一份十分宝贵的遗产。在我的怀想中，久有您生动的音容，直到我去见您。

即此告别了！爸，您放心走吧！

母爱如流

我父亲16岁就外出谋生了，他的母亲无日不思念自己的儿子。她知道儿子好吃面片，只要回家，她总会又薄又筋地给儿子擀一案。1949年，她儿子进入西安3507被服厂工作。那是一家军方所辖的单位，星期四休息。星期三下班，她儿子便徒步20里，赶至家多是晚上了。在无穷无尽的星空下，他远远看到一派树木，接着就看到母亲站在村口接自己。面片已经摊在案上，一会儿就煮熟。母亲给碗里调上盐、醋、辣子、葱花，端给儿子，见儿子吃得很香才高兴。儿子娶了妻子，有了自己的孩子，生活便沉重起来。为了快一点儿回家，1962年他买了一辆永久牌自行车，几年以后骑坏了，在1970年又买了一辆飞鸽牌自行车，几年以后又骑坏了。母亲渐渐也老了，然而她仍会在星期三的晚上走过窄巷，到村口去接儿子。父亲的母亲在清朝裹了脚，是一个三寸金莲式的妇女，大约六十五岁以后便拄着拐棍。冬天的晚上，她会通过黑暗中自行车颠簸的响声辨别是不是儿子的自行车。不等到儿子，她就一直站在村口。白发苍苍，长风拂襟，她拄着磨得发光的荆木拐棍，向着乡间小路举目而望。夜色如海，什么也没有，她便侧耳倾听，以捕捉儿子所骑的自行车的响声。

我儿子的母亲在他还是一个胎儿的时候就让其欣赏音乐，为防患病，不服药，不打针，当然也不接触电子设备。儿子一旦出生，她便给他唱歌吟谣。她慢慢地教他坐、爬、翻身、站立、走路。给他蒸鲜嫩的鸡蛋，先滴一点酱油，再滴一点香油。蒸鲳鱼、蒸鲈鱼、蒸鳕鱼，手指入肉，一丝一毫地探索着挤出硬刺、软刺，喂她的儿子。衣服每日必换，但发型却是要养成风格，所以有几年儿子是西瓜皮发型，小区的人都夸其活泼，她便得意地笑。反复选择幼儿园，对老师交心致礼，亲如姊妹，以使之能照顾儿子。终于上小学了，她带儿子读书，朝送暮接，不拘酷暑、严寒、春暖、秋凉，从一年级到了五年级。到处打探消息，以知道什么地方有好的英语班、好的奥林匹克数学班，并骑一辆电动自行车带儿子去学习。她检查作业，逼着儿子背诵要背诵的诗、英语单词或句子，通过网络购买所谓教育家推荐的书让儿子阅览。儿子偶染小疾，她便忧伤不能自已。她让儿子对同学宽容，对老师尊重，在街上或小区见到长者，要主动且热情地问候。撒谎不行，偷懒不行，饭前不洗手和饭后不刷牙都不行。她仿佛是一个艺术家，手握一把雕刻刀，要竭尽其力地凿磨出一个为世所用的绅士或君子。

我的母亲79岁了。2000年一场猝发的脑血栓给她留下了沉疴，举筷不稳，投足不捷，言语不清。她白发满头，样子看起来真是日薄西山，木枯霜野。然而她见我，必问下班了或怎么没有上班，嘱食嘱穿，怕我饿，怕我冷。她待我依然如待一个懵懵懂懂的少儿，实际上我已是知天命之年了。

母亲对我的养育和教导完全是勤勤恳恳、劳骨苦志。她的恩情比天大，比山高。1977年，可以通过考大学离开农村了，这是吾辈改变命运的唯一途径，我不敢丧失机会，一定要上大学。可惜有一段时间教育荒废，首当其害的是学生，他们把课本里的知识都丢光了，老师的课堂上也很荒芜，于是吾曹的脑子也就空空如也，考大学遂难以顺利。我便夜以继日地钻研，每天几乎学习十五小时以上，累得脑涨，入眠如死，早晨闹钟也叫不醒。我就让母亲叫我，她点了点头，说："行！"从此，她每天早晨五点半俯在我屋的窗口喊我名字，因为太困了，太乏了，往往醒来应答一声旋即睡去。她不见我的动静，便又过来喊我，有时候再二再三地过来喊。我考了三年，她喊了我三年。显然，是母亲帮助我实现了上大学的理想。母亲在窗口喊我的印象入神融魄，多年以后，我还常常梦到她站在厦房的檐下，轻轻地、一遍一遍地呼唤我，既怕我醒不来，又怕我睡不足。她的声音仿佛鸽子飞在天空，飞在我澄明的灵魂之中。

父亲的母亲姓田，儿子的母亲姓李，我的母亲也姓李。她们在不同的年代，从不同的地方，嫁在朱家，不过她们都是一样地用丰沛的感情爱自己的儿子。

实际上，在中国，在中华文化圈，凡是母亲，无不用丰沛的感情爱自己的孩子，并殷殷盼其成为社会的栋梁。家之兴，国之和，缺少了母爱的滋润是不行的。母爱是中国的道，文化的宝，传统的精华，是一以贯之的永恒的核心价值，甚至是整个民族所赋予的使命。母爱至尊，母爱如流。

怅望

我的故乡历史悠久，方志具载，是少陵原上的蕉村。

这里并不算富饶，然而天空日月星辰，地面春夏秋冬，足赖繁衍子孙，昌盛家族。

小时候，我读了一点书，顿然心野，发愿离开故乡。至19岁，我步入大学，闯进了自己向往的故乡之外的世界。

故乡固然路小，墙由土打，房是瓦苫，做饭洗衣的水从井里用辘轳一桶一桶地绞。然而羁旅江湖，还是想家。城市很热闹，很炫幻，也可以建功立业，可惜我总感到自己是城市的羁客。即使户口落此，工作于斯，买了房子，也不过是在几个楼板之间寄居而已。一旦蒙冤受伤，更是想家。

我曾经频频从城里返蕉村探视父母，以解牵挂。有时候回故乡，也是因为疲倦至极，需要呼吸，以壮精神。登上少陵原，看到蕉村的一片绿树，我便觉得踏实、轻松、愉快。羊在沟坎上撅草，麻雀在麦秸上聒噪，老者相语，幼者相戏，夕阳收敛，炊烟飘散，这一切不仅仅是亲切，它尤其给人以安慰，并有精神治疗之效。

2011年，蕉村消失了。少陵原上，地球上，也许永远没有蕉村了。拆迁的时候，母亲对我说："我咋不想走！"妇女几乎都在流泪，有的竟号啕大哭。母亲虽然未哭，不过她也十分难过。母亲难过，我也难过。

有一个73岁的老人，租住在樊川一带，由于不习惯异地，很是痛苦。他想自己的院子，遂经常揣着馍，登上少陵原，选一个荒丘坐下来，远眺着蕉村。蕉村已经夷平了，但它的废墟上却长出了一簇一簇的高楼。他颇感陌生，不过他仍远眺着蕉村，想自己的院子。

我在城市的日子从来是混混沌沌、浑浑噩噩的，因为日夜扩张的高楼遮掩了天边和地线，尤其是女士的裙子，四季皆穿，四季不分。人居城市，若陷隧道，不知道美的窗口在何处。

但我的故乡却有自然秩序和社会秩序的统一。正月初一过年，是家庭的欢聚，遂长以祝福，少以施礼，整个故乡都沉浸在喜庆与安谧的气氛之中。正月初二以后，亲戚朋友开始往来。那时候，残雪正在小麦之间融化，故乡的小道上，三五成群，提篮子，执灯笼，无不穿新衣、戴新帽，尤其欢乐的是孩子。清明节，上坟扫墓，烧纸祭祖。端午节女走娘家，舅看外甥，贫富都会送一把艾蒿，斜插在门上，以驱虫子。小麦黄了，割小麦了，种玉米和谷子了。此间农民悉在田野忙着，故乡出现了一岁一次的紧张状态。忙罢就要过会，无非是在一个约定的日子，所有的亲戚朋友都来做客，夸丰收，聊墒情，祈祷未来。中秋节虽然没有喧闹，不过凡母亲都会烙一个大团圆饼和几十个小团圆饼。如果讲究，那么晚上还会把柿子、石榴一类的水果献给月亮。十月初一，阳间渐冷，想到阴间也会渐冷，遂上坟焚纸衣、焚纸裤，以表达生者对逝者的悲悯和追思。冬天到了，春天也在冬天之中孕育了，遂在腊月的最后一个晚上除夕迎新。

一个人之所以有文化，并非仅仅多读了几本书。一个人只要他受过乡约和乡俗的影响，见过乡贤，懂得如何对待乡党，他就有了文化。儒家就是这样的，中国的历史几乎就是这样的。

故乡就是安放祖灵的地方，是世代繁衍的地方。我时时想念故乡。尽管蕉村没有了，然而不管我在山南还是在海北，我都可以为自己的故乡定位。

怅望故乡，我的眼睛常常含满泪水。

母亲的意象

我的母亲是俊秀的，白皙的；是进取的，劳苦的；是忍让的，慷慨的；是敏捷的，坚毅的；是喜悦的，仁慈的。

不过她也在春秋交替之间不知不觉地把对襟衣服换成了斜襟衣服，衣服上的花也没有了；渐渐地，她皱纹萌额，白发染鬓；终于疾病降临，更是残酷地扭曲了她的肢体，扰乱了她的语言。

一

我爱我的母亲。

小时候我就懂得保护母亲，也许我可以对母亲发火，然而我不允许任何人欺负我的母亲。

六七岁那年吧，我的叔叔蓦地寻隙挑衅，惹得邻居围观。他站在厨房的檐下，赖我母亲弄脏了井水，母亲便据理反驳。他恼羞成怒，竟抬脚踢我母亲。虽然足尖落空，但他的行为却震荡着我的整个身心。当时我站在母亲背后偏右的地方，这一幕完全看到了。我感觉自己仿佛一头小小的雄狮，泪水盈眶，紧盯着叔叔的手，所有的血液都推动着我，使我扑过去，要咬断他的指头。发现我已经激动得变形，他猝然收声敛焰，显然是害怕了。这天以后，叔叔再也不敢冒犯我的母亲了，他对我也辄示喜欢，并日益器重。

十二三岁那年，生产队近百社员在场里碾麦，真是热火朝天，可惜场长派烂活给我母亲干。我恨之入骨，遂堵住他，站在他面前指摘、叱骂。场长拿着木杈检查麦秸的厚薄，这儿抖一抖，那儿翻一翻，到处走动。他转到什么地方，我就跟到什么地方，总是站在他面前叱骂他、指摘他。我像一头小小的公牛似的，摇头甩尾，逼得场长发蔫。多年以后，有老师问我："你就不怕场长戳你一木杈。"我说："没有想！"

十五六岁那年，父亲和母亲有了芥蒂，经常争吵。父亲在工厂上班，虽然赚钱，不过我坚定地站在母亲一边，斟酌着如果他们离婚，我就随母亲。有一次，一言不合，父亲跟母亲就又闹开了。我放下作业，批评了父亲一顿，结论是："我母亲逝世了，我要给她立一个碑子，不给你立。"父亲颇为尴尬，也很是无奈，遂佯装大度地说："儿子爱他母亲是正常的。你这样，我也放心了。"

二

母亲更爱我。

小学就在村子里，生产队的孩子念书，几乎都是自己去，很少有家长送的。但我念书的第一天，上课的第一天，母亲却送我出门，出朱家巷，陪我走了半个村子，直到看见小学的屋舍，才让我自己去。母亲送我念书，此举固然平凡，不过我似乎获得了追求知识的永恒动力，现在想起来也十分温暖。

20世纪70年代，冬天甚冷，我的同学多冻伤了耳朵、手、脚和脸。然而我有母亲做的两件棉衣、两条棉裤、两双棉鞋，轮换着穿，并戴着可以保护耳朵的棉帽，戴着手套，从而避免了冻伤。

中学在韩家湾村，一天跑两趟或三趟，时间不确定，不过冬天总是有热饭的。实际上锅早就凉了，是母亲隔一会儿就点火烧一次，才保证我放学回家，扔下书包，就能吃热饭。

父亲从工厂带了一顶军帽给我，我兴奋至极，急于戴上它炫耀，可惜军帽大一圈，在头上晃来晃去的。母亲便改它，连夜垫一圈草绿色布以缩小。线细针密，毫无痕迹。不幸的是，看露天电影，甫感头上触动，军帽就飞了。我左顾右盼，见所有的五官都颇为平静，根本不知道谁是贼！

考大学，我一败而再败，不过也越考越勇，志在必得。母亲支持我，除了不让家务使我分心以外，她还给了我多有变化的一日三餐。我往韦曲的长安二中去补习，有时候会碰到她在田野锄草。她看我一眼，算是目送。她收回眼睛，埋头继续劳动。踏着乡间的小路，想象着大学之门，我信心更足。她因我托，每天早晨在窗口喊我起床。复习真是累极了，要不是母亲喊我，也许我每天都会睡到中午。

大学三年级，我身体不适，休学回家，以中药调理。母亲替我煎药，早晨半碗，晚上半碗。她是在下工以后，吃了饭，收拾了厨房，才至院子的一个墙角煎药。秋深霜重，夜气拂面。她一把一把地烧着麦秸，以保持平稳的文火。母亲垂着头，不过闪烁的文火还是照亮了她的疲惫和忧伤。此情此景，永远烙印在我的心上。

入职了，结婚了，本当自立，遗憾我仍为母亲添了麻烦。有一年，我不得不应付一场灾难，遂把不足两岁的女儿送母亲带。少陵原上浩瀚的秋风和凛冽的冬雪之中，满是她的愁绪，她一边经管着儿子的女儿，一边担忧儿子的命运。

一天早晨，母亲正在下米熬粥，猝闻我女儿尖叫。她猛然转身，只见我女儿在案板上摸什么，竟把一杯开水灌进了棉衣的袖筒，灼得当然尖叫。母亲吓坏了，匆匆剪开袖筒，然而她不在村子找医生处理。她抱着我女儿，抄小路，走十数里，再乘车进城，把孩子送我，以求所谓高明的治疗。母亲的棉衣湿透了，背上热气直冒。她也很是内疚，怪自己疏忽，几乎要哭。

三十一岁是我坎坷以后新的跋涉的发轫，不胜艰辛和孤愤，遂不能从容回家。尽管西安和少陵原也不过相距30里，然而我未能保证每月探望一次父亲和母亲。那时候，我已经零落成泥，资产为负了。命运坠到低谷，就得为翻身而战。不但不能经常回家，也不能经常报信。

母亲不放心，便进城看我。我不清楚她是如何辗转乘车的，总之，她像一片白云一样忽然就出现在我的门口。又激动，又难过，几乎使我落泪。那时候还没有家装电话，更没有个人手机，不能预约以恭候她。有几次她到了小区，偏巧我不在，她便安安静静地坐在门外的楼梯上。获悉母亲在门外等待，我迅速回家，看到我，她的眉梢溢满了笑。她不知道我的感动和难过，不知道我想落泪。

父亲患脑溢血后遗症，母亲患脑血栓后遗症，手脚都不灵便，遂硬撑着生活。我也明白她们需要一个保姆，唯经济拮据，是心有余而力不足。不忍，我也无法。一旦我缓过来，便立即雇了一个保姆。可惜一月之后，母亲不告诉我，就把保姆辞退了。我以为这个保姆不妥，又雇了一个。然而一月做满，她又辞退了。我打电话问："咋辞退保姆呢？是不是嫌花钱呢？"母亲慢慢地说："娃呀，雇保姆，你是为了我。我用保姆，你就把我害了。”“为什么?”“生活能行么，用保姆干什么? 在村子里生活，不兴用保姆啊! 不行了再雇保姆吧!”实际上母亲仍是觉得我经济紧张，不舍得让我雇保姆。

2014年秋冬之际，我父亲逝世三年多了，有一天，我和母亲聊天，无非是评姨姨，论姑姑，让母亲高兴而已。俄顷，她在房子悠悠地转了一圈，似乎若有所思，渐渐抬起头，郑重地对我说:“娃呀，我要是不行咧，我就想走快一点!”我的心顿然沉了一下，没有应接，旋即岔开了。

我父亲临终之前，完全卧床，这是母亲看到了的。我以为，母亲所谓的想走快一点，当是指不要完全卧床的结局，也有不希望再加重我负担的考虑。我了解母亲，她非常自尊，即使万难也要自力，即使儿子反哺，她也存打扰儿子的歉意。

三

在人民公社的那些岁月，母亲是我家唯一的劳力。从1957年至1968年，她先后生了四个孩子，姐姐、我、妹妹、弟弟，都需要她抚养。我的祖父和祖母，已经不能在田间耕耘了，也需要她照顾。关键是七个人的口粮，要靠母亲所挣的工分而取得。为了工分，她竭尽了所能。

父亲也是生活所赖的半壁江山，他以工资供给我家所需。不过生产队有自己的规则，它以劳力及其所挣的工分断其所获。我父亲不算劳力，于是居住在少陵原的这七个人的生活，就主要靠母亲了。

只要闭上眼睛，我便看到母亲忙碌的样子。春天她扛着镢头打胡基、修梯田，没有一晌不是一副受饿之态。夏天割麦，没有一晌不是累得虚脱的神色。秋天她握锨浇地，抡镐砍苞谷、挖红苕，没有一晌不是服役之状。冬天拉着架子车施肥，没有一晌不是汗水潸淋，棉衣从里向外蒸发汗水的。

几乎是每天，母亲下工会小跑回家，利索地摘菜、擀面，或做别的饭。她一勺一勺舀到碗里，一碗一碗地端给老老少少。终于姐姐长大了，我也长大了，可以给祖父祖母端饭了。母亲最后一个吃饭，接着洗碗洗锅。天黑了，星辰如洗，母亲坐在炕沿穿针引线，为公婆、子女和我的舅爷舅奶缝棉衣、缝棉裤、纳鞋底、纳袜底，不知道月驰中空，夜逼未央。晚上如厕，从偏厦出来，我总是看到母亲的影子映在正房东屋的窗纸上。

给我祖父祖母四季浣涤，顿顿馍面，这也罢了。难能可贵的是，祖父逝世以后，祖母半身不遂，她毅然承担了全程护理。白天所食，皆由母亲喂之，因为姐姐和我在上学，妹妹和弟弟尚幼，对母亲的帮辅只能是零星的。晚上她按时间抱起祖母，执盆溲溺。点灯、招呼、擦洗，难免会吵到我，在半睡半醒之中，我倍感母亲之累。每天晚上，她有两次助我祖母，从而保持了被褥干净，空气清爽，直至祖母安然殁矣。

有了农闲，母亲便往娘家去，看望自己的父亲和母亲。她做一笼花卷，再做几锣凉皮，分类放在竹篮里，用纱布盖住，以防灰土落上。她把公婆和子女的生活安排妥当，再三嘱咐，便踏着乡间的小路，匆匆而去。她给我的舅爷舅奶整理房间，拆了被子、去污、晾干，再捶展，再缝了被子，拭窗掸壁，淘米炒菜，做了所有当做的活，又匆匆而返。母亲最大，她的三个弟弟、两个妹妹，无不由衷敬重她。她晚上很少在娘家呆，因为公婆和子女不可须臾离开她。

母亲至娘家，我总是若有所失。暮色垂野，我便在村口向乡间的小路上远眺，希望迎接她，可惜她迟迟不归。终于月悬秦岭，星辰灿烂，母亲像一个漂移的点似的在白杨萧萧的小路上出现了。

小时候，姐姐、我、妹妹、弟弟跟母亲在一起生活，因为父亲只有星期三才回少陵原。懵懵懂懂，打打闹闹，一个接一个地长大了。姐姐在人民公社的商店工作数年，便如期出嫁。1979年，我进了大学。妹妹机会难得，接班到了父亲的工厂。弟弟情绪起伏，无所适从，遂成我家之惑。1996年，我经大夫分析才弄懂，此乃疾病之端。

大约这个阶段，淡雅的梅花或菊花就从母亲的衣服上消失了。她开始改穿蓝的、灰的一类单色衣服。她明朗的容光之中，也加入了忧郁的元素。然而母亲仍是刚强的，仍是非常能干的。

在我生于斯长于斯的朱家巷，在我少年隶属的生产队，谁有我母亲能干呢？

我家的自留地，不管是小麦还是谷子，母亲可以种得没有一棵草，疏密适度，整齐茁壮。凡是经过我家自留地的长者，多会驻足欣赏，连连赞叹。

过年以前，母亲会使我家庭院的里外和前后焕然一新。她把笤帚绑在一根长长的竹竿上，够着打扫房梁上、天花板上及房间里所有的尘埃，然后化白土于水盆里，一刷一刷地墁墙。所有的被子，她要洗一遍。她把被子搭在两树之间的绳子上，一经冬日阳光的照晒，盖起来真是又暖又香。她撕下旧窗纸，糊上新窗纸，并要对称地贴上窗花。

母亲还有杰出的表现，一般妇女是不具备的。房顶上生长青苔和瓦松很正常，不过繁茂了便要阻水，导致屋子漏雨，是应该拔掉的。母亲就借了梯子，从墙头爬至房顶，自高而低，仔细撅草，并统统清扫一遍。看到别的小孩吃槐花麦饭，我们嘴馋也要吃，然而我家老的老、少的少，谁能拘槐花呢？母亲便爬上槐树，坐在树杈之间，拘下枝干，之后溜下槐树，捋了槐花，濯净拌面，以蒸麦饭。当时母亲不到35岁，显然就是一个英雄。

四

酸楚起于父亲的疾病，随之是我的灾难及离婚，接着是我弟弟被诊断为精神分裂症。接二连三的变故，沉重地摧残了母亲。她白发剧增，皱纹加深。然而生活是要继续的，天也不会绝人之路。

母亲左右求索，遂能凭着信仰行世。我以为她60岁以后的幸福，主要源于此。父亲留下了脑溢血后遗症，只能由母亲照料。虽然是不虞之祸，她也心平气和。给弟弟积极治疗，也应该是有希望的。1995年我又结婚了，它显然也是对弥漫在少陵原的一种悲哀气氛的反击与否定。妻子真爱婆婆，婆婆真爱妻子。我觉得惬怀，我的吉庆是给母亲的安慰。

此间，母亲有几次进城看我。我自幼喜欢吃她做的凉皮，母亲遂带凉皮来，并用瓶瓶罐罐装着自己炝的豆芽及其他佐料。在享受凉皮之际，我会问村子里的情况，随之慢慢转向问父亲、问弟弟，给母亲以鼓舞。见我平安、妻子平安、女儿也乖，她便轻松地说："娃呀，你们都好，我就放心了。"便返少陵原，以照管我的父亲。

多年以后，只要想到母亲进城看我，我就为自己的一个疏忽深为遗憾，顿生隐痛。每次见母亲，不管在哪里，我都会给母亲一些零花钱。然而母亲进城看我，我竟有一次或两次忘了给母亲零花钱，让她空手归去。固然父亲有工资，固然母亲并未提出缺钱，不过，如果母亲钱不宽展，需要儿子的钱予以补贴日用呢？多年以后，当我意识到这样一个问题，我就为让母亲空手归去而悔恨得想哭。

我对生活的重整，多少让母亲释怀且高兴。她不能放心的是弟弟。春夏之交，弟弟不禁会有狂暴的举动。住院治疗，有药控制，遂还平静。出院回家，他服着服着便中断了药，于是狂暴就又爆发了。反复如此，母亲不得不携父亲离开少陵原，寓居于樊川或韦曲一带。母亲说："把他交给神吧！"见我沉郁，她就说："娃呀，不发愁，天哪里黑，在哪里歇！"

五

在我父亲得脑溢血后遗症九年以后，2000年的冬天，我接到一个电话称母亲感冒了。不可能！我想，一定是严重的疾病。

我火速奔赴少陵原，只见她躺在床上，已经处于昏迷状态。急忙住院，诊断为脑血栓。几天之后，恢复清醒。三月之后，可以出院了，然而右腿和右手都不灵便，语言也疙疙瘩瘩的。不过她坚持祷告，笑迎日出和日落。

我不如母亲，暗忖我家沉疴三人，难免忧闷。那些年，我经常从梦中猝然惊醒，旋坐床上，一再想我弟弟吃什么饭、我父亲和母亲会不会摔倒，遂再也不能入眠。

母亲的伟大，是她能顺应惨绝的遭遇，不抱怨，不叹息，并能把一种内在的明亮和温暖投射到外在的形容上和声音里。她确实是黑暗世间难能可贵的一盏灯！

右腿坏了，不过步行是可以的，她就一高一低地赴市场买菜。右手坏了，她便用左手擀面、烙馍、洗衣服。她拿布条缠住刀片的一半，左手握之，以刀片的另一半切土豆、切萝卜、切白菜、切豆腐、切黄瓜、切肉。她用左手持铲炒菜，并用左手掌勺盛到碗里。

父亲仍由她照拂，屋子依旧干干净净，井井有条，甚至每一个用过的塑料袋也会绾结成团，放在一个纸盒里，以方便再用。

大约就是这些日子里，我的逆境得到改变，遂给母亲雇了保姆。然而她一再辞退，认为自己能行。2010年秋天，父亲再犯脑溢血，乃至瘫痪，侍护起来甚为艰难，她才同意我请保姆。

算一算，我母亲共照顾父亲20年，其中她以脑血栓后遗症之躯，照顾我父亲11年。2011年5月1日，我的父亲逝世了。

办完父亲的丧事，母亲便独立生活。此前，我已经接母亲进城了。她和我共住西安明德门小区，我妻子给她买菜，我也可以随时看她。我屡次征求她的意见，要雇保姆，她无不干脆地说："不要！娃呀，我能行么。"见我默然，她补充说："我不行了，你就雇。"我依了母亲，她便快乐的样子。

我父亲逝世三年以后，母亲衰颓明显。她移趾拖沓，扬眉拙滞，常常有所疑虑。母亲虽然没有多少学历，不过她是睿智的、通明的，生命感觉颇为敏锐。

在这一年，她有两次郑重交代，我以为它就是遗嘱了。秋冬之际的一个黄昏，她对我说："娃呀，我要是不行咧，我就想走快一点！"

为了安全和容易操作，我买了电磁炉，以让母亲做饭烧水。烧水的壶，有一个弧形的柄，因为她左手之力有限，只能垂提，不能平端。她先提壶接水，再提壶放到电磁炉上，再提壶灌进保温瓶里。数年如此，并无大碍。不过有一天她笑着对我说："不行咧，不行咧！一壶水提不起了。"

母亲的坦诚让我起敬，也让我伤感。母亲承认她不行了，就实实在在是不行了。我宽慰她说："放心吧！现在给你请保姆。"她说："请保姆吧！"

母亲在81岁的时候，以其之老，以其之恙，终于不能自己做饭烧水了。我便四处奔走，给母亲雇保姆。此事既是轻车熟路，又是无从把握的。中国的保姆让人生畏，令人失望。你可以交心，你难以得心。保姆是赚钱来的，这无大错，不过保姆来赚钱，是否会敬业，是否凭良知？总之，换了一个，又请一个，循环往复，计有五次。

六

2015年1月16日早晨，刚刚起床，我便接到保姆的电话，告我母亲情况有异。我一边打120，一边跑。三五分钟我便见到母亲，不过她已经昏迷。急救车随之而至，径送医学院。诊断为脑溢血，便直入重症监护室。

经过43天的治疗，一切都正常了，不过脑溢血后遗症严重至极：除了思维尚有，母亲彻底瘫痪，彻底失语。

大夫让母亲回家康复，我怕难保平安，便托朋友，让母亲进了另一个医学院，在所谓的干部病房过年，过十五。一切都稳定了，我才接母亲回家。

母亲躺在床上，头不能在枕上转，脚不能在空中抬，十指也没有一个可以动。母亲几乎变形了，生命仿佛演化成了一棵植物。

然而任何珍贵的植物也不会有灵魂寓于生命之中。

我的母亲是有灵魂的。她紧闭嘴唇，凄迷满目。我想，她一定是觉得自己成了一个拖累吧！母亲是要强的，她不愿意这样。

我对妻子说："不管怎么样，我还有母亲。既使她不会答应，我也可以叫妈。如果母亲走了，就永远没有人可以让我叫妈了。"

为了振作和激发母亲，我说："妈，现在要训练说话呢。你跟我读。"我便发音：一，二，三，四，五，六，七。母亲也随我发音：一，二，三，四，五，六，七。她舌头僵硬，发音含糊。

我非常清楚，已经无法让母亲恢复说话的功能了，然而我想让母亲意识到我爱她，我需要她。我想让母亲明白，即使她躺在白色的护理床上，一动也不会动，她也仍有一个母亲的价值和尊严。

母亲很是幸运的，临终之前的数月，竟碰到了一个天使般的保姆。母亲及母亲的房间一直是清洁的，连一个从新西兰来的护理专家也为之称赞。我以为此乃母亲的善报，是神的恩赐。

妻子、我姐姐和我妹妹，交替着跟母亲说话，保姆也跟母亲说话，目的是促进交流，可惜她不应答，不理睬。她面向天花板，望着虚无，没有任何表情。

我必须唤醒母亲对生活的关注和热情，否则她的虚弱会加速的。我搬来一个方凳，挨近母亲坐下，讲我小时候所经历的她的故事。我讲她掐生产队的苜蓿，讲她用架子车拉小麦磨面，讲她买猪、养猪和卖猪，讲她肩上搭着毛巾，一边擦汗，一边拌搅团，讲她腊月的黄昏在荒地里碰到了一匹狼，讲她把我绑在后院的槐树上打我、教训我。我唯一不能告诉她的是，我可怜的弟弟已经不在了。

母亲嘴唇嚅动，咽喉里也有了声响，显然百感交集，要表达什么意思。可惜她左侧大脑半球受损，完全失语了，遂在脸上涌满了哀戚。

保姆夸我，我妻子扫视一周，对我点了点头，我姐姐和我妹妹颇为“嫉妒”地站起来，拉了拉母亲的枕巾，又抚了抚床单的皱痕。

母亲躺在床上生活着，我不知道她是否懂得春去矣，秋也去矣！

七

2016年11月8日上午，我母亲走了。

热爱山川河流

02

导读

在爱的沉吟里眷恋 向景的最真处漫溯

读柳郎中词，只合十七八女郎，执红牙板，歌“杨柳岸，晓风残月”；读苏学士词，须关西大汉，铜琵琶、铁绰板，唱“大江东去”。读朱鸿先生的散文，我想应是在苍茫的天色下，踏着深厚的黄土地，迎着穿越千年的风，去咀嚼文字背后的苦涩与回甘。

一、文学价值

朱鸿生长在历史文化厚重、悠久的长安，他先天传承了陕西人的豪情，却又有着诗人般的善感与多情。在这个章节，他以无限深情描写了陕西的山川河流：白原、潼关、萧关、黄河、终南山、少陵原、曲江、秦地古镇……仔细品味，不难发现作者立足现实。他笔下的一关一川、一河一原，都寄予了浓厚的情感和独到的感悟，表现出“农民的土地情结”“雄关的历史沧桑”和“人对自然应有的敬畏与热爱”。

作者静静地行走在布满情韵的纸笺上，将生命的跋涉、悠久的历史、厚重的文化、贫瘠的土地和自己的文字在心中一起铭刻，一起酣畅地感受悠悠流淌的乡情。我们不难读懂字里行间那份真情。远离土地居于城市的人，能读出泥土的清香和厚重；生活在乡村的人，能感受到那熟悉的味道和温度。陕西本土的读者，可随作者一起，用心深情触摸这片广袤土地的角角落落；非陕西的读者，也可在作者的引领下，揭开了这块厚重土地的神秘面纱。

二、写 作 方 法

第二辑开篇的《白原》中写道:“我千次百次地感到故乡广袤而富于形势”,“熟透了的岁月与孕育着的生命已经融合”。可以说朱鸿先生的散文有双重内涵，一重是文中正面歌咏的对象，不管土地、河流，还是山川、险关，作者都视其为有生命的。第二层涵义是作者对自然的感悟与思索、对故乡的回望与憧憬，带着苦涩、无奈，也涌动着澎湃激情。朱鸿先生把两重内涵，天衣无缝地弥合在一起，增添了文章的厚度和张力。

朱鸿先生无疑是挚爱这片土地的。对土地、对故乡无限热爱的人，他的眼中总是飘浮着美的情愫、爱的火花。所以，读朱鸿的散文，可以感受到作者在与大自然的交流中发出的心灵的颤音。

《白原》中，作者写“白原将丰产的小麦缴给农民，清爽轻松，悠然地休息着。细碎的土壤，透过坚硬耸立的茬子做着微妙的呼吸，远远而望，仿佛白原进入了梦中”。作者热爱土地，是因为土地“年复一年地贡献着粮食，世世代代，以至无穷无尽”。

《萧关》中说“峡谷与它的两岸全然狰狞地列着破损的黄土与岩

石”“黄土与岩石将野草与杂木排挤在可怜的角落”“云在戏弄着这里的土地，它偶尔才化为几滴小雨赐予高原”，这是作者内心的痛与呼唤。“狰狞”“排挤”“可怜”“戏弄”“赐予”等词的使用，使黄土有了生命、有了感情，与作者成了心神相契的挚友。作者甚至在篇末忍不住发出呐喊：“萧关，你不能像死了一样沉默！”情感强烈而奔放。

一篇篇散文，就像是一杯杯略带苦涩，却韵味无穷的茯茶，滋润着读者的心田。每篇都很单纯，却满含深情，值得细细品味。

三、艺 术 特 色

朱鸿先生常常在文章中加入历史传说或历史史实，或流露作者的历史观，或寄寓美好的愿望，这需要我们细加体会。

《蓝武道》中，作者从秦楚相争，写到汉唐、明清，用史实证明“蓝武关显然素为用兵之地”，写自初唐至晚唐，李白、白居易、柳宗元、元稹、温庭筠、李商隐、韩愈等文人骚客走蓝武道，多损容颜，抒写出自己的历史观“唐固然是盛世，然而它非民主制度，权力决定命运，从而士皆动辄得谤”。《潼关》中李小姐的故事，则表现这里多情多义的人。

山水散文移步换景的特色，在这一辑中有鲜明的表现。人走则景移，随着观察点的变换，不断展现出新的画面。写《子午道》，作者将一个又一个观察点的变换交代得非常清楚，“从子午进终南山，经七里坪，越土地梁，斜而向西，过碌碡坪，出石硖沟，或过摘儿岭出红草河，忽见沣峪顿开，由此便逆沣河而南，翻秦岭而去”，让读者清楚地知道游览的路线。

更难得的是，作者把移步中或移步后所见到的景物具体地展现出来，使读者看到一幅幅绚丽多彩、内容丰富的生动画面。作者对画面进行了精心的剪裁，描写“子谷”的风景：“子谷面北，距西安城大约40里。我所看到的子谷，水流不息，夏秋还可以起坝截流，形成水库，并映照遍野的草木……”共计300余字，随后写到“午谷”:“午谷面南，在汉中市所辖西乡县东北70里一带。秦岭于斯渐渐收尾，岗小涧缓，丘陵疏布，草木皆绿，充满了朗润之质。午谷之水，昼呈清澈，夜以潺湲，从容而前。”仅寥寥五六十字，文章有详有略，把一路上最有特色的景物描绘出来，全然没有记流水账之感，值得我们在写作此类文章时学习借鉴。

陕西省语文学科带头人、西安市首届最美教师，
西安市第十中学　尹　钰

白原

走出少陵原古老的村子眺望，我千次百次地感到故乡广袤而富于形势。它属于原，晴朗的日子，特别是天高气爽之际，我的视野可以触及遥远的秦岭峰峦，阳光之下，山峦苍翠，江水粹蓝。不过故乡的土地，也绝不是那种单调的坦荡，它有沟壑，有坡度，在坦荡之中粗犷地起伏着、变化着。它天生弃除了山野的闭塞和平川的简易，呈现出生生不息的巨大力量。这是故乡的农民赖以生存的土地，他们祖祖辈辈在耕耘它。农民的手，显然摸遍了它的角角落落。这里的土地没有一垄是闲置的，没有一寸是荒芜的。

故乡的主要粮食作物是小麦。农民在公历十月播种，越过漫长的冬天，到明年夏季它才成熟。小麦破土萌芽的时候，故乡大地苍翠欲滴，一片晶莹。即使冬天寒风吹拂，冰雪覆盖，它都一样呈现着绿，只不过它成了一种墨绿。返青之后，小麦开始起身，此间真是一场春雨一节高度。静谧的深夜，田野到处是拔节的脆响。迅猛的生长速度使小麦很快就齐腰了，遂不再向高提升。五月的阳光，明媚而灿烂，恰适宜它扬花和孕穗。小麦的成熟，是从根部开始的，然后慢慢向头部发展，所以麦穗黄了的时候，麦秆早就白了。收获季节，农民总是在喜悦之中隐隐有一些紧张，因为那些日子，天气的变化很是无常，突发的一股狂风，便会带来一阵暴雨，从而可能打落黄了的小麦。如果这样，那么农民的辛劳便要付诸东流，哭都没有眼泪。他们是尽量避免如斯结果的。他们全部出动，夜以继日地收割。广阔的田野，男女老少，割的、捆的、运的，一派繁忙。仅仅几天，田野就空空荡荡了，剩下的唯有冒出地面的一寸左右的小麦茬子。在夏日强烈的阳光之下，这些茬子密密麻麻，绵延伸展，千里雪色，万里银光，茫茫一片。我所谓的白原就是指此时的少陵原。

白原将丰产的小麦缴给农民，清爽轻松，悠然地休息着。细碎的土壤，透过坚硬耸立的茬子做着微妙的呼吸，远远而望，仿佛白原进入了梦中。土壤老化了，上边薄薄的一层是绵软的，但一尺之下却渐渐硬实。它年复一年地贡献着粮食，世世代代，以至无穷无尽，当然疲倦了。此刻农民正在紧张地脱麦、晒麦，急着让小麦入库，于是田野就几乎不见人了。田野显得更加浩瀚，更加伟大。没有云彩的蓝天映照着故乡，这使绵亘在数十公里之外的秦岭，竟凝作细长的一痕。

白原伸展于晴天之下，无声无息，一片宁静。干扰它的，主要是田野的风。路旁的树，井边的树，忽然会舞动稀落的叶子，然而风似乎不会让它烦恼，这仿佛还是给它的一种抒情或一阵吟唱呢。干扰它的，往往是骤发的猖獗旋转的风，它高耸而起，呼啸着，沿着一条邪恶的道路流窜。这等黄风会将蓝天染得肮脏而破碎。故乡的农民没有谁知道风从哪里来，要到哪里去，不过他们清楚什么是好风，什么是坏风，若遇见了这等旋转的黄风，那么不管是大人还是小孩，一律唾而避之，他们固执地认为，这等黄风是魔鬼的化身。

白原使田野所有的动物都丧失了藏身之处，猫、兔、老鼠，只要从洞穴出来，就暴露在外了。兔肉可食，兔皮可用，有青年发现，一声呐喊，便大肆追赶。他们偶尔会带着狗围猎，于是田野就烟尘迷蒙，嚎声四起，一种原始本性忽然得以恢复，俨然重温了一个野蛮的梦。少年时代，我和我的伙伴经常在故乡捕捉兔子，非常壮烈，以后我所从事的一切劳动，都没有使我出过那种体力，即使百米冲刺，都没有将我追赶兔子的体力调动起来。然而，随着年龄增长而增加的理性总是管束深层的冲动，人越来越规矩，也越来越脆弱。今天不是昨天，在昨天，也并不仅仅是为了一只兔子，实际上是惊恐的兔子诱发了人的一种力量，其力量的喷发显然证明着人的强大。

故乡的农民无不清楚粮食的珍贵，饥馑留给他们的痛苦之感一代一代遗传着，遂十分爱惜粮食。黄了的小麦，在收获过程中，难免有麦穗和麦粒洒落于地，村子的老人就带着孩子扫之拣之。夏季是酷热的，拾麦的人一般是在太阳东升之前或西沉之后下地，他们提着竹篮，拿着笤帚，头戴一顶草帽，一步一步地走在白原。不只是走着，他们几乎是用眼睛将白原检查了一遍，是用手将白原摸索了一遍。唯有这样，他们才能安心，否则，总觉得有粮食洒在白原了。那些小麦茬子是坚硬的，一晌下来，他们的鞋就刷得像磨洗了一样。扫麦粒和拣麦穗的人，以老妇和少女为多，她们口干舌燥，汗流面颊，默默地在广袤的白原挪动着。如果有强壮的男人带着工具在拣扫，那么一定是从城市来的干部或职工，宽广的白原并不因为他们没有耕耘而拒绝他们。

农民甚至连小麦茬子也不愿意浪费。小麦茬子可以烧火，翻在地下，烂在土中，当然可惜。我们这些孩子就用铁耙搂着。我们将铁耙的把子扛在肩膀，双手翻在背后压着它，或是将砖石捆于铁耙以增加分量，使它紧贴小麦茬子的根部，不要飘滑。我们拉着铁耙，沉重地走在无边无际的白原。偶尔回头，举目四野，白原真是干干净净。

白原是收获了小麦之后，一时呈现于我故乡的风景，一般只保留几日，十几日。它保留的唯一条件是天气晴朗，没有雨，因为雨会改变它的颜色，而且下了雨，农民就要犁地。不过无论如何，白原是这个世界上最古老最美丽最悲壮的地方。在我的白原，熟透了的岁月与孕育着的生命已经融合。

潼关

潼关古为桃林塞，大约到了春秋战国时代，此地才形成一处交通要隘，这当然是出于军事目的。我曾经有几次经过潼关，只是由于我坐着火车或飞机，给我的印象很是模糊。实际上这是一个能够强烈震撼灵魂的险要地方。潼关是突如其来站在我面前的，对它复杂而凶恶的形势，我简直难以消化。我独立一隅，茫然如一只蚂蚁处在老虎的爪子之间，它巨大的长满坚硬牙齿的嘴呼吸着粗壮的气息。不过，潼关之所以重要，是因为它为关中的东门，这里可以守卫关中，即使今天，它依然沟通从连云港到帕米尔高原的广阔地域。最早在这里设置关隘的是秦国，此举潜藏了秦国的雄心，可以认为，在它刚刚立足关中的时候，它就有了消灭其他六国的思想。

我认为潼关的险要，是黄河在这里接纳了渭水和洛水，并趁着它奔下壶口又跳过龙门的动力，远远地从高原的沟壑冲泻过来，从而碰撞秦岭，转身向东，愤怒地切割着高原，使自己有了巍峨而起伏的沿岸。这些沿岸过去是树木葱茏，野兽出没，为一种荒蛮的阴森的气氛所笼罩，但现在却成了赤裸裸、光秃秃的黄土。

清晨的阳光，照耀着寂静的黄河两岸，对面高原的断壁，稀疏地长着一些黑色的杂树。这是四月的春天，树叶仍躲在缺少水分的枝枝杈杈中，那里显得十分贫瘠，如果不是风陵渡设在半坡，使旅人一批一批地出现在一条曲折的路上，那么这里将更为荒凉、更为冷清。对面是山西的芮城，一水之隔，这里就成了陕西的潼关。潼关曾经拥有将近十万人口，20世纪50年代末期，要在黄河修建水库，这里的人几乎都迁移了，但县城的废墟却依然存在，那些残破的城楼和城墙，依然一段一段地耸立于高原的悬崖上，并一直默默地目睹着滚滚的流水。空旷之地、宽阔的黄河似乎是无声无息的，其实不是，它将巨大的声息消融在高原和天空了。高原已经在流水的推压之下，遥遥地退去了，可无边无际的天空却飞翔在黄河的壑口，那里迷蒙着温润的水汽，芳香一缕一缕在风中蒸发，如果不是看到片片菜花种植在平坦的沙滩上，那么我可能会认为是谁给黄河调了明亮的香油。黄河当然没有那么温柔，它铜汁般的泥水，铺陈在两岸之间，每漩一个涡，每起一排浪，都似乎在它的水面制作了一个褐色的神秘的浮雕，敲之有音，摸之有刃，仿佛满是兵器。黄河就是以这样的形象走过潼关的。

潼关兴旺的时代已经过去，尽管它的废墟仍然住有一些人家，不过整个县城显得空空荡荡。古老的房基和陈旧的墙壁，偶尔将它的残片展示在阳光之下，它们往往为枯萎的蒿草所覆盖，经过一段时间，翠绿会浸染它们，但它们却永远不能遮挡这里的衰败。到处都是挖掘之后的土堆，到处都是破碎的砖瓦，那厚重的砖瓦，完全风化了坚硬的岁月，然而也凝结着沧桑之色。如果将它们一块一块地排列起来，那么它们一定可以成为注释历史的辞典。硕大的老鼠受了惊吓，突然从什么地方钻出来，睁着乌黑的眼睛打量着皱着眉头的我，然后放心了似的，慢慢爬进悬崖的缝隙，其缝隙竟像黑色的绳索一样，弯弯曲曲地拉向黄河。那条著名的东西走向的古道，静静地伸展在潼关，一端连接县城的东门，一端连接县城的西门，高耸的城墙和狰狞的沟壑将它夹在中间。它仅有五步之宽，车不能双轨，马不能并骑，而且在没有月亮的夜晚，有士兵打着火把巡逻，显得多么恐怖、多么森严。虽然这一切现在都消失了，然而我行走在这里，仍感觉到一种悚然。巨大的青石，一块挨着一块，组成一条阴冷的石路，我透过刚刚萌芽的草叶和隐隐涂抹的雨痕，寻找着烙印其中的铁骑和脚步。可我获得的却是沉寂。两边的杨树挂满了绿色，枝头摇曳在安谧的天空中，青石之上洒落着斑斑光影。

在潼关的南门之外，是一级高过一级的台原，它们像波浪似的，一层一层延伸到秦岭之中。正在返青的小麦，生长在精耕细作的梯田上，偶尔有一棵梨树和桃树，将它们雪似的白花与霞似的红花开放在和熙的阳光之中，似有似无的雾霭企图掩盖它们，又不能完全掩盖，便为之增加了一种朦胧的意象。宁静的沟壑，实际上曾经是用于军事的十二连城，风雨虽然将狼烟烽火熄灭了，但护卫潼关的堡垒的基座却依然在那里拱起，它的土是灰白的，显然是经过了特殊的处理。悠悠的岁月，竟不能使它改变，它光光的一片，硬是不生草木和庄稼。

潼关属于真正的兵家必争之地，这里发生过的战争多达四十多次，其中著名的有：

公元前318年，天下大乱，数国同伐秦国，并集中力量进攻潼关，遭到秦国的反击，逐之。

公元前232年，数国合纵扑向秦国，夺取了寿陵，秦兵奋勇迎战，在潼关打退了他们。

公元221年，军阀混战，曹操准备讨伐屯兵汉中的张鲁，割据关中和凉州的军阀马超与韩遂十分惊惧，便集合了十万士兵进驻潼关，企图阻止曹操。盛夏的骄阳之下，曹操骑着一匹白马，亲率大军迎战，黄河之滨，两军相对。曹操表面急攻潼关，但他在暗中却派兵渡黄河进入关中。他们立足平原之后，回头袭击潼关，马超难以招架，求和于曹操，随之曹操夺取关中。

公元311年，西晋向东晋过渡之际，匈奴出身的刘聪正闯荡天下，他指使部将赵染进攻关中的司马模，激战潼关，司马模失败，赵染长驱邽下，占领渭南。

公元755年，安禄山起兵，率叛军从中原一路杀来，并渡过冬日的黄河，直奔洛阳。官军将领封常清与高仙芝毅然放弃其他地方，集中兵力坚守潼关，使叛军难以逼近。然而唐玄宗曲解其意图，竟派人杀害了封常清和高仙芝。安禄山在洛阳称王之后，进犯长安，唐玄宗遂遣大将哥舒翰驻守潼关，并亲自为他饯行。在潼关，哥舒翰的策略是：按兵不动，据险固守，使叛军疲劳而分裂，之后出击。果然，半年之内，叛军在那里徘徊而无可奈何。可恨杨国忠谗言唐玄宗，命令哥舒翰决战。哥舒翰久经沙场，知道沟壑之中有精兵埋伏，但他却不能违背圣旨，遂痛哭一场，带兵出击。虽然官军奋勇杀敌，不过还是失败而丢弃了潼关。消息传到长安，那里一片混乱，唐玄宗带着杨贵妃匆匆逃离。

公元880年，旨在推翻唐朝统治的黄巢起义部队到达潼关，他们旌旗招展，战鼓喧天，官兵胆战心惊，而且一触即溃，黄巢顺利地占据了唐都。

公元1127年，崛起于北方草原的金国步步南下，并迫使宋高宗赵构放弃开封，潼关落入金国手中。

公元1232年，成吉思汗的军队进攻潼关，尽管金国为此地而放弃了河北与山东，然而其地仍为蒙古人所夺。

公元1638年，李自成的起义部队在潼关遭到明军的包围，深秋的高原，野风吹拂，无数尸体横躺荒地，只有李自成一行十八将士幸免于难，他们踏着十月的白霜，退入秦岭，并从野山往商洛而行。

……

收起关于战事的记录，我感到潼关安静而萧瑟地坐落在流动着白云的天空之下，灰飞烟灭，偃旗息鼓，但黄河却一直向东奔泻，它强劲的水浪，世代冲刷着它的沿岸。

这一带曾经长满了芦苇，大雁四季都在这里生活，于是潼关就出现了一些以捕捉大雁为生的人。他们撑着小船，以潼关为中心，来回航行。夜晚，他们将小船泊在沙滩，居住于沿岸的洞穴，那是他们用自己的长刀刻挖的，里面铺着羽毛，点着油灯。到了黎明，一声口哨，人都爬了起来，然后，由一个首领向对面的芦苇放上一枪。在那茂密的芦苇，有无数肥壮的大雁正在酣眠，忽然出现的枪声，将它们惊醒，在它们飞上芦苇上空之际，所有的枪都打响了。枪响之后，黄河归于平静，那些狩猎的人重新睡下。天亮了，他们才将船摆渡到对面，他们看见广阔的芦苇之中，到处都是死了的大雁。这是半个世纪以前的事情了，现在黄河两岸的树木已经减少，沙滩的芦苇已经消失殆尽，捕捉大雁的人已经无影无踪，苍凉的一片山河，除了我在游动，几乎没有其他的人。

不过，我发现了人所留下的新的印记，我看到在乌黑而平坦的沙滩上，生长了一片果树的幼苗，黄河将湿润的气息洒向它褐色的枝梢，催促着翠绿闪烁。火车会钻出隧道，从横跨黄河的铁桥凌空驶过。

尽管县城已经迁移，但古老的街巷却仍有烟火，偶尔穿过街巷的汽车或马车，将尘土卷起，然后落在低矮的房屋上，这些房屋几乎都是老式的，板门、小窗，房脊饰有砖刻的鸽子，房檐吊着铃铛，可惜它们都为岁月压迫得歪斜了，蜘蛛罗网挂在窗角，麻雀的窝巢建在墙缝，而老人则抽着长长的烟袋，木木地坐在古磯上或柴垛上，用昏花的眼睛看着寥落的世界。这里依然是一个社会，只是这个社会含有更多的过去的气氛，含有更多的传统的情调。卖烟卖酒的，将自己的货物放在青石制作的柜台上，人坐在那里，通过圆形的窗口传递钱物。卖肉的将猪羊一分为二，悬在三角木架上，腻腻的油抹得木架光滑乌亮，闪光的铁钩和屠刀悬在空中，主人系着肮脏的围裙，站在木架旁边等待客户出现。从板门走出的姑娘，将浓密的黑发扎成一个高高的髻，乜斜着眼睛望着你，不过你要看她，她却怪怪地垂下自己的睫毛，仿佛为心灵拉上了帘子，使你难以捉摸。

在昔日漫长的岁月里，潼关渐渐形成一个小镇，一个小城。守卫这个门户的将士，将自己的家安在这里，逃荒逃难的人居留在这里，甚至罪犯和贼寇也装扮成良民窝藏在这里，于是潼关就从荒蛮之中脱颖而出。

此地恰处陕西、河南、山西之间，互通有无，各取所需，交易都要在这里进行。在唐代和明代，潼关都曾出现过相当繁荣的景象，展示过富于个性的文化，而且有过独特的商业市场。在逢一逢三逢九的日子，城东人赶着毛驴，将河南的药材、木炭、铁锅之类驮来，他们小心翼翼地爬上山冈，慢慢腾腾地走下土坡，然后从潼关的东门入城，这时候，人和驴都大汗淋漓、气喘吁吁。城西几百里平川，人当然是赶着马车，布匹、绸缎、粮食是他们的主要货物。他们从潼关西门入城，将马车停放在一个专用场地，然后大摇大摆地招揽生意。城南人是种植蔬菜的好手，两个台原在这里分岔，中间成为一片凹地，阳光充足，土地肥沃，他们春有菠菜、香菜、韭菜，冬有萝卜、土豆、红苕，夏秋之间，蔬果种类尤其繁多，番茄、豇豆、梅豆、洋葱、黄瓜、笋瓜。这里尤其适宜莴笋的生长。将莴笋刮去绿皮，切成一拃长短的小段，倒进盛有新鲜面酱的瓷缸，加上铁盖，在烈日之下曝晒。经过一段时间，投放一次醋、糖之类的配料，春节之后，就成了酱笋，其红中透黄，鲜润养目，咸淡适中而稍带甜味，香脆可口。清代康熙年间，它就成为朝廷的贡品，后在1915年获得巴拿马万国博览会特产品金质奖。他们将各种各样的蔬菜担到集市以供采购。城北为黄河，山西的人用船载着农具和食品，上岸后从北门入城。那是一个热闹繁忙的日子，也是一个充满危险的日子，因为这里是交界处，作案之后很方便潜逃，遂常常出现偷盗和抢劫之事。

在潼关之南的山中，有丰富的金矿，挖金之风，古已有之。他们总是在这里倒手，那些准备冒险的人、企图发财的人，纷纷出现，所以这里永远晃动着陌生的面孔。但潼关的人却习以为常，而且依靠这里的优势发展自己，他们开设裁缝店、木器店、棺材店，并设药铺、旅舍、饭馆，敢打敢闹，生性凶悍，脾气暴烈。

不过，多情多义的人和故事在这里并非没有，我所知道的李小姐就是这样的人。她出生于苏州的书香门第，由于家道败落，沦为妓女，随所谓的江南义寓路过潼关，准备往西安，在此地巧遇一位上海富商，他对她产生了感情，遂掏出一堆银元交给老板，作为李小姐的赎身之钱。遗憾的是这位富商正为抗击日寇筹备武器，不能立即将她带走，考虑再三，便将她托付给潼关一个医生，答应她半年之后相会，谁知他一去杳无音信。李小姐感激并爱着这位潇洒的富商，相信他一定会来接她。这一等就是半个多世纪，今天，她已经七十二岁，满头白发在阳光之下像雪一样明亮。她仍坐在门前等着。她的牙齿掉了，眼睛花了，唯独年轻的是她的心。她安然地坐在破陋而落寞的潼关街巷，我感觉她像一个圣徒！确实是这样，那年为修水库，要搬迁县城居民，她哭得泪如泉涌，死都要待在这里。她担心自己所盼的人回来了，不能找到她。然而没有谁知道那个富商的下落，没有谁知道他是什么缘故而未来兑现承诺，所知道的是李小姐一直在等他。她的情义天知道，地知道，黄河与它两岸游动着白云的高原知道。

夜晚，我走在曲曲弯弯的街巷，这里没有一个人，也没有一盏灯，唯有稀落而低矮的房屋里的光从窗子透出，那光因为窗子的制约，变成了一个晕黄的方形，并不很明亮。我的脚步震响着这古老之地，我顾盼着关闭的门户，这门户当然少得可怜。隐隐的黄河的波涛声从我身后随风而来，湿润的空气之中，流动着浓郁的桐香和沉重的泥腥。月亮升到山顶上了，街巷有了一种如雾如汽似的白色。遥远的沟壑化为一片广阔的阴影，它起伏的轮廓似乎镶嵌在迷蒙的天空，使这里显得落寞之极、幽静之极。一只黑色的狗出现在我面前，它悄悄地站在一块石头旁边，仿佛是故意拦挡我，我很自然地停下了脚步。不过我感觉它并没有恶念。它默默地看着我，长圆的眼睛流露着非常温和的神情，甚至是慈悲与感伤的神情。它似乎要向我询问什么，然而终于没有开口。它踏着月光默默地走了，身上的毛非常明亮，细碎的声音在它脚步之间轻轻响着。它走了几步，又沉思着停下来，回过头看我，它发现我恰恰正在望着它，便立即转身，匆匆地走了。我一直望着它，等它在残破的砖瓦和美丽的月光之中消失，我才继续走我的路。我的心里一片空虚。

我就是这样离开潼关的。

萧关

萧关为关中的北门，从秦朝到宋朝的十余个世纪，它是萧瑟的朔方通向内地的唯一道路。秦始皇统一中国之后，担心匈奴进犯，迅速在此筑起长城，并派长子扶苏作为蒙恬大将的监军驻扎在这里。英勇的士兵，顶着边塞阴沉的乌云，警惕地瞭望着对面。秦朝瓦解了，但匈奴南下的野心却并没有放弃，于是在一个漫长的年代中，荒凉的原野就常常有狂风的呼啸，在狂风裹挟着马蹄、尘埃、血腥而来之时，首当其冲的总是萧关。

悲哀的是，这样一个重要的地方，已经被冷酷的岁月之刀从现代人的印象之中刮掉了。在车站，我询问如何可以走到萧关，所有的人都在六月的阳光之下摇头，包括老老少少的司机统统不知道，而且萧关没有标记于地图。不过我是要到那里去的，尽管它已经被岁月湮没，我仍然相信萧关会在什么地方沉默着。

班车驶出西安，经过咸阳，天就渐渐辽阔起来，稀薄的灰云之下，风开始凉爽，但地势却越来越高。一条山沟的出现使人兴奋，多条沟壑横在面前就使人觉得危险。班车像一只甲虫爬行在千山万岭，它能否安全往返，那完全是命运的事情了。我常常产生这样的感觉：路仿佛是一条曲线，缠绕在陡峭而裸露的悬崖上，一边是壁，一边是壑，如果司机稍一闪失，那么人将粉身碎骨，然而汽车终于走出了险境，于是天就更宽而地就更远了，只是村子越来越小，小麦竟仍是绿的，像瘦弱的蒿草在平坡摇曳。但苜蓿却生长得茂盛，紫色的小花凌空炫耀，其高度都在一米以上。在乾县、永寿、彬县、长武，随时可以看到成群结队的农民，他们提着镰刀从咸阳和西安收割小麦回来，所有的人都有一张疲惫不堪的脸。

我就这样久久地在高原沟壑之中旋转，不分东西，不辨南北。汽车常常要绕过十里八里开阔的峡谷才能前进三里五里。那些峡谷生长着杂树，杂树只有生长在峡谷才枝繁叶茂。然而并非所有峡谷都有杂树生长，往往是峡谷与它的两岸全然狰狞地列着破损的黄土与岩石。黄土与岩石将野草与杂木排挤在可怜的角落，但云却成群结队，忽聚忽散，即明即暗。云在戏弄着这里的土地，它偶尔才化为几滴小雨赐予高原，于是这里就长久干旱，或者云就化作疯狂的暴雨，让土随水而流失。暴雨洗劫之后的高原更加丑陋。忽然出现几层梯田，它当然是人类改造自然的成果，不过它立即就过去了，扑面而来的是光秃秃的山头和赤裸裸的沟壑。我感觉改造这样广大的贫瘠地域，是多么艰难。

十个小时之后，班车到了甘肃的肖金，这是一个小镇，一柱残破的砖塔挺立于集市的中心，成为它古老的标志。乌云翻卷，零星的冷雨在风中滴落。我夹杂于人群之中，这些人有的卖吃卖喝，有的卖菜卖肉，有的钉鞋镶牙，有的做刀制剪，但众多的人却在无所事事地游转与张望，尽管人群熙熙攘攘，不过给我的印象是，肖金是如此孤独和偏僻，而且被无穷无尽的荒漠包围着。我茫然地望着没有树木和花草的小镇，一种异乡之旅的感觉强烈地向我袭来。我没有想到六月的风在这里竟是如此寒凉，穿着黑色或蓝色衣裤的人看着我在瑟瑟发抖。我继续询问萧关的位置。我询问了几个人，最后向一个戴着眼镜的老者打听，他坐在一个小凳上，悠然地等待着修锁的顾客，但他却仍然是摇头。

沉重的暮色从远方铺天盖地而来，人群仿佛接到了命令似的开始散去，一种我从来没有体验过的寂静控制了肖金，那些迟疑在集市的最后几个农民向我打量，很显然，拎着包穿着汗衫的我引人注目。一辆三轮车停在路边，年轻的司机不慌不忙地招揽着顾客，他知道，这里已经没有班车了，要到县城镇原去，必须乘他的三轮年。几个农民已经和他讨价还价了，他们也是刚刚从西安和咸阳收割小麦回来，他们蹲在一家商店的廊檐下面休息着。我就是坐着这辆三轮车赶到镇原的，十二个人无疑是超载了，司机在路上停了几次，反复检查车头与车厢的连接之处，惊慌的神色始终隐藏在他的眉宇之间。司机害怕翻山越岭的时候，车轴忽然断裂。乌云笼罩着四野，唯乌云裂缝中的一片天空才明亮一点，它很像一块白色的纱布。白杨承受着冷雨的敲打，它们萧萧排列，郁郁葱葱。

到了镇原，天已经完全黑了，不过在茹河对岸，这个简陋县城的温馨和宁静，我是感觉到了。我在这里待了一夜，而且幸运的是，我走进了文化馆和博物馆所在的院子，那里的一个工作人员翻出了志书，为我查找萧关。志书这样记载：

> 萧关位于甘肃镇原与宁夏固原之间，秦汉以来，为华戎之大限，襟带西凉，咽喉灵武，实为北面之险。现处白草洼村庄附近。

于是天明之后，我就继续前行。我依然是坐着班车，班车依然是一会跌入沟壑，一会儿跃上山顶，所不同的是，经过之地，人多半居于窑洞，少半住着平房。那些窑洞挖掘在一面高大的土崖断面，椭圆的窗门都向着阳光，粗壮的狗或卧躺于树下，或游动在墙根，长长的毛零乱在身上，并不理会班车从自己的家乡走过。牧羊的小伙扛着一把小小的锨，赶着绵羊在坡坎啃草，高原苍苍的天空之下，他们显得渺小而孤单。路的两边，有一种茂密的植物，叶子细巧，枝杆斜出，结着指甲大小的绿果。农民告诉我，这是酸枣，可以制酒。

我在孟庄下车，它是一个白杨围拢的村子。从这里，可以步行到萧关。此时此刻，我不能确切地知道萧关是什么样子，不过我已经清楚地知道萧关所在的环境了。萧关的云简直是无穷无尽的。这是一种若断若续的活动的云，瓦蓝的天色偶尔才显露而出，那是云在飞行之际不慎断裂了而展示的宇宙的一角。只是云立即便能缝合，遂使那些瓦蓝随之消失。尽管云将天空满满占有了，可你却感觉不到沉闷与压抑，感觉不到雨的降临。萧关的云是这样一种淡白的云，它绵延而轻松。但萧关的地却使人沉重，它是那样的平坦，那样的贫瘠，小麦生长在那里，显然是由于营养不良，其麦秆纤细如丝，麦穗小巧如蜂，而且稀疏得能够看到黄色的土壤。天地之间，一股浩荡的气流忽来忽去，它是萧关无形而有力的风。

萧关实际上是长城的一个缺口，它的西段已经坍塌并消失在广袤的原野了，已经融在土壤之中，并生长着瘦弱的庄稼了。它的东段还残留着，这是因为从这里开始，出现了沟壑，古老的长城就从险恶的高原的脊梁爬过去，除了风雨，除了冰霜，除了炎炎赤日，人是难以破坏它的。我走过田野，轻轻地登上长城的一堆遗迹，它的两边都是深渊，一边是甘肃镇原的白草洼，一边是宁夏固原的草滩沟，平和的天光之中，向阳的窑洞是那样的寂静，远远可见狗在小路上游走。

这里的长城不过是凸出地面忽隐忽现的土丘而已。如果不是正在锄草的一个农民告诉我它就是长城，那么我将不能认出它，因为两千年之久的风霜雨雪，已经剥蚀了它的坚固与高大。不过我站在比较突出的一处遗迹，仍能感觉到它的气势，并能看到它从苍茫的地面蜿蜒而去。它跨过一个又一个山头，不管有人还是无人光顾，它都那么默默地凝固着，任凭岁月将它夷平，任凭野草将它染绿。我想告诉你，在裸露着黄土的沟壑之上，唯有长城的一段覆盖着一层茸茸的绿。

公元前167年，匈奴以十四万骑兵入侵萧关，直指甘泉，进行疯狂掠夺。汉文帝遂以朝臣周舍和张武为将军，派战车千乘，骑兵十万，驻扎长安周围，防止匈奴进犯，同时派卢卿为将军前往上郡，派魏连为将军前往北地，派周灶为将军前往陇西。汉文帝亲自慰劳部队，并准备亲自率兵征讨，朝臣和太后苦劝，才得止。最后决定由将军张相如、董赤和栾布来兵赴萧关，打击匈奴。匈奴闻风丧胆，撤至塞外，可以想象，那时候，乌云笼罩着萧关，尘土之中，铁马金戈，旌旗战鼓，战场上充满了紧张激烈的气氛。不过，我看到的六月的高原显然一片宁静，萧关在水土流失而破败的黄土之上，默然无声，唯有白草在那里生长。

在地球的这个偏僻的一隅，一天只有一次班车，所以我是不能复返镇原了。那个锄地的农民叫王声，他带我到白草洼自己的家去，我将投宿此处。这是一个刚刚二十岁的农民，精瘦而黝黑，一双明亮的眼睛一直不能正视我。他小学毕业便回家劳动，现在已经是两个孩子的父亲。白草洼是一个深沟，贴着三面土崖，全住着人家。这里瓦无一片，砖无一块，庇护此间居民的，当然是窑洞。高原的太阳长年累月地照着白草洼，晒得那些土崖都发白了，干得像火烧了一样。几乎没有大树，三棵五棵小树在院子里立着，全是耐旱的白杨。一个陌生的人到了白草洼，惹得居民都从窑洞出来围而观之，女人抱着孩子，用茫然的眼睛远远地打量我。这里有十八户人家，其中四户是杂姓，其他十四户都姓王。王声告诉我，他们是一家分开的。走在弯曲的小路上，可以看到深沟有一条褐色的溪水在缓缓流淌着，随时都可能干涸。这里的人所饮用的就是那些溪水，早晨，他们赶着驴子去驮，如果它枯竭了，那么就必须到长城对面的一条深沟去驮，那已经是宁夏的固原了。溪水是浑浊的，喝在嘴里，舌尖有一种涩而稠的感觉。

王声一家四代同堂，他的祖母才六十五岁，我步入院子的时候，她正在抓食喂鸡，高挺的身板和宽大的手掌，给我一种强悍的感觉。这个有六个儿子的老人，瞥我一下，就忙她的事情了。王声的父亲患着感冒，通红的脸颊，无疑是发烧的症状，看到了我，就从炕上爬起来，招呼一声，蹲到一边卷烟抽了。我没有发现王声的妻子，她正躺在别的窑洞，她的二胎孩子才三个月。

在窑洞，我所见的带有现代文明色彩的唯一一件东西是热水瓶，王声给我倒了一杯水让我喝。天光将窑洞照得很清楚，那用木架支撑起来的案板，放着刀、擀、勺、碗，瓦盆中的面粉正等着水调和。瓷缸蹲在土壁一角，水已经所剩无几了。几个黑色的瓦罐并排放在窑洞的角落，王声告诉我，那里装着玉米和豆子之类。皱皱巴巴的炕上，覆盖了一张干硬的油布，下面是被子。夜晚，我将在这个炕上睡觉，这是王声的安排。

西方的天空，有一朵长形的云，它的白色消退之后，黑暗便沉重地压迫了整个高原。我站在窑洞的顶端，感到萧关的气氛原始而恐怖。没有星月的天空，成了一个平滑的盖子，既无缝隙，也无折皱，但大地却隐隐显露出地球的嶙嶙骨架，其中逶迤而去的长城活跃在我的想象之中。古代的士兵曾经在此抗击过匈奴，曾经在此守卫过家园，他们的鲜血曾经渗入土中，他们的头颅已经抛入沟底，然而现在呢？历史是一个怎样残酷的过程，新的年岁多么轻易地就冲刷了旧的岁月，想一想萧关，有几人知道呢？出生在萧关周围的人，当然是知道的，但他们却难以将萧关告诉世界。萧关之外的天地对他们是陌生的，他们难以步入其中。在这里，他们过着日出而作日落而息的生活，长城附近的土地，为他们提供粗糙的食物，他们的人生只能是自生自灭。也许在冥冥之中他们知道自己的归宿，所以他们要依靠迅速的繁殖使生命延续。漫长的黑夜，没有灯光，没有娱乐，他们怎样度过这黑夜呢？睡觉是唯一的形式，当鸡上了架子，当风在沟上沟下流窜，他们就爬到炕上睡觉了，不过怎样才能排遣生命的寂寞呢？他们只能在生命之中寻找乐趣，于是黑夜就成了他们孕育的汪洋大海。我没有一点贬低他们的意思，我很清楚，王声一家对我是那样的恭敬和诚实，从他们的眼睛中我没有发现一点伪诈的神色，这是我从自己生活的城市之中很难得到的。此时此刻，他们正在窑洞的炕上躺着，风和黑暗拥挤在窑洞的门窗之外。狗忽然撕咬起来，凶恶的叫声让高原显得空空荡荡，但它却成了黑夜的突然兴奋的神经。

萧关，你不能像死了一样沉默！

2008年11月3日附记：2002年春天因拍电视再往萧关，长城依然，高原依然，只是十年以后，王声一家人不但忘记了我当年的投宿，而且失去了过去固有的一种喜悦。

敬畏黄河

我曾经几次看到黄河，对这孕育了东方文明而又为害剧烈的大水，我始终怀有复杂的感情。它从巴颜喀拉雪山出发，流经广袤的高原和平川，最后汇入海洋。它是一条名副其实的源远流长的河。在北方，你随时都能看到它的踪迹，它仿佛总是出其不意地横在你的面前。其下游，由于远古河床的裹挟，遂失去了上游的飘逸和中游的激荡，显得舒缓、凝滞、沉重。它那种默默无言的样子，像是一位饱经沧桑的老人。黄河两岸，有的是良田沃土，这是它不可磨灭的恩德，然而黄河两岸，也残留着它泛滥所致的水纹与沙痕，萦绕着它肆虐所造成的惊恐与哀号。

黄河的奇异之处是它在黄土高原，一头冲进了地壳之中，它的颜色就由清而浊，成了一条挟带泥沙的洪流。它凶猛地为自己开辟道路。它所经过的地方，无不留下野蛮切割与冲击的血腥气息和残酷景象。不过，在高空俯视它，才知道黄河与高原是很和谐很融洽的。那是一片真正的荒野，山石裸露，支离破碎。一个人站在山岗上或沟壑旁，望着只飘着一些白云的空空荡荡的天空，一定会感到自己的孤独，甚至感到人类的孤独。太阳垂落高原的时候，极圆极大，在一瞬之间，它居然静静地停在那里，将高原照得一片通红。你忽然会觉得：太阳和你似乎要进行对话了，整个宇宙都随之沉静下来。不过太阳终于降落，收敛着光芒的高原遂笼罩在沉沉的暮霭之中，只有风游荡着。

在黄土高原，我看到了黄河唯一的瀑布，它雷鸣般的声音，翻过沟壑，翻过山岗，寻找着我的耳朵，可我的眼睛却捕捉不到它。它在陕晋峡谷里奔突着。这是高原最宽最深的峡谷，黄河选择了这一险恶之地，展示自己原始的力。我小心翼翼地站在悬崖边，以敬畏的眼睛望着它。我的心是虔诚的，充满了崇拜之情。峡谷多么广大，将辉煌的春日天空，容纳在自己的豁口，我能感觉白云借着风在悠悠地飘荡。这里的悬崖峭壁，土石混合，倾斜凹陷，扭曲弯折，千奇百怪，应有尽有。美丽的是那几枝生长在崖壁缝隙里的小花，金色，随风摇曳，仿佛是黄河的梦。宽阔的河面上，起伏着微微的波浪，那泥土一般的颜色，颤抖一般的动态，像是风从下面吹着一张极大极大的麻纸。偶尔，一些石头从水中冒出，越发显出黄河的平缓与悠然。我甚至觉得，这满满一沟慢慢行进的水，就是满满一沟缓缓走动的黄牛，那翻卷的波浪就是黄牛摇晃的脊背了。我站在那里，久久地望着这一排黄牛，望着黄牛在峡谷由远而近地向前走着，走着。当进入壶口的时候，那些黄牛都蓦地变成了凶猛的老虎，从突然断裂的河床冲将下去，吼叫、冲撞、飞溅，使整个峡谷，甚至整个高原，无不回荡着瀑布的声音。那混浊的水，一下从几百米宽收束为几十米窄，像沉重的铁石猛地倾进深潭之中，波涛滚滚，沸沸扬扬，黄雾腾空，水汽冲天。一时间，我感觉那湍急的洪流，仿佛一台巨大的机器，它年年岁岁又日日夜夜地粉碎着高原，这地球悲惨的一角。我知道，瀑布的气势不是浮夸的，因为黄河靠的是大地涓涓而永恒的细流，靠的是高天绵绵而永恒的云雨。

站在一块孤独的岩石上，我久久地望着黄河与它的瀑布，高原春日的阳光照耀着我，我渺小如沙，脆弱如蚁，甚至在我心有所思的刹那之间，这天上之水已经一泻千里，出现在远方了。

在峡谷享受阳光

到秦岭去，是要寻找汉江之源，不为水文考察，仅仅由于城市嘈杂和烦闷。然而终于没有看到其源。源在某个山峰，天黑了，风携湿气而来，我觉得十分凛冽，便撤退下来。实际上时方十月，邻居的姑娘仍穿着薄衫短裙在街上展示自己的青春，但秦岭却已经有雪。雪凝聚在树根和草根，一些渗水的黑色的岩石上竟垂挂着七长八短的冰凌，我的衣服穿少了。天是好天，晴得很是响亮，到处都有阳光。到处都有阳光，人对阳光就不注意，不惊叹。阳光钝化了人对光线的感觉，但秦岭的阳光却使这种感觉变得锐利如刃。我便是在那里发现阳光的，一种洁净的阳光而不是肮脏的阳光。我从秦岭北坡攀上，在秦岭之巅作短暂休息之后，沿着秦岭南坡下来。我一直走在汉江之岸，是溯江而行，不知不觉，便步入一条峡谷之中。在那里，我突然碰见了阳光。秦岭的阳光与我不期而遇，它抚弄我的触觉，擦拭我的视觉，通融我的嗅觉，清洗我的味觉，使我茫茫然而又陶陶然。我是渐渐醒悟的，醒悟了，我才知道自己站在阳光之中。

让我闭上眼睛，回归那里的阳光吧！因为四周尽峦，我便没有看到红日，但阳光却活生生而又暖融融地飘浮着。峡谷是空旷的、岑寂的，它所有的地方都镀着阳光，整个峡谷就沉醉于阳光之中了。一座山峰把红日拦挡在它的外面，跃进峡谷的阳光就削弱了，不是那种强烈的照射。峡谷的阳光像筛选了一样均匀，过滤了一样纯净，锤炼了一样轻盈。阳光渗透了空气，我当然是吸进阳光，呼出阳光，咀嚼的仍是阳光。我情不自禁地伸手托起阳光，阳光便盈于我掌，我掌便汪着黄色的温暖，它从手指传向脚底，我便通体透明了。我激动地呐喊，阳光竟牵着声音飞翔，我看到自己的声音在峡谷呈作流动的金波、起伏的金带。城市当然有的是阳光，不过只要你对峡谷的阳光摸一摸、听一听、看一看、嗅一嗅、尝一尝，你就知道城市的阳光就像抹布和拖把一样。我忽然想让所有的朋友都到秦岭去走一走，让他们进入峡谷，认识一下那里的阳光。

遗憾我不是画家，如果我是，那么我一定将峡谷的阳光描绘出来。不过我怀疑，画家能调配出那样的色彩么？想一想那天的蓝，想一想那宁静的云的白，我以为世间便没有这样的颜料，它根本不是人能制造的，又何以描绘呢？山峰从高高的白云蓝天滑向汉江之岸，山峰巨大的斜面全是阳光，那样的亮度唯峡谷才有，那样的纯度唯峡谷才有，它亮而不炫，纯而不薄。生长在山峰的野花、野草、野藤、野树，枯的枯了，绿的绿着，但众多的却是黄的红的渲染着。我坐在一块青石上，眺望阳光之中的山峰，感到树的爽朗、藤的缠绵、草的清凉、花的柔软，它们交错一起，因为阳光而斑斓，因为阳光而融和。

在远远的一片松林里，一群男女在抓雪摔打，嬉闹之声如雁如猫。他们是从西安来的。松林将嬉闹之地遮得阴暗而沉郁，一线两线阳光，从树枝间泻下，黄如金链，亮如铜镜。松林附近是开阔的草地，窄细的汉江就经过那里。我蓦地发现有几头牛在草地上慢慢游动，阳光映在牛的脊背上。汉江绕过那些牛，将峡谷清澈的阳光带出秦岭，带到重庆，带到南京，带到上海。

不过还是让我闭上眼睛，回归峡谷的阳光吧，那里的阳光，是真正的国色天香！

泰山之意

中国有五岳，泰山为尊。中国皇帝登基之后，总是到泰山封禅，为社稷的安全祈祷，这使泰山脱颖而出，神秘于世。孔子登泰山而小天下，更显示了泰山的高大和超拔。我曾经想：如果不登一次泰山，那么人生将减少十分之一的体验和十分之二的机遇，所以一定要去。

我知道国人是为泰山自豪的，若有谁诋毁它，国人就会敲打他。然而我也不愿意委屈自己的心，对泰山之好随声附和。明智的办法是保持沉默，不要对泰山发表言论。不过我上了泰山，并有所感，似乎不吐不快。问题就出在以吐为快这一点，这使我必须冒险评议泰山。

史书记载，秦始皇封禅之日，曾经避雨于一棵松树下，遂赐该树为大夫松。秦始皇是残暴之君，不为国人所喜欢，我也不喜欢，然而因为避雨而赐树为大夫松，显然透露了秦始皇性格率真的一面，当然也显示着他用权如土的狂狷。我原以为那棵大夫松是怎样的苍老和垂死，是怎样的一副腐败之象！我希望它是这样的，这样才有意思。但我看到的大夫松却像一个十八岁的青年，迎风而立，跃跃欲试，没有一点历史的内涵。

我五点就到了悬崖，坐在平台的一块石头上。那块石头已经松动，我就坐在这块稍稍松动的石头上准备欣赏日出。我很谨慎，害怕随石头摔下而牺牲了。不过我又考虑，我死了也是为欣赏日出而死的，而且是死于泰山，这将为我的死多少增添一些浪漫意味，遂安然等待。不料我在泰山上所看到的日出，并不多么瑰丽和豪壮。我小时候在平原上见过一次日出，是我无意之中看到的，当时我在田野干活。我仔细地观察了它，我相信它属于一种经典日出，注定将成为我衡量其他日出的一杆标尺。泰山的日出当然也有其个性，但它却无非是从一点红到一片红而已。

在泰山，实际上我关注的是欣赏日出的人。这些来自四面八方的男女，沿悬崖排开，是树林似的密密麻麻的一堆，是随物赋形的蜿蜒一线。那一点红刚刚出现，这些人便开始照相，他们尽其可能地摆出各种各样的姿势，而且匆匆忙忙，唯恐太阳从半圆发展为全圆。那时候，泰山之巅，一片机器之声。太阳卒成全圆，于是他们就停止照相，随之解散，留下一个空空荡荡的泰山。美是流动的、深邃的，是需要用灵魂感应的，可惜粗糙的灵魂将不能感应美。我很遗憾！我以为攀泰山及欣赏它的日出，并不只是追求一种经历，或者一个结果。

这是我对泰山的评议么？似乎是的，也似乎不是。这些仅仅属于我对泰山的印象。我对泰山的印象与泰山是不同的，的确如此。

那么泰山到底怎样呢？我还在推敲。

黄土

凌云御风以俯察西安，会发现这个城完全立于黄土之上，甚至处于黄土包围之中。

平常会忽略黄土对西安的意义，因为出巷上街，所见是草木，是玻璃幕墙的高楼大厦，是华灯，是流水一般的汽车。然而离城而去，远一点环视，便会看到凡西安的建筑尽由黄土支撑。

西安依龙首原营造。龙首原属于黄土堆积，地势壮阔，地貌雄奇，可惜人类的活动，一个伟大的城的存在与持续扩充，已经把它的高岸与低谷拉平了，甚至把它遮蔽了、包裹了，黄土也内敛着、萎缩着，遂难以感受到城在龙首原之上。不过看一看乐游原的残坡剩陂，看一看正受到改变的少陵原和神禾原，也在遭掘的白鹿原，尤其是看一看暴露在外的黄土的立面和斜面，便可以想象这座城确实踞于黄土之中，甚至它就是黄土的变形。

实际上，两千余年前的汉长安城，一千余年前的唐长安城，都在黄土之间。那时候，材料单一，城与黄土的关系密切之极。也许长安城就是艺术化或灵魂化的黄土，遂能漂亮地还原为黄土。

在地球北部的几个大陆都有黄土分布，不过中国黄土分布广，厚度大，覆盖连续，层序完整，为世界第一。它基本上处于北纬30°至49°之间。中国黄土呈东西向，大约铺排于昆仑山、秦岭和泰山一线的北侧，西北可达天山，东北可达大兴安岭和小兴安岭。

中国黄土以面积54万平方公里的黄土高原最为典型，也最具研究价值。它西起祁连山，东至太行山，北发阴山，南抵秦岭。浅的数米，深的二百余米。深之至极，在泾河与洛河一带。这里位于黄河的中游。黄河经黄土高原而流，赋予这里的黄土以神性。夕阳所照，黄土高原便尽显洪荒和浑朴的气象。风走过它的塬、梁、峁、壑，千里呼啸，万里回应，禽息兽匿，谁不敬畏！

西安所拥的黄土，或汉长安城和唐长安城所拥的黄土，也属于黄土高原的范畴，不过这里的黄土比较特殊。秦岭流出数水注渭河，渭河灌黄河。这一片黄土便发端于渭河以南，止于秦岭以北。此地谓关中，苏秦赞之为天府，东方朔颂之为陆海。形胜之地，遂一再立国建都。这里的黄土细腻、疏松，具绸缎一般的触觉和蜂蜜一般的视觉。

大约2 300年以前就有中国人注意到黄土，但对它的研究却由西方的地质学家发轫，中国的地质学家也随之孜孜以求，大有作为。这些黄土是从何处来的呢？比较一致的观点是，里海以东有浩瀚的沙漠，一旦气流上升，它便会携带粉尘颗粒进入高空，并为西风环流系统所容纳，接着随西风带向东南飘移，至东经100°以东骤然沉降。260万年的堆积再加上种种化学反应，遂为黄土。东经100°以东，恰恰就从祁连山一带开始。之所以黄土高原的黄土十分发达，也许是西风带让随它飘移的粉尘颗粒总是在这里集中垂落导致的吧！

有地质学家认为，黄土高原是古土壤与黄土累加起来的，因为它们相互叠压数十次，应该是260万年以来，包括更新世和全新世，气候暖湿与气候干冷的周期性回旋的结果。黄土中还藏有几十种古脊椎动物的化石，其属于第四纪。显然，中国黄土是一部信息丰富的自然档案，凡地质学家、气候学家、生态学家、环境学家，都可以从中获取他们想要的自然演变的资讯。人类的活动也在黄土上留存着印痕，历史学家当然也颇感兴趣！

中国农业之兴，全赖黄土，尤其是在黄河中游一带。黄土呈柱状节理发育，虽然久久沉积，黄土仍是疏松而散，其密布的间隙，如小孔和细管，使地下水分得以向地上浸淫。一般夏季多雨，当此之际，暖气流起于海上，并从岭南向大陆飘移。只要它遭遇冷气流，就会形成锋面雨带。在锋面雨带逾越秦岭的时候，恰恰是夏季，其雨便补充了关中及黄河两岸黄土的地下水分。黄土软，雨易渗，水分易蓄。年年如此，岁岁如此，遂在上古就有部落于斯耕植。初民不用灌溉，打磨几件石器做工具就能播种和收获。合适生存，初民便越聚越多。

神农氏曾经于斯指导初民种其粮，功莫大焉。有熊氏渐盛，其首领轩辕打败了炎帝，又打败了蚩尤，成为黄河中游一带部落联盟的共同领袖。黄土为色，遂是黄龙，轩辕便为黄帝。黄帝发明频频，然而他仍不懈于教天下以稼穑。唐尧、虞舜、夏禹，皆据黄土高原开国成事，其经济所靠当然也是农业。

当是时也，周人后稷神秘下凡。他显然是耕植的天才，会相地以播百谷，部落之民也都向他学习。尧举后稷为农师，御内便得其利。舜也敬重他，封有邰，在今之陕西武功。周人以农业而强，迁豳，徙岐山之下，过渭河，进关中，平商之崇侯国，作丰邑，再作镐京，继续修德振兵，终于取商而代之。周人对农业的贡献是使稼墙有了规模，田有公田和私田。他们实行了井田制，把奴隶组织起来劳动。

关中的黄土有大量的腐殖物，八水相绕，久有开垦，其粮遂常能丰收，上税缴赋甚多。司马迁说："关中自汧、雍以东至河、华，膏壤沃野千里，自虞夏之贡以为上田。" 20世纪曾经有农业学家测量长安的黄土，发现这里的熟化层达50厘米至60厘米。如此之肥，完全可以让枯木发芽。这既有自然的作用，也有祖先世世代代劳动的作用。

中国文明为农业文明，以农业兴于黄河中游，又称为黄河文明，很好。不过有时候，我会登临黄土之丘而坐，捧一把黄土冥想，中国黄土，世界尽重之，尤其农业以黄土开创，所以称中国文明为黄土文明不是更好吗？

黄帝崩，葬于桥山，为黄陵。轩辕时代的历法，也为黄历。黄帝取黄土之色，是由于土出黄龙，表征了他的天子之德瑞。多少年以后，封建君主便以黄为色之正，为贵，居黄屋，穿黄袍。黄成为专用，一旦士庶用之，就是僭越，有杀头的危险。高等和特权竟以黄体现，这应该出乎黄帝之所料。

黄土融有矿物质，按一定的比例兑水和泥，抟之为坯，装窑而烧，遂成陶器。新石器时代的半坡人便有陶钵以盛水、陶罐以储粟、陶哨以吹音。他们的陶盆多绘有鱼纹和鹿纹，可以使用，也可以欣赏。遗憾半坡人在年岁的循环往复之中走失了，否则中国文明将别有一番精彩。

周人未必是半坡人的子孙，不过他们也掌握了用黄土制作陶器的工艺。营造宫室的板瓦便是由黄土烧出来的。秦人是周人特殊的一支，建筑所用的水管，盖房子所用的筒瓦和条砖，都是陶器，也由黄土烧制。秦砖坚硬，我收藏有一块。

汉人的领导多生楚国，然而居长安城便要用长安的黄土。未央宫有吉语的瓦，有草纹的砖，无不是黄土所烧。从汉陵所挖的各种各样的陶罐，造型大气，弧度流畅，当为艺术的精品，也是黄土所烧。我收藏有五个陶罐，击之皆发声洪亮。陪葬的陶器颇多，不过我所好者惟陶罐。

唐人的建筑壮丽之极，其瓦其砖，也还是黄土烧的。也许是石材增加了，唐砖不太大，唐瓦也不甚华，用的多是一种有莲花的瓦，证明了佛教思想已经普及。

依我的想象，汉长安城和唐长安城都以黄土为格调。它们雄霸的城墙是土夯的，宽阔的街道是土铺的，划地为坊，坊里的院墙和屋墙也是土筑的，即使墙有砖包，砖也是土烧的，进坊出坊的里巷间路也皆由土垫。土尽黄土，经日之晒微微发白，一旦淋雨，便多少发黑。云散天晴，阳光透射，土皆变黄。长安城是皇城，也是黄城。生活在长安城，就是生活在黄城之中，也就是生活在自然之中。

西安在过去几个世纪也几乎是一座黄城。它的城墙在1370年初建之际完全是土的，到1568年，陕西巡抚张祉修葺城墙，才给其外壁砌了砖，然而砖只不过是土的异态。西安城的路是土的，园林之径是土的，所有的建筑，包括秦王府、衙门、官邸、庙堂，也无土不成。直到明亡清立，清盛清衰，辛亥革命的爆发和中华民国的诞生，这里总体上仍延续着黄土格调，不失其为黄城。它的四边也还是无边无际的田野，夏季的暴雨往往骤然而下，风从远方而来，掠城而过，把黄土的味道送至千家万户的窗口。然而毕竟黄土要减少，它无可奈何地减少着，越来越快地减少了。

现在的西安城几乎没有黄土了。混凝土、沥青、瓷砖、石材、玻璃、钢铁、橡胶、塑料，已经要把西安城包实裹严了，甚至一旦黄土露头，就有人搅拌一团混凝土走过去捂住它，似乎黄土使西安城蒙羞似的。

黄土匿迹，让我怀疑世界的真实。科学技术孵化出的环境光怪陆离，玄幻荒诞，充满伪装的感觉，使我的身体和心理都不舒服。我常常想坐在黄土上，躺在黄土上，把手伸到黄土中，脱了鞋踩着黄土，让黄土埋了我的脚。我的肌肤对黄土有一种饥饿之感，难耐的时候，便在城墙上寻找一块老砖摸一摸，舒服极了，然而这止痛不治病。

出母之腹，供我睡觉的是土炕，脱母之怀，让我立足并迈步的是土地，院子深广，抓一把黄土就可以玩。往田野里去，农民用铁锹翻地，把晒过太阳的黄土埋下去，未晒过太阳的黄土亮出来，使生土变熟，熟土更熟，以成熟化层。生土含有水分遂色重，风一吹便色轻，轻遂显白，浸雨就归黄，渐成熟土。有骡马犁地，铧入土裂，几十铧犁过为一分，几百铧犁过为一亩，百亩便是浪打浪的黄土海洋。骡马累了，就卧在黄土上休息，打滚当然也行。

黄土出草，出木，尤其出粮。粮有黍、稷、稻、粱、小麦、大麦、青稞、荞麦、谷子、玉米，它们尽宜黄土。黄土出粮，也出菜。一掘土，红薯成堆，再掘土，洋芋又成堆，不掘土，可以拔出来的光滑的是萝卜。白菜、韭菜、茄子、梅豆、豇豆、菠菜、蒜苗，黄土皆长。

挖土一丈，遂成穴作墓，永远安魂。挖土三丈，便是井，汪汪的水可以饮、可以洗，取之不尽，用之不竭。所谓土壕就是农民专门的取土之域，它往往有一两丈高的崖，横断面湿润，根须纵横，有蚯蚓，也有蜗牛，偶尔还有化石，其为生土，土层深厚，黄得单纯，干干净净。农民拉这里的土和泥以糊墙，兑水以墁墙，当然也填坑垫厕。制作土坯可以盘炕或盘灶，不过大量用以垒墙、盖房子。

少陵原南坡有长达数十里的崖，呈阶梯状，高达几十米。因其向阳，黄土很是坚实，沿线一带的农民曾经凿穴以居，冬暖夏凉，唯恐久雨消解，造成湿陷或崩塌。在樊川的任何一个点上，都可以清楚地看到其崖静立，尽显沧桑。这里的窑洞已经空空如也，几乎都废弃了，然而所凿之穴的轮廓仍很明晰。鸟雀会落在崖畔，羊偶尔也会跑到崖畔吃草。有时候我心有惶惶，便出西安城，到樊川来，坐在寂寞的白杨树下望着少陵原的南坡，夕晖照崖，草木泛古，沉默的黄土竟有意味深长的呼吸！

敬礼，伟大的黄土！别了，一种生活方式，一种文明！

终南山

我是长安人，小时候，趴在窗口，或开了门，或是在户外任何一个立足之点，都会看到终南山。我的眼睛如此明亮，是因为这样的远望增强了视力。我的故乡与终南山的直线距离不过三十里，欣赏无碍，幸甚至哉！

遗憾的是，我现在栖身城里，墙也挡，楼也挡，视力虽好，视野遇阻，终南山遂一面难见。尤其钢筋水泥建筑有虎狼之恶、马蜂之凶，夜以继日地向终南山推进挤压，国之所瞻渐然模糊。非智慧之举，不可能结大德大善之果。

小时候我见终南山兴云便下雨，一旦云散，雨随之止。日月经天，终南山总是重威而沉默，色蓝便嫩绿，色青便老苍。奇的是它播向关中的雨，北线可以到鄂尔多斯台地，也可以到渭河沿岸，也可以只到西安钟楼的金顶，或是只到西安南门，只到小寨，甚至只到长延堡村、三爻村。人辄喟叹：雨到南门外就停，再走一步便进西安城了，可惜它硬是不肯走。

从终南山酝酿的雨往往到南门就停，无可奈何。之所以城北燥，城南润，文章在终南山。

唐人十分敬畏终南山，认为它是保佑王朝的。唐德宗贞元十二年，公元796年，唐德宗下诏修缮终南山祠以祭神，求其赐雨，柳宗元还参与了此工作。到了唐文宗开成二年，公元837年，唐文宗下令封终南山为广惠公，立庙以祀，当时长安县令杜氏操办了此事。据考察，广惠公祠在石贬峪口。

实际上终南山久有庙宇，汉武帝在公元前二世纪就于斯祭祀过太乙神。今之太乙宫当为祭祀所在，可惜遗址失焉。汉武帝谁也不怕，然而敬畏我终南山。

终南山起于地，摩于天，横亘于黄河与长江之间，踞于关中与汉中之界，高且广，有容乃大。所谓终南，既指从北方绵延而来的以黄土为贵色的中原的结束之地，其终止于南矣，又指发端南方并逶迤而来的重峦叠嶂的停顿之地，其南之终止矣！这里的一个隐士固执地认为：终南山以喜马拉雅山和昆仑山为介，通着古印度。古印度的信徒初赴中国，选道路便是翻越喜马拉雅山和昆仑山，直奔终南山，并以终南山为居。

不过我是长安人，入于斯，出于斯，往来相会，遂为熟知。我同意这样的观点：终南山东贯蓝田，西御眉县，绵延几百里，其中有几个秀丽的单元，包括骊山、翠华山、南五台、圭峰山，甚至也包括雄壮的太白山。终南山是其尊称，它还有一些别名或雅号：周南山、南山、中南山、橘山、楚山、太乙山、太一山、地肺山、月亮山，足证它包含之丰富。终南山更易为人接受的一种解释是：在天之中，居都之南。有士颂曰：京师之镇，国之所瞻。

终南何有？有条有梅。

周人之颂，显然洋溢着一种骄傲。或是春秋时代的秦人之歌吧，他们反复吟咏：

终南何有？有纪有堂。

公元前138年，汉武帝狩猎终南山一带，尽其性，纵其情，也难免破坏庄稼。由于是乔装，农夫以为是一伙土匪，斥责并围攻，顿显危险。返长安城，汉武帝便打算把终南山划入上林苑。当是时也，东方朔上奏劝阻，但汉武帝却坚持扩张了上林苑。读东方朔奏章，可以知道终南山的丰饶。他说："其山出玉石，金、银、铜、铁，豫章、檀、柘，异类之物，不可胜原，此百工所取给，万民所卬足也。又有秔稻梨栗桑麻竹箭之饶，土宜姜芋，水多蛙鱼，贫者得以人给家足，无饥寒之忧。"

终南山一直是长安人生存所资，尤其是它慷慨地供给了在关中建都的一个又一个王朝，把中国文明一度又一度地推向灿烂。东方朔没有现代生物学知识，他不清楚终南山是地球难能可贵的生物基因库。这里有两千多种药用植物，有近三千种种子植物，包括悠久的柏、栎、桦、杉，罕见的水青树、连香树、香果树、铁甲树、七叶树、金背枇杷树、望春花、星叶草、独叶草。这里有六百多种脊椎动物，除了当年汉武帝箭射的那些鹿、豕、狐、兔之外，还有锦鸡、金钱豹、云豹、麂子、野猪、狼、果子狸、大鲵，还有大熊猫、朱鹮、金丝猴、羚羊、褐马鸡。这里有五千多种昆虫。东方朔当然也不清楚终南山是地球重要的地质地貌博物馆，这里有非常典型的造山带地质遗迹、第四纪地质遗迹、山崩地貌、花岗岩地貌、裂谷地垒构造、冰晶顶构造、板块碰撞缝合带、冰洞、风洞、溶洞、堰塞湖，既富研究价值，又具欣赏价值。

终南山之奇，早就为人所注意。葛洪尝记录终南山异常之草木。一种离合草，其叶红绿相杂，茎为紫色。一种丹青树，就是所谓的华盖树，其干直直向上，百尺光滑无枝，其冠绞缠纠结，状如车篷，其叶一面青一面赤，斓如锦绣。他还记录了汉惠帝七年，公元前188年，终南山雷击起火，草木多有焚毁，之后有人在焦土之中竟拣到一具蛟骨、一具龙骨，使长安官民皆惊。

玫瑰可以象征爱，如此观点已经弥漫世界，早就为有情男女所用。资料显示，这种红而长刺的植物开始是终南山野生的，经长安人几番培育，才穿过丝绸之路到了古印度和地中海沿岸，并进入欧洲。大麻的致幻性也是中国萨满或隐士在终南山发现的，之后远播海外。

终南山如此之奇，故衮衮风流倜傥之士遂居其岩穴，作形而上的求索，便理所当然了。披紫气而来的是老子，他在终南山楼观留下了一段教诲便杳然遁迹。也许老子不是终南山最早的隐士，不过他应该是最大的隐士，之后不时有智者在此研术究道。商山之四皓，紫柏山之张良，还有汉钟离、孙思邈、吕洞宾、韩湘子、曹国舅、陈抟、张载、刘海蟾、张无梦、王重阳，无不于斯修行。

尤其有趣的是，唐帝国第一家庭的公主，唐高祖之女平阳公主、唐睿宗之女玉真公主，轻其权势，重其怀虚，也在终南山修行。李隆基贵为皇帝，爱美人，但他却也敬老子，尽管有军国大事，不能匿身炼丹，不过一旦得到老子降显骊山的消息，立即改骊山为昭应山，并封玄德公为神以祭。

鸠摩罗什是从西域而来的高僧，得后秦王姚兴支持，要在中国有效地传播佛教，遂把佛经汉语译场选在了依傍终南山的草堂寺。几百年以后到了唐，佛教的中国化得以完成。当是时也，佛教立其八宗，其中六宗在长安，四宗的祖庭在终南山，它们是三论宗的草堂寺，华严宗的至相寺，律宗的净业寺及丰德寺和灵感寺，净土宗的悟真寺。三阶教的祖庭百塔寺也在终南山，虽然此宗的法脉没有传下来。这里茅棚之多，弥峰跨谷，诚如诗云：长安三千金世界，终南百万玉楼台。

终南山的隐士，不管是执道还是执佛，其避世之源也许更早。虽然退出社会，然而他们也并未冷血，通过改造自己以改造世界，当是各路大德的归宿。

岩穴之士当然也有真有假。司马承祯尝修行嵩山，以后常住天台山，其深谙道法，誉满朝野。武则天召至洛阳，盼他辅政，但他对当官却并无兴趣。他致礼，谢谢了武则天，仍往天台山去。唐睿宗执政，又召至长安，晤面便挽留，然而司马承祯仍坚持返天台山，唐睿宗遂赠帐以送行。唐政府一些大臣也参加送行，尚书左丞卢藏用在场，他举臂指了指终南山对司马承祯说："此中大有佳处，何必天台！"卢藏用当年居终南山，似乎修行，实际上志在魏阙，所以一旦武则天招徕，便去洞当官。唐睿宗执政，卢继续留任，属于擅术失道之徒。司马承祯知道其秉性，遂讽刺他说："以愚观之，此乃仕宦之捷径也！"这便是终南捷径的故事。

唐诗把中国的语言艺术锤炼到了极致，显然，终南山也给了他们灵感。"白云回望合，青霭入看无。"此王维之吟。"秀色难为名，苍翠日在眼。"此李白之叹。"危松临砌偃，惊鹿蓦溪来。"此司空图之诵。唐太宗李世民也有诗赞终南山，并以气势而胜。不过把切肤刺骨之感表达出来的诗，还是祖咏的，其曰：

终南阴岭秀，积雪浮云端。
林表明霁色，城中增暮寒。

地理教科书指出，关中平原主要是渭河冲积而成的，不过只有经过考察才能知道，渭河南岸之水富于北岸之水，水多为终南山谷口所出。以潼关至宝鸡一段计，终南山谷口150个，以蓝田到眉县计，终南山谷口85个，积小流汇为灞、浐、潏、滈、滈、沣、涝及其西安饮之所赖的黑河，它们尽入渭河。渭河以南的关中平原，主要是由这些终南山之水冲积的。其水携带终南山草木鸟兽虫鱼的腐殖物渗透于土地之中，渐成黄壤之膏、田野之沃，有耕耘便有收获。关中平原养活过中国的十三个王朝，滋润过一波一波的中国文明，其功也属于终南山的水。

岂料大自然是敏感的，终南山会像少女的肌肤一样易损。基于此，我请求不要以任何神圣的名义开发终南山，不要在此建造混凝土建筑，尤其不要装腔作势地搞什么诗意的栖居。我请求让它保持安宁，因为终南山一直在萎缩，它的谷口之水频频断流，如果钢筋水泥建筑入侵，那么将必然加速它的萎缩。一旦变成这样的局面，挨着它的土地也许会贫瘠化、沙漠化，甚至损坏整个关中平原，并向北推移，损害鄂尔多斯，损害黄河沿岸。大自然是会报复的，惹恼终南山，必成其祸，并苦我子孙。

翻看地图，或是读地理教科书，会发现终南山与秦岭有一段是重叠的。秦岭西起甘肃和青海，东至河南，全长1 600公里。它包含了西倾山、岷山、迭山、终南山、华山、崤山、嵩山、伏牛山。显然秦岭比终南山广袤。不过终南山得名早，秦岭得名晚。秦岭是春秋以后，甚至是战国以后才有的，是秦人统一天下的成果。于是终南山就变成了秦岭的一个部分，或呼终南山为秦岭也可以。秦人很猛，秦国发展很快，固然灭了六国，不过它也亡得很快。秦人的处事冷酷无情。谚曰：渭水无鱼，秦人无义。我是长安人，不是秦人。

少陵原

少陵原上的自然村星罗棋布，也许蕉村在这里是最古老的，它早期属于周代的杜伯国。2 800余年，蕉村一直称焦村，到中华民国才改为蕉村，理由是在此没有焦姓之人。

周宣王四十三年，公元前785年，有一天女鸠，周宣王的妾，热烈地向杜伯调情，遭拒遂恼，反诉其对她非礼，周宣王便拘捕了杜伯。左儒是杜伯的朋友，为之申义，然而周宣王一意孤行，杀了杜伯，也杀了左儒。史书对此事的记录是："（宣王）囚杜伯于焦。"

我是在少陵原上长大的，蕉村有我的祖业。经过土地改革、社会主义改造，父辈分立，我家庭院之广仍存七分有半。1958年，生产队砍掉了后院一棵国槐为人民公社做了马车。1972年，父亲伐倒前院的国槐做了一套家具。朱家巷子南北贯通，庙宇在中华民国时候改为蕉村小学，是我家的西邻。世代所居，随日作息，夏收小麦，秋获谷子和玉米，虽不富裕，然而天汉灿烂，黄土能产，人足以赖之生存。树动为画，风响为乐，大享清冽和宁静。

为发展经济，遂有西安国家级民用航天基地登临少陵原，蕉村要拆迁，它周围的十几个自然村都要拆迁。农民狂盖其楼，以争取更多赔偿。车进车出，尘起尘落，俨然烽火征战。路缩木折，窗小室黑，宿如蹲在监狱。我的母亲泣声说："住了一辈子，实在不想走。"

我非常熟悉少陵原，这里胜迹累累，遍地都是文化遗产。

少陵原南畔自东至西，有兴教寺，唯识宗或法相宗之祖庭；有兴国寺，有华严寺，华严宗的祖庭；杜顺塔和澄观塔耸立，仰观其檐，铃响于空，妙若天音；有牛头寺，因为高僧一年四季总是以一个牛头为食而得名；还有清凉寺。这一带香火之旺，昔传递今，今胜于昔。尤其是兴教寺，由于葬有玄奘及其弟子窥基和圆测之灵骨，且高僧辈出，故信众崇敬，并为士与权贵共所向往。1923年，康有为经吴佩孚引荐，受陕西省省长刘镇华邀请在西安巡视。康对佛学素有研究，便赴兴教寺一拜，并吟诗题额，如雁过留影。1937年，日本侵略中国加速，南京危机，中华民国打算以西安为陪都，遂派大员考察。当时有人捐资修葺兴教寺，贡献善款的不但有朱子桥、程潜、阎锡山、白崇禧、马鸿逵、李宗仁、卫立煌、戴季陶、傅作义、熊式辉，而且有委员长蒋介石。蒋介石焦头烂额之际，竟还抽暇往兴教寺一瞻。1953年印度总理尼赫鲁有谒兴教寺之意，当地领导便把于斯读书的韦村小学的孩子动员起来列队欢迎，又匆匆油漆了大雄宝殿和藏经楼，由此也渐渐恢复了这一弘扬佛法的神圣之境。今之佛教徒，有普通男女，也有高官巨商。在大年初一，每每竞奔兴教寺，争上第一香，争叩第一首，以盼保佑自己。站在兴教寺门口，俯察樊川，远望终南山，水光反照，岭色苍郁，白杨夹于道，庄稼茂于田，人无不感慨万千，赞而叹之。

转身北向，土地平旷，渐为倾斜，大约40里慢坡，直抵曲江池。曲江池秦既有之，汉凿而扩张，不过在唐为盛，进士及第以后，要在这里娱乐撒欢。一旦皇帝高兴，也会游于斯、宴于斯。三月三日上巳节，贵妇人长裙广袖散步曲江池周边，修禊事也，以祓除不祥。到唐玄宗执政，曲江池一带繁华之极，臻于至美，遗憾安史之乱致其破败，一衰而千年湮没。1992年，我看到的曲江池已经完全干涸，农民在此有耕有牧。不过西安人自有改天换地的能力，2008年又恢复了它的姿容。现在的曲江池细浪成绉，润气弥空，更有白石跨波，绿树绕岸，一派汉风唐韵所化的粲然气象，为四海朋友所悦。曲江池之水，初是自出，为汉武泉，然而至唐自干，便从终南山引义谷之水，上少陵原，修黄渠，过鲍陂，蜿蜒注曲江池，顿然水阔，便聚为芙蓉园，以成接天莲叶、映日荷花。今之芙蓉园和曲江池，泱泱为泽，都是黑河的水了。

少陵原立于浐水和潏河之间，海拔470至630米，高出浐水和潏河80至150米，呈东南—西北向，长大约36里，宽大约12至20里。日月所照，雄浑高大，帝王将相和皇后妃嫔素以入此厚土为望。在它的腹地，满是坟冢。2005年考古发现，东杨万坡村一带有周人429座墓，出土陶石铜玉，并有灰坑和殉马坑。秦葬皇子在少陵原西畔，遂有皇子陂村。汉宣帝杜陵在三兆村一带，其许皇后陵在司马村附近。唐玄宗所爱的武惠妃敬陵在庞留村界面。城南韦曲、杜曲为贵族豪门聚居之地，俚语谓“城南韦杜，去天尺五”，可证韦、杜两大家族地位之显赫无人能匹。夏殿村一带有唐韦氏家族群茔，司马村一带有晋唐之间杜氏家族群茔。鲍陂村一带有唐颜氏家族群茔。在蕉村一带有唐吏部尚书萧灌之墓，史记碑为张说撰文、唐玄宗篆额，可惜我觅而不得，想已经遭盗了。虽然明代先后以南京和北京为国都，太子居之，然而朱元璋对西安颇为重视，遂分封次子朱樉为秦王，守卫此疆域。明代共有秦王14位，除了最后一代秦王为李自成所灭，不知道埋于何处，其他13位秦王皆葬少陵原，坟冢拔地而起，神道两侧对立石刻。凡帝王多有亲臣宠妾，他们死了以后，也葬少陵原以陪其主。春天在少陵原踏青，夕阳之下，见残陵乱茔，断碣卧石，不禁会起沧桑虚无之感。

少陵原最开阔最壮丽的属于其南畔。仰天拂云，俯川呼峦，居之占尽风水。汉丞相朱博故里便在这里，唐杜牧在此起别业，以登皋舒啸，临下吟诗。杜甫自谓杜陵布衣、少陵野老，于是明代就有贤者在这里筑杜公祠，数世纪以来，于斯纪念杜甫的人不知道有多少。

少陵原有累累文化遗产，是极为特殊的地方。我曾经大声疾呼，可以把这里建设成中国农耕文明博物苑，从而不但永远保护了这里的文化遗产，而且也使这里的自然村处于活的状态，也就保护了一片民居和民俗。少陵原距西安颇近，一旦城市包围了这里，那么少陵原便是整个中国乃至世界所罕见的城市里的乡野，尤其是遗存了大量史迹的、有活的自然村的乡野。可惜挖掘机来了，蕉村没有了，周围的自然村也没有了。

少陵原是唐人之称。起码在汉代，人呼这里为鸿固原，汉宣帝登基在此造墓为杜陵，便把杜县改为杜陵县，鸿固原遂衍化为杜陵原。汉宣帝神爵四年，公元前58年，有11只凤凰翔集于斯，遂又呼其凤栖原。汉宣帝许皇后陵小于杜陵，为少陵，遂有少陵原之名，并自唐流行起来。

曲江记

夏日读报，得到曲江注水并再现的消息，难免又惊异又兴奋，不过也存一点疑虑，因为古之曲江已经通过文章把其美印染我心，并先入为主，今之曲江究竟如何、是什么风度，遂很想见识一下。恰恰几天以后，有朋友相约作曲江之游，便欣然而往。

我是长安人，生长于少陵原上，从小在乡间窜游，就到过曲江。可惜那时候不知道曲江是皇家林苑，所见也是村子傍山、杂木萧疏，田圃有蔬菜麦苗之属，并有牛羊觅草、鸡犬拣食，颇为荒凉。之后曾经走遍关中，寻找祖先所余，在曲江考察之际，我怅望废墟，感叹月有圆缺，世有兴衰，一代风流消逝，吾辈无福享受了。忽闻曲江聚水泱泱，不但空明潋滟，还可以荡舟，当然很是惊喜！

这一天，日出东方，风自西来，身有其轻，神有其澄。我随朋友乘车而往，绕过大雁塔，穿过林带和草坪，一个转弯，曲江便直入我目。一瞬之间，顿觉迷乱、陌生，仿佛是梦幻。水横一片，岸环四野，烟波飘渺，细柳依依，并有楼榭殿亭各得其所，披云灿然，迎风昂然，真难以想象身在西安，而且是到了曲江。朋友介绍说："旧貌尽除，新貌全布，是在一年之内完成的！"

人是好水的动物，孔子曰智者乐水，所以朋友邀我上船而观，岂不快哉！时在早晨8点30分，天空一经夜雨清洗，千里透晴，万里湛蓝，有阳光盈照，芳香柔飘，700亩曲江白石过滩，拱桥跨流，群鸭任游，孤雀自鸣，男潇洒以争雄，女娇娆以竞艳，惟老者安然，幼者怡然。

我的兴致在其建筑，总认为在胜迹上造屋修舍，不考虑文化元素无以成功，遂一边蜿蜒而漂，一边瞻而欣赏。曲江亭和祈雨亭是曲江固有之物，现在照样恢复，具标志性质，非常好。其彼此呼应，足以发思古之幽情。坐落东岸的建筑，多有典故或取唐诗之意。白居易诗曰："秋波红蓼水，夕照青芜岸。"遂建红蓼亭。韩偓诗曰："斜烟缕缕鹭鸶栖，藕叶枯香折野泥。"遂筑藕香榭。造荷廊以念当年荷花连天，修凉殿以纪昔日漫流降温。云韶居耸于斜坡高崖，形势陡峭，是鸟瞰之点，名出罗邺之诗。千树亭立于码头之侧，玲珑俊秀，望之喜悦，名源韩愈之诗。卢纶诗曰："泉声遍野入芳洲，拥沫吹花草上流。"由此便有芳洲临流。在水边沐浴，除凶招祥，尝蔚为风气，从而作祓禊亭以显唐长安之习俗。其他种种也无不融于碧水绿岸之中，背景辽阔，大小错落，各展精彩，皆具来历。见我连连慨叹，朋友便问："怎么样？"我说："超出了我的想象！述旧不虚，编新有意，刻古不薄雕今，尤以能传达诸朝雅好见奇，难得一片匠心！"

曲江誉满历史，声传天下。当然，它只在大时代才出现，一旦社会动荡，国家离析，便泉孔阻塞，水源干涸，由此知其是盛世的作品。秦版曲江谓之隑洲，汉版曲江为曲江，隋版曲江谓之芙蓉池，唐版曲江谓之曲江池。我以为今之曲江为新版，当是西安版曲江。秦人发现了曲江，遗憾只有一个胡亥墓留在了南岸。汉人也只有刘彻狩猎的背影，不过他倒是对曲江极为钟情，曾经微服巡游，并疏浚扩边。隋人似乎还没有在曲江远观绿叶红花的趣味，因为其皇帝一幸再幸的是江都。唐人最懂生活的艺术，也最为潇洒，其以李隆基执政岁月为峰。三月三日是上巳节，李隆基会带贵妃及其姐妹到曲江去探春踏青，陪同者贵，奉迎者荣。流光明媚，惠风和畅，所随佳丽态浓意远，裙长袖广，曲江一带便人潮涌动，情海高涨。当此之际，商贩摆奇货宝物于道，富豪撒鲜花香草于途，其天喧哗，其地热闹。皇帝情绪好了，便赐宴臣僚，京兆府也大陈筵席，甚至长安与万年两县也大较其劲，力争胜出。或是考场及第以后，进士华服骏马，曲江流饮，以显得意人生。想起来那真是一段浪漫的时光。

唐版曲江常常使我向往，不过我也知道，即使它再美，终归皇家所有，人民是不能自由出入的。毕竟星旋斗转，山河必变，今之曲江，属于人民了，这是具有伟大意义的进步。西安其城一向有老可以卖，有文化遗产可以傲，只是缺水。干涩不润，便为一短。曲江再现，改变了生态，也给其城赋予了一种灵动和豪华。西安显然由此大大升华了。有同志从远方来，我一定要带其享受一下西安版曲江，持玉不示君子难以为仁啊！不过我还是先陪妻儿一游吧，否则不就是高台把栏而得月在后了吗？

2008年7月14日于窄门堡

附记：2008年夏日，有朋友邀至曲江池作游，所见让人惊诧。农民全部迁走，房屋尽拆，水满树绿，鸟语花香。十几年前我在曲江喟叹：也许曲江池永远消逝了！不料曲江竟注水而再现，人真是伟大！

2008年11月16日

再记：曲江属于文化遗产，注水复活，应该是对历史致意，推崇有唐一代在故国旧都的风雅，很好。它显然也有自己独立的价值。可惜现在的曲江，沿岸高楼大厦如林，它们包围其水，凸显曲江之小。曲江必须显露，起码南显少陵原半坡才现灵性。曲江只有在比较空旷的背景之下，使人悠然见远山，才具自然与艺术的兼容之美。

2010年12月31日

蓝武道

蓝武道就是蓝关至武关之道，其穿秦岭，每每崖悬谷深，缘溪而行，十分险峻。

中国人是何时打通此道的，颇为难考，不过在战国时代，秦楚之交通就已经赖此。

从汉长安往大陆东南去，从唐长安往湖广去，赴今之湖北、湖南、广西、广东、贵州，以至海南，都要走此道。大陆东南和岭南一带之人到唐长安来求官、赶考、经商，也都要走此道。

宋以降，此道仍存。明世宗嘉靖年间，郗元洪任陕西巡抚，曾经主持过西安府至商州道的整修。清高宗乾隆十年（1745），由陕西巡抚陈宏谋领导，凿壁堙沟，拓宽蓝田七盘坡至商州胭脂关道。民国年间的长坪公路、今之312国道、西沪高速公路，难免截弯取直，然而其基本脉络还是蓝武道。

蓝关多有移动，实际上它就是蓝田关、峣关、牧护关，在今之陕西蓝田东南。武关是秦国的南门，春秋时代为少习关，处今之陕西丹凤武关河的北岸，东望河南之南阳。1992年，我独旅武关，初作考察；2002年，我带中央电视台的一个摄制组赴武关取景，再作考察。武关自雄，不过独旅的印象比群行的印象味厚，吾好独旅。

蓝武道也就是武关道。所谓秦楚三关道、商山道，也都是蓝武道。清人毛凤枝对蓝武道有研究，指出："由蓝田县东南行15里七盘坡，又20里北渠铺，又20里蓝桥铺，又20里新居铺，又20里牧护关，又20里郭家店，又30里太商原，又10里泥谷店，又30里麻涧铺，又20里梁家原，又20里商州城，又东180里至武关。"由鄂豫出商州至长安，穿秦岭，走的就是武关道。

秦楚相争，多由蓝武道发生。秦惠王拜张仪为相国，出使楚，提出楚齐绝交，秦楚结盟，秦将割商於600里土地给楚。楚怀王信以为真，便绝于齐，派逢侯丑往咸阳去接收秦的土地。但张仪却说："臣有奉邑6里，愿以献大王左右。"秦明目张胆地耍弄了楚。秦昭襄王八年，公元前299年，秦昭襄王致楚怀王信曰："寡人与楚接境壤界，故为婚姻，所从相亲久矣，而今秦楚不欢，则无以令诸侯。寡人愿与君王会武关，面相约，结盟而去，寡人之愿也。敢以闻下执事。"楚怀王犹豫再三，还是决定赴武关会晤秦昭襄王。武关早就埋伏了秦兵，一旦楚怀王现身，便抓而送之咸阳。秦要割楚的土地，楚怀王不给，不给遂拘留他。几年之后，楚怀王积怨逝世。秦诡取不成，就发兵夺取楚的土地。终于由王翦灭了楚，时在秦王政二十四年，公元前223年。

刘邦反秦，率起义部队破武关，再破蓝关，至灞上，抵达咸阳，再返灞上。唐末，唐军不敌朱温，便据守蓝桥一带。明太祖洪武二年，1369年，明将徐达率兵占领奉元城，元的游勇便弃城逃至七盘坡负隅顽抗。清初，李自成见清军过潼关，遂辞西安，向蓝关，出武关，失利武昌，奔九宫山，到底匿踪，悲壮而死。蓝武关显然素为用兵之地。

唐为盛世，不仅仅长安成了富贵之乡，而且也在乎江南和岭南的开发，尤其是四海之士，不管其擢升为官，也不管其龙门落榜，也不管其获罪贬谪，纷纷从蓝武道进长安或出长安。他们匆匆之神情，诗足以反映："商山名利路，夜亦有行人。"

自早唐至晚唐，有数十骚客曾经走蓝武道，多损容颜。李白30岁左右过武关，入长安，以求职位，未遂，便乘桴浮黄河而东。他42岁那年，以道士吴筠举荐做翰林供奉，由于受谗，一年之后出长安，过蓝关，回到安陆。孟郊出生于湖州（今之浙江德清），屡屡沿蓝武道奔长安考进士，46岁才登科，遂由羞愧顿转放荡。白居易左迁江州走此道，左迁杭州还走此道。柳宗元以改革获咎外放永州，当司马10年返长安，估计形势偏好，不料旋遣永州。唐宪宗元和十年，公元815年，极度悲愤的柳宗元便经蓝武道赴其刺史的任所，几年以后在柳州故去，仅仅47岁。元稹七行武关，四次是左迁远仕，一次是返京师。温庭筠外放随县当县尉，走此道，留诗曰："晨起动征铎，客行悲故乡。鸡声茅店月，人迹板桥霜。槲叶落山路，枳花明驿墙。因思杜陵梦，凫雁满回塘。"李商隐久陷窘境，在长安出头之日渺茫，遂到处依傍地方官员。有一年，他由桂州郑亚幕府返京师，脚踏商於，期盼在心，吟诗曰："六百商於路，崎岖古共闻。蜂房春欲暮，虎阱日初曛。路向泉间辨，人从树杪分。更谁开捷径，速拟上青云。"

韩愈文起八代之衰，不过他的蓝武道实属惨绝。尝以关中大旱，上书请求缓征百姓赋税，惹恼了唐德宗，遂贬至连州阳山，走的就是此道，当时他才36岁，还年轻，扛得住。唐宪宗元和十四年，公元819年，他上书谏迎佛骨，又得罪了皇帝，遂再贬至潮州，走的仍是此道，可惜他已经

52岁，难免纠结。至蓝关，雪厚路障不得向前，便作诗以示韩湘曰："一封朝奏九重天，夕贬潮州路八千。欲为圣明除弊事，肯将衰朽惜残年。云横秦岭家何在？雪拥蓝关马不前。知汝远来应有意，好收吾骨瘴江边。"真是慷慨之歌了！他刚刚离开长安，便有卒吏登门逼其妻及儿女也得随他离开。其女12岁，恰恰卧病在床，惊恐之下，病遂加重，然而不可拖延。迎雪走蓝武道，至层峰驿，其女便咽气了，就草草葬于岩下。韩愈不日从潮州调袁州，唐宪宗崩，唐穆宗立，他便获诏任国子祭酒，返长安，依然走此道。过层峰驿，觅岩下墓，悲痛之极，也只能向女莹供一饭，以示父祭。可以想象韩愈的伤痛，当然他还留下了一首诗："数条藤束木皮棺，草殡荒山白骨寒。惊恐入心身已病，扶舁沿路众知难。绕坟不暇号三匝，设祭惟闻饭一盘。致汝无辜由我罪，百年惭痛泪阑干！"唐固然是盛世，然而它非民主制度，权力决定命运，从而士皆动辄得谤。

在有意考察武关之前，我曾经因私多次走商山道。一般乘长途汽车，不过也拦卡车，有一次竟坐了邮车。

邮车大妙，我永远感谢那位司机。人居水边，商山道沿河修建，所以邮车缓缓而行，有邮件司机就停下投寄，从而我可以充分欣赏林壑云峰。

那是20世纪80年代，商山道当然还比较原始。小径随水延伸，秦岭北侧，其水北流；秦岭南侧，其水南流。北侧干硬，南侧温润。一段平旷，一段崎岖，万丈峭壁之下，常有摔毁之车。直角拐弯，司机无不眉皱而心焦。相向之车擦身而过，谁都会把苦胆骤吊起来。不过风在树枝窜，鸟在花丛鸣，蝴蝶自娱，蜜蜂自乐，鸡游滩上，狗卧门前，打柴者背柴，采药者背药，也尽显秦岭深处的风俗。

至为可敬的当然是司机，凡家书、包裹，他都一一送到。似乎每家都认识他，也许商山道的男女本就很热情，我没有问他。总之，当他停下，拣了邮件，把东西交给其主的时候，男的让他烟，女的请他饭，亲切、真诚，若朋友，若邻居。那是一个年近50的司机，戴着眼镜，方脸，红腮，胡子茬硬头发黑，身体和精神都很健康。

我是在灞桥坐上他的车的。见有邮车过来，我便挺身展臂，招手呼他停下。大约看我恳切，而且是下午两点以后，也确定再无长途汽车了，可敬的司机便同意带我。我就坐邮车进了蓝田，走商山道，往丹江去。这样的机遇，注定是我今世自始至终的唯一。邮车司机，向您致礼了！

子午道

子指北方，午指南方。子午道指秦岭一条子谷通午谷之道。

起码在秦以前，子午道谓之蚀中，是用天文表达地理的正南正北之意。中国人有严正的方位观念，不管是蚀中还是子午道，由于它贯穿南北，当然重要。

子谷面北，距西安城大约40里。我所看到的子谷，水流不息，夏秋还可以起坝截流，形成水库，并映照遍野的草木。可惜量不大，冬日是小溪，春天也是小溪，不绝如缕罢了。干枯之季，河床裸露，河滩上乱石发白，沙子发黄，蓬蒿倒伏一片，水流蜿蜒，细如绳，行如蛇。两岸为峡，不宽，也不窄，比较合适，因为太宽泄气，太窄局促，乏回旋空间。两侧峰峦，互相参差，彼此照应，其顶也不危，也不险，完全是一副终南山在黄土高原边安卧或静坐的样子，然而足具俊秀之美。在子谷顾盼，东坡松柏森森，西坡杂树成林，鸟也自有选择，遂群栖松柏之间，不见其翔，只闻其鸣。偶尔众鸟乘风齐飞，子谷便涨满了灵性。一年之中，始终有少壮男女沿此道进出秦岭。他们背着包，拄着拐杖，往者精神抖擞，归者躯体疲软，这是西安人所好的一项有娱乐元素的运动。

午谷面南，在汉中市所辖西乡县东北70里一带。秦岭于斯渐渐收尾，岗小涧缓，丘陵疏布，草木皆绿，充满了朗润之质。午谷之水，昼呈清澈，夜以潺湲，从容而前。

子午道久为关中通汉中和安康的捷径，长安通巴通蜀的主要之道。杨贵妃喜食荔枝，长安不产，遂需从涪州或岭南传送而来。涪州所产新鲜荔枝，以置骑而递，取子午道，数百里，三天便至。即使从岭南而来，取子午道，数千里，到了京师，荔枝之味也未变。唤子午道为荔枝道，根据就在这里。

1958年建西万路，要采点定线，经反复勘探，仍循子午道而筑。从西万路当然也可以往汉中去。

王莽执政，以子午道之用，设子午关。然而有汉一代的子午关究竟在何处，难以确定。喂子坪地势开阔，宋置子午关于斯。清有石羊关，在喂子坪以南近20里的幽涧之中。石羊关分一岩为二，中空为峡，恰恰能泻沣河，真是又诡又刁。两岩相对，其状若门，不过它只放一水而过，遂颇为激湍。两岩都很大，是巍然屹立，势冲青天。两岩看起来像两顶钢盔，又像两根剥了皮的干干净净的竹笋。沣河西侧的岩上没有什么特别的，但沣河东侧的岩上却有石若羊扬头，白毛栩栩，据此谓之石羊关。石羊关峻峭是峻峭，布一兵能抵百兵，遗憾的是这里不留余地，也存在有兵难布的问题。

子午道是猎道、柴道、药道、商道，也是军事之道，曾经屡屡用作战场。

汉高祖元年，公元前206年，项羽分派刘邦为汉王，宫室在南郑。刘邦审时度势，匆匆从杜南入蚀中。杜南就是秦杜县之南，今之西安市雁塔区杜城村之南也。当时蚀中有栈道，张良建议："王何不烧绝所过栈道，示天下无还心，以固项王意。"便毁了栈道。

蜀汉后主建兴六年，公元228年，蜀汉将魏延请兵五千，想走子午道至长安，偷袭魏安西将军夏侯楙。诸葛亮认为此计悬危，拒而不用。

魏元帝景元四年，公元263年，魏将钟会率兵十万余，分别过子午道、傥骆道、褒斜道，以征蜀汉。抵抗则杀，投降则生，终于灭之。

晋穆帝永和十年，公元354年，晋将桓温伐氐族人的前秦，遣梁州刺史司马勋沿子午道赴长安，并占领了终南山以北之地。可惜遭前秦猛袭，遂退守女娲堡，御而不敌，还是被破。

五代后蜀广政十年，公元947年，后蜀将李廷珪率兵出子午道，以应付后汉高祖刘知远即皇帝位对长安造成的影响。

明思宗崇祯八年，1635年，明将贺人龙受洪承畴指示，率兵奔子午道，以阻挡可能侵犯西安城的农民起义军马光玉之部队。

从子午进终南山，经七里坪，越土地梁，斜而向西，过碌碡坪，出石砄沟，或过摘儿岭出红草河，忽见沣峪顿开，由此便逆沣河而南，翻秦岭而去。自开子午道以来，人多依此线而行，是因为沣峪口到高砭子和二道桥一段，悬崖狰狞，峭壁嶙峋，水湍而激，难以攀援，甚至连落脚之处也没有，不得不绕道而行。当年修路自西安至四川万源，在这一段炸崖凿壁，垒基立坝，硬是筑了一条路。一旦西万路通，从子谷至石砄沟或过摘儿岭出红草河此线便荒废了。

午谷一带有汉中市所辖西乡县的子午镇，在此耐着性子钻沟逾梁，艰苦跋涉，终于翻秦岭而北，30里曰石羊关，又20里曰喂子坪，又30里便出子谷，坡慢地广，黄壤展现，骤然见天之朗。这里有一个豆角村，古为乡肴野蔌集散之地，现在老柏尚苍，石像仍威。由此而北，又10里为西安市长安区的子午镇。平原空旷，阡陌纵横，故都遥遥在望。

咸阳原和五陵原

渭河北岸，关中一段，有空阔高亢之地，秦谓之为咸阳原，汉谓之为五陵原。现在是陕西的一个行政辖区，谓之秦汉新城。

我对此地兴趣十足，曾经三番五次地徘徊于此，以察古今之变。

以汉压秦

秦从东而来，居于西陲，融于犬戎，在今甘肃天水一带为周王室放马。以护送周平王迁洛邑有功，封为诸侯。久在犬戎之中，秦遂具游牧风俗，比较落后，在天下没有地位。

不过秦暗藏抱负，又尚武，是一种军民兼容的体制，一代一代向东发展，终于在秦孝公时，公元前350年，选山阳水阳之地，建都咸阳，并以咸阳宫为堡垒继续向东进取。

咸阳宫就营建于咸阳原上。这是一片敞豁爽朗的台地，其北阪缓缓隆起，足以远望。

秦在这里建都，目的在灭赵、韩、魏，乃至齐、楚、燕，以做天下之主。远交近攻，是秦的一贯策略。以咸阳为国都，不管是交通还是形势，都利于此策略的实施。至秦嬴政为王，统一了天下，于是秦王就晋升为皇帝了，咸阳遂也提升为天下的政治、经济和军事的中心了。

秦始皇从咸阳宫出出进进，大有作为。收缴天下之兵，销之铸金人像十二尊，置于咸阳的殿堂，表示和平的日子来到了。调动天下十二万富户，徙于咸阳的周围，以加重京师的分量。秦破一个诸侯国，就照此诸侯国的室制，在咸阳北坂作其屋宇，标榜你败我胜，你死我活，于是咸阳北坂就有赵、韩、魏的建筑，也有齐、楚、燕的建筑。秦始皇从这里巡陇西，登泰山，至碣石，行云梦，前呼后拥，威风至极。

虽然秦能打仗，可惜它不懂仁义，残酷对待人民，遂霸天下15年便遭到推翻。项羽杀了秦始皇的亲属，又烧了咸阳，扬长而去。

关中人或陕西人一向自称秦人，这未必是对的。陕西人并非秦人，陕西人只是秦治下的黔首而已。秦人从秦亭，今之甘肃天水张家川一带，挥鞭征伐，向东推进，终于据有关中，并从咸阳舞剑抡刀，占领了天下。不能因为秦人在关中建都，关中人或陕西人就自称秦人。这就像蒙古人和满人建都北京，北京人不能自称蒙古人和满人一样。我也不明白秦人有什么可以推崇的，竟以当秦人为荣。也许秦人是有自由的，然而秦人让关中人或陕西人或天下人有自由吗？自以为是秦人的关中人或陕西人，多少是糊涂的。敬重和钦佩英雄是一种高尚的感情，然而认为秦始皇是英雄，便是判断出了问题。秦始皇属于暴君，他的管理是暴政，此乃天下定见。

秦始皇自信他的家谱会存在十世、百世或千万世，不料他的江山并非铁打的。区区陈胜、吴广振臂一呼，竟万众响应，并以席卷之势，包举之效，推翻了秦对天下的奴役。

汉高祖刘邦坐了江山，那么建都何处呢？经过讨论，建都长安。汉高祖和秦始皇一样，皆有意愿使自己的家谱千秋万代。实际上凡统治者，一旦掌握政权，没有谁会随便放松手脚。他们必从各个角度努力，以巩固政权。

刘邦曾经为秦之小吏，在咸阳服徭作役，当然见过咸阳之壮，也见过秦始皇之盛。防止政权丧失，他不会不深谋远虑。汉知道自己是在秦经营了五百余年的关中执政弄权。汉尤其知道咸阳一百余年了，秦气深厚浓重，不可小觑。

以汉压秦，文章当然要做在咸阳。咸阳宫在今之咸阳窑店一带，属于咸阳之核，那么长安就营建在它的对面，耸立在渭河南岸的龙首原上。隔空逼视，从而压之。这还不够，汉遂将自己的坟茔造在咸阳宫一带，或咸阳北坂，以彻底毁坏秦的风水。五陵原指汉高祖长陵、汉惠帝安陵、汉景帝阳陵、汉武帝茂陵和汉昭帝平陵，及其陪葬的后妃、贵戚和功臣之冢。这还不够，汉干脆更咸阳为新城，为渭城，以从地理上和版图上使之湮灭和虚无。

五陵原替代了咸阳原，这似乎有理有据，很是顺利。当然，论秦的时候，可以指咸阳原；论汉的时候，可以指五陵原。总之，汉把自己的皇帝埋在秦的咸阳宫及其政权象征的翼阙一带，埋在诸侯国的屋宇一带，埋在秦的基础之上，也够狠的！

想象五陵年少

汉有一个社会管理理论，认为中央集权是树干，要加强，地方势力是树枝，要削弱。这就是所谓的强干弱枝理论。其具体措施是，把天下豪民移至五陵原上聚居，形成以帝陵为依托的县邑。县邑之繁荣，历有惊叹！

唐代诗人习惯以五陵年少形容富贵子弟。李白诗曰:“五陵年少金市东，银鞍白马度春风。落花踏尽游何处，笑入胡姬酒肆中。”意在表现富贵子弟之阔绰和淫侈。张籍诗曰:“五陵年少不敢射，空来林下看行迹。”意在讽刺富贵子弟并非侠义。白居易诗曰:“五陵年少争缠头，一曲红绡不知数。”意在反映富贵子弟得意之际，对待娼女慷慨大方，不会计较。

五陵年少是怎样的性格，我难以想象！1992年前后，我在关中踏梦，走遍了这里的帝陵，尤其对五陵原多有登临、观察和体验。我注意到一个有趣的现象，五陵之中有三陵都在咸阳故域：长陵在渭城窑店，安陵在渭城韩家湾村，阳陵在渭城肖家村。茂陵和平陵虽然不在咸阳故城，也在咸阳原上。

汉不想留下咸阳的痕迹，也许是恨秦，也许是怕秦，也许兼而有之。当年我一再向五陵原上跑，还曾经站在乐游原上，顺着李白的目光看过去，眺望五陵原。我胸中激荡着一种既简单又复杂的慷慨之情，奔赴五陵原。

李白词曰:“箫声咽，秦娥梦断秦楼月。秦楼月，年年柳色，灞陵伤别。　乐游原上清秋节，咸阳古道音尘绝。音尘绝，西风残照，汉家陵阙。”

当年从西安至咸阳只有59路公交车可以乘。始是5角一程，终是5元一程。我乘59路至咸阳，已经涨价，一程是一元了。总是这样，我从西安玉祥门出发，至咸阳以后，再乘农民的三轮车往五陵原上去。以经济的原因，我不在咸阳住宿，所以每一次只能考察一个帝陵。每一次，也就是每一天。没有明确的功利目的，不过存在着一种朦胧的使命感和求知欲。隐隐闪烁的冒险和挑战心理，也增加了一种稀薄的乐趣。我一鼓作气，触摸了几十个帝陵。登临汉家坟茔，我往往会想象着五陵年少。

五陵原是一片起于渭河北岸并以斜坡向远方的九嵕山渐渐高扬的土地，空旷开阔，气象宏伟。除了汉文帝霸陵和汉宣帝杜陵在渭河南岸以外，汉家帝陵尽在这里。从东向西，汉家帝陵一一拔起，绵延百里。不管是在夏日的阳光下还是在冬日的阳光下，它们都沉默着。两千春秋，两千风雨，已经荡平了属于帝陵的所有建筑和树木。偶尔会看到一些陪葬的石刻，不过凡此残余，更觉变化的沧桑。

生活在五陵原上县邑里的富贵之家早就灰飞烟灭了，而且难考他们的去向、下落和脉络。原上虽然阡陌纵横，不过悉为小路。村子也都沉默着，于是羊在安陵、阳陵或平陵觅草而嚼的声音我就听得非常明显。没有五陵年少，我只能想象！

汉武帝茂陵上的风一直吹在我的脑海里。天远，天蓝，地平线波动着云霞。我不知道风从宇宙的什么缝隙而来，不过风大，风硬，风改变了我的发型，风还拉扯着我的衣襟和裤管。

我得意的一举是，突发奇想，在晚上登临长陵。从西安坐59路的末班车，到咸阳以后再乘末班公交车至窑店，就没有车了。我约定了一个农民，请他用三轮车送我至长陵，我上去，他等我，之后再送我往渭河一个发电厂的招待所去投宿，天明返西安。我沿着长陵的小道一步一步走上其顶，毫无畏惧。一个人选择晚上走帝陵，如此行为，大约罕有，所以我一直感到得意。那是冬日的晚上，月光明亮，足以看清长陵上的黄土和枯槁。我久久立定，极目四野。我以为，当年在长安城也可以看到长陵，甚至刘邦的子孙就曾经逾越渭河凝视过长陵。那天晚上，我在长陵上冒寒逡巡，甚为喜悦。星辰在位，夜空浩瀚。有农民在什么地方灌溉小麦，偶尔会传来他们互相招呼之声，仿佛是给我做伴。狗也会吠，以表示自己在执勤。

用美的理念建设生活

五陵原几乎一直处在农耕状态，农民种田，不会过度改造它，这就保护了汉家帝陵，也就保护了一种文化遗产。

我曾经提出，可以把整个关中作为一个整体的文化遗产向联合国申报以保护。在全世界，几乎没有一个地方像关中这样，从旧石器时代的蓝田人遗址，到新石器时代的半坡母系氏族社会遗址，从周到唐的十三朝国都遗址，及其十三朝的近乎80座帝陵。我以为这样丰富且时间连续的文化遗产，只有整体申报才有正果，并能给予彻底保护。一旦申报成功，这样一个谱系完全的文化遗产，只要善于经营，也会得到丰厚的经济效益。

如果这样，那么我就不会为五陵原忧虑了。

汉人事死如事生，遂阳间所有，阴间也必有。皇帝驾崩以后，往往口含玉蝉，身穿玉衣，并置车、马、金银、珠宝、丝绸、兵器及货币，厚葬为荣。帝陵无不有很多陪葬墓，凡后妃、贵戚和功臣，谁不是厚置重物以飨之呢？显然，五陵原就是一个博物馆，藏品有已经出土的，也有未出土的，也许未出土的还多于已经出土的。

三个问题呈现了：如何保护？如何规划？如何修路盖楼？我之忧虑尽在其中。

这是一个功利主义猖獗的时代，甚至无处不是急功近利。鸡要速长，桃要催红，演员要一夜成名，作家要持续出书，教授要频发文章，官员要多出政绩，所以秦汉新城将如何在自己掌握的五陵原一带大动其作，是需谨慎的。

虽然屡经日晒雪融，以何清谷先生的考察，汉家帝陵的封土仍高出地面20米以上，尤以设有县邑的五陵为崇。长陵高30米，底部面积20 655平方米；安陵高25米，底部面积23 800平方米；阳陵高31米，底部面积28 900平方米；茂陵高46.5米，底部面积52 899平方米；昭陵高29米，底部面积25 600平方米。汉家帝陵是历史，也构成了形胜。

在这里修大路、盖高楼、建豪宅，显然一定要谨慎。不回避帝陵是不行的，不回避帝陵的陪葬墓也是不行的。五陵原上的坟茔有的是能知道的，不过也许还有一些不知道。它们已经被夷平了，作了沃土，早就种粮食了。当文物随着挖掘机的操作而出土的时候，怎么办？中止操作，立即考古，还是采取措施，以保证工程的进度？想起来，这实在令人揪心！

清点史迹，查准遗址，并给予严格的保护，尽管很难，很麻烦，很矛盾，然而草率不得，粗暴不得。五陵原碰到秦汉新城人，但它却不仅仅属于秦汉新城人，五陵原碰到今人，但它却也属于今人的子子孙孙。

我在大地上走来走去，看到一些错误的规划和建设，总是难免痛苦和义愤。在关中，在长安，任何一个规划和建设，都要怀敬畏之心，具高贵之质，都要用美的理念。蛮横、随意、简单、小气、鄙陋、贪婪，这些心理是不宜在古都、故城的规划和建设中出现的，因为它会损毁遗址。不只是遗址，这里的形胜也是古都和故城的组成部分。

在五陵原上规划和建设，实际上是在非常有限的、非常吊诡的空间穿梭，需要一批真正的精英，需要一种打破僵化思维的智慧，需要一种善待文化的良知。

五陵原并非一张白纸，可以任人绘画，任人勾勒和涂抹。这里本来就是美的。这里本来就有规划。五陵原上的所有帝陵和陪葬墓，实为汉政府最有才华最有知识的人规划并在其领导之下建设的。他们是当年的地质学家、地理学家及建筑大师。每一座帝陵选在什么地方，每一座陪葬墓选在什么地方，都有自己的根据和标准。茂陵修了50余年，所植树木在汉武帝逝世之际已经成林，粗壮得难以合抱。霍去病墓照祁连山形状所营，是为纪念这个抗击匈奴的英雄。在五陵原上动土，应该如临深渊，如履薄冰，战战兢兢，如果稍不留神，就会破坏汉帝国一种卓越的规划和建设。

五陵原碰到了今人，碰到了秦汉新城人，我以为应该用尊重历史的态度进行规划，这也包括必须认真考虑五陵原及其文化遗产的存在。不应该恣肆地把自己的意志强加于它，反之，应该知道它也是一种有生命的存在，并随物而赋形：路不一定非直不可，当绕就绕，也不一定任何一段都要宽得数辆汽车可并行，当窄就窄。建筑不一定要集中成林，当空就空，其高度似乎也要考虑帝陵的高度，并注意疏密，有错落，留视野，能思古。如果让建筑遮蔽了帝陵，使它们矮化了、弱化了，那么就是一种失败。建筑的形式和颜色大约也要非常讲究，以和谐于五陵原，以适合于五陵原。城市化和现代化进入五陵原，真的是非常危险，甚至植在这里的树木也应该注意其品性、格调和风度，注意其亲和力与传统感。

五陵原不是一张白纸，它是两千年以前的权威规划并按其规划建设起来的。它自有美的理念的灌注。今人、秦汉新城人，也应该用美的理念展开建设。应该意识到在五陵原建设的不仅是一座新城，它尤其是一种新的由美的理念孕育的生活。这种生活归根结底就是以人为本，有助于人的尊严和自由；以人为本，有助于人的尊严和自由的建设，也一定有助于经济的增长。

拜托了！

秦地古镇

尧 头 镇

尧头镇在渭河北岸，属于陕西澄城的辖区。

早晨的阳光倾泻而下，朋友指着茫茫的大地说："遗址遍野啊！沟壑之中还有老窑30余座，分别属于元明清三朝及民国的。"

举目四望，只见黄土深厚，梁横峁立，偶尔有一垅或一片绿色闪现在一个平面上，不知道是小麦还是蔬菜。凡斜坡，多是瓷片和炭渣所壅，那30余座老窑大约就散落在交错起伏的沟底壑间吧！

尧头镇以烧制陶瓷而立，它的中心在尧头村。这一带富含煤，更是富含高岭土，遂久有陶瓷作坊。是否自汉就开始制陶了，难考，不过自唐开始烧瓷则是可能的。尧头窑遗址位于尧头村以西，其文化层平均5至6米，有几处瓷片的堆积高达20余米。资料显示，这里的黑瓷兴于宋，而黑瓷之盛则在元明清。民国也烧制黑瓷，唯以工业渐旺而骤然趋衰。

朋友带我进入一座几近完整的老窑，见炉壁椭圆，红锈斑斑。虽然宋时烈火清时焰早已熄灭，不过在我的想象中，它的温度仍在上升。我还随朋友浏览了一座残毁的元代老窑，瓷片发白，随意陈列。

围绕着尧头窑聚族为村，随之又有了一家接一家的祠堂，并建成东岳庙、西岳庙、龙王庙、观音庙和华佗庙。烧制很难，黑瓷几乎是十窑九不成，遂要到窑神庙去虔诚地礼拜，以求保佑。窑神庙香火甚盛，过去如此，今天有作坊的人仍会礼拜！

尧头窑非官窑，其产品包括缸、盆、罐、瓶、碗、盏、托，无不紧系民生。我在一个作坊看到了正用双手盘杯的师傅，朋友说："他是尧头镇非物质文化遗产的继承人，他儿子也是一个继承人。"我买了一把茶壶，两只杯子，算是一个致敬吧！

云盖寺镇

云盖寺镇曾经只有一条街，居民有陕西籍、湖北籍和河南籍，也许还有四川籍，都是贸易的结果。多年以后，大兴土木，又筑了一条街。新街为后街，老街便是前街了。

环街一河而万山，青峰竞耸，翠壑深藏。异地来人，不管是城里的还是乡间的，无不慨叹云闲水清，屋装板门，更设阁楼，遂想宿一晚两晚，以获难得的体验。

云盖寺镇在秦岭以南，为陕西镇安所治。这条路应该是猎人发现的，之后由商人踩出。它是商道，也是官道，遂建驿站。从长安至巴蜀，至河南，至湖北，或至陕西安康，都可以走这条路。明清以来，这里是各地土产与奇货的供销地和集散地，生意颇为兴旺。不过凡事有盛有衰，其盛随机，其衰逢时，非人所能求也！

贾岛有诗曰："一山未了一山迎，百里都无半里平。宜是老禅遥指处，只堪图画不堪行。"不知道贾岛从何处来，向何处去，是否在云盖寺住过。

唐代僧人妙达曾在这一带的茂林之中建庙修行。此举不奇，奇的是建庙过程，有云汇集过来，庇覆如伞，遮掩如帐，数年不散。庙成，遂呼其为云盖寺，而云盖寺镇则以此得名。

2018年4月17日，受命到云盖寺镇来调查，以了解当地对此文化遗产在保护和利用方面有何经验。随镇长临河望山，走后街，走前街，看戏楼，看财神庙，进院入舍，见老幼自在自乐，不胜欣喜！

蜀 河 镇

在汉江支持航运的那些年，蜀河与汉江交汇之处便渐成一个码头，足有千年矣！

这里的居民自古对赚钱置业很淡然，不过好吃，大享其口福。洪水不时泛滥，死是经常的，遂十分豁达，反而能长寿。

蜀河镇完全是此码头孕育的，明清以来甚为繁荣。

清真寺是一座16世纪的建筑，依岩而作，老树犹茂。穿过弯曲的小巷，我找到了这座清真寺。看起来它得到了周密的保护，凡梁、柱、门、窗及砖瓦，都属于原型和本色。它显然也一直在使用之中，教民无日不来此礼拜。

黄州馆始作于18世纪，是黄州商户的聚会之所。建筑左右对称，设拜殿、正殿，还造了戏楼，颇具宫室的格局。凡重檐翘角、浮雕彩绘，皆呈楚之风韵。它的色彩也很艳丽。我在墙角觅得一通石刻，碑文显示，当时捐资的商户近乎二百，足见声势之壮。

杨泗庙应该也是18世纪的建筑。沿着石砌的台阶一步一步走上来，逍遥环顾，深感有妙。庭院敞朗，云浮于天。杨泗神化了，以其斩蛟龙，平水患，大有英雄气概，遂为长江中下游一带众生所信仰。明清两朝，随着湖广人的迁徙，杨泗的奇功向四方传播，从而也在蜀河镇掀起了对他的崇拜。杨泗庙为船帮所营，大小艄公在此求他的保佑，也在此议事、息讼和娱乐。这里青石铺地，白石为栏，自有其豪华。办会，演剧，场子容纳千人是不成问题的。

蜀河镇人的房子多建在清真寺、黄州馆和杨泗庙之间。也许民居高高低低，也许本就是围绕着这三个建筑而展开的吧！曲曲折折的小巷勾连着千门万户，可惜门户多是关闭的，我不得入内。锁是生锈的铁锁，墙是灰皮脱落的砖墙。有一条路，幽暗起伏，全由石头所垒，既有沁色，又有包浆，坑坑洼洼，光光滑滑，是骡马踏成的，人谓骡马道。骡马道出城堡西门，顺水沿山，悠然而去。一位蜀河镇的文史专家说："到哪里去呢？到关中去，到长安去，再到山西去。南北土物和作坊产品，通过骡马道得以互通！"

蜀河镇为陕西旬阳所管。它总体坐落在一面缓缓的斜坡上，所临是汉江，所瞰是蜀河。杨泗庙的位置尤其特殊，竟依偎着一个爬满青藤的峭壁，其门正对着蜀河与汉江交汇所激起的一层白浪。不过蜀河镇的地理大势是北倚秦岭，南傍巴山，从而既封闭，又神秘。

观察民俗文化

03

发现身边的文化故事

导读

能震撼心灵的不只有名山大川，生活中的一草一木、一条路、一个节日，都可能会给我们带来心灵的触动，值得我们去细细品味。在本辑中，我们将看到多篇描写民俗文化的散文。

这些散文可以说是作者在长安城多年生活的缩影，长安城许许多多的地方，都留下过他的足迹，保留在他的记忆中。儿时挖荠菜的欢乐、过年时祭祖的庄重、十五元宵节的社火，还有那与祖父一起举行的祭月活动、走过一遍又一遍的乡间小路，通过这些我们看到了那个天真快乐的少年，看到了那些充满趣味的民俗。那一个个真实的人和事，都带给我们最纯粹的感动。在阅读的过程中，我们也情不自禁地追思着自己逝去的童年，寻找着以前的人情味、烟火味。作者在平凡的事物中看到了文化，看到了生活，他以一种最朴实却最动人的方式将生活的艺术讲给我们听。当我们在急功近利地追逐的时候，当我们被生活的重担压得喘不过气的时候，不妨读一读这样的文章，去安安静静地感受时光的流淌，慢慢悠悠地走过乡间的小路，也许会获得心灵的安宁。生活并不缺少美，尝试着放下实用论和名利心，用心去观察生活中的每一个事物，也许我们会读懂生活的真谛，也可以生活得更从容一些、诗意一些、艺术一些。

在长安这座文化古都中生活多年的作者，他真正地懂这座城的文化，他的文字中也处处透露着文化的气息。这样的文章字字铿锵，句句厚重。首先，作者结合历史，生动地讲解了这些民俗文化背后的故事，让我们感受到千年古都的魅力。穿过历史的眼眸，我们看到了古人富有趣味的生活，看到了代代薪火相传的习俗。当我们在品味咀嚼的时候，也理解了这些独特的文化符号，并由此产生出热爱之情。其次，文化是富有生命力的，历经千年而不衰，那些民俗文化经历了战火硝烟，经历了朝代更迭，并没有消亡，而是在前行中不断改进，不断适应，最终焕发出强大的生命力。然而，到了21世纪，民俗文化的处境又是值得担忧的，长安的荠菜，在化肥的培育之下，再也没有了甘甜的味道；过年的鞭炮声，被城市的喧嚣逐渐掩盖；过年的社火，在城市化的进程中逐渐被人们遗忘；连中秋祭月的规矩也逐渐流于形式。在现代文明的侵蚀之下，传统的民俗文化正在逐渐离我们远去。今人对物质的极度追求，对精神的过度轻视，让我们的生活逐渐失去了色彩，让传承千年的民俗文化逐渐失去了生机。在厚重的文字背后，我们看到的是作者对民俗文化现状的担忧、对世人的警示。他用文字告诉我们，民俗文化的传承与保护不是挂在嘴边，而是要从思想上重视，在行动上参与，只有这样，它才不至于消亡。

如何写出这既动人又厚重的文章?

首先需要“真”。一方面是真正地去观察生活，并将自己的感触真实表达出来。作者就是如此，看到卖荠菜的老者，他想到了自己采摘荠菜的童年；看到街道旁的槐树，他能从中读出纵横捭阖的历史；看到旧时的门神，他想到了中国古老的传说。那些都是他真正经历的场景，也是真正地心有感触，他将其一一诉说，没有任何的矫揉造作。我们从这样的文章中找到了亲切感、真实感，读到了一个普通人的生活与情感。因为真实，所以动人。另一方面是真正地有所热爱。当我们看到作者为了目睹两千年前的汉槐，竟然翻起了院墙，不禁为之汗颜，但细想，只有真正地爱到骨子里，才能做出这样的事。一切的艺术，都源于发自内心的热爱。作者真正地爱这片土地，爱这片土地上厚重的文化，所以他更加了解这些民俗文化的内涵，更愿意去发现，去欣赏它们的魅力。因为热爱，所以厚重。在字里行间，我们读到了一颗炽热而纯粹的心灵。

其次是“活”。我们常言“形散神不散”，可真正执笔又谈何容易。形散来自深厚的文化积淀和思维开阔的联想，而神聚更需要匠心独具的布局。从形散的角度来说，写一个寻常的事物，作者或联想到其历史渊源、文化流变。比如看到国槐，想到了楚汉争雄；看到石刻，想到了唐代的风云变化；看到明德门，想到了唐代的繁华。或联想到儿时的独特记忆，把自己的一个又一个故事真实地呈现，把成长经历细细诉说。或联想到事物相关的方方面面，比如看到明月而想起苏东坡的诗词，路遇卖荠菜的老翁而联想到芥菜的做法和药用价值，春节时想到各种各样的习俗。作者突破了时间和空间的限制，不拘一格地组织材料，使文章的结构更为灵活，视野更加广阔。这种闲庭信步的材料组织和文字驾驭能力的背后是作者深厚的文化积淀，他对这些民俗文化的方方面面都了然于胸，行文自然信手拈来。从神聚的角度来说，作者的每一篇文章都围绕着一个主题来组织材料，展开叙述，以神驭形，思想明确而集中。这些文章的结构也是灵活的，或者由生活中的见闻写起，进而回忆过往，平易自然；或者由事物的整体风貌写起，进而叙述历史；或者由童年写到如今；或者由历史回到现实。不拘泥于某一种固定的框架，使人读来总有新鲜感。细看来，这些文章始终有一条一以贯之的线，或时间线，或者空间线，或情感线。所以，读这些文章，我们会赞叹其灵活多变的结构，任意挥洒的语言，也能清楚地感知作者想要表达的思想，进而引发对民俗文化的关注。

这些文章的语言也是值得品味的。首先，文字简洁有力，常以短句铺开。如“花草给城以绚烂，但城之魂却以树守”，这样的句子在文中随处可见，以近乎诗化的语言写作，使文章也富有了诗意。连续四字词语的运用也是其特色，言简意赅，几乎很难增减一字。其次，大量地引经据典，让文章的文化味更浓，翻开这些文章，随处可见诗文、历史，更可见作者深厚的文史功底。

文章在描写上也有独特之处。既有宏观的勾勒，又有具体的刻画，点面结合。比如在描写社火时，作者既描写了耍社火的热闹宏大场面，又具体抓住舞狮、芯子几个具体的场景细微刻画，把这种习俗的内涵展现得淋漓尽致。再如描写国槐时，既写到了西安各处槐树的整体风貌、共性的美，又细致描写了户县的古槐、临潼的汉槐等历史悠久的国槐，让人领略到了这些国槐的美。对事物整体的描写便于我们了解事物的全貌，而选择具体的几个点去刻画更有利于我们深入感知和理解其内涵，缺少任何一方面都不可能将传统民俗文化描写得如此精彩。

阅读这些文章，不妨结合自己的经历，用心去体味文字背后的故事；结合自己的生活，去发现身边的民俗文化之美。也可以多做一些圈点批注，勾画出那些打动心灵的语言，写下自己的心声。还可以试着去写一写身边的民俗故事，也许你会更加理解和热爱我们古老的民俗文化。

陕西省学科带头人、陕西省课改先进个人，
陕西省商洛中学　薛　娥

国槐

以钟楼为交点，西安成千上万的道路向四方辐射，一生二，二生三，街巷毛细血管似的布满其城。花草给城以绚烂，但城之魂却以树守。杨、柳、梧桐、合欢、银杏、松、柏、皂荚、樱桃、云杉、楸，皆是嘉木，有的也年岁悠久，德高望重，不过我还是喜欢槐。学有国学，医有国医，树有国槐，国槐为唐高祖李渊所封。西安的国槐夹道而长，凡路皆植，或为今人所栽，或为祖先所留，星星点点，排列成行，线面作阵，浩浩荡荡，足有百万。

在《尚书·周书》里常常可以看到漆、栗、桑、榆、杨、柳、楸、檀、桃、李、梅、杞、栲、栎、扶苏与唐棣，然而槐未存焉。不知道为什么槐没有进入周人的视线。秦人似乎好松，《汉书》:“道广五十步，三丈而树，厚筑其外，隐以金椎，树以青松。”然而汉人显然把槐纳入了长安的道侧路旁，有籍记录:“地皆黑壤，今赤如火，坚如石。父老传云，尽凿龙首山土为城，水泉深二十余丈。树宜槐与榆，松柏茂盛焉。”汉武帝甚至把其冥府选在槐里之茂乡，槐里是什么景象呢？之后槐就在长安扎下了根。南朝梁何逊吟道：“长安九逵上，青槐荫道植。”前秦的王猛也曾经向苻坚提议：“自长安至于诸州，皆夹路树槐柳。”当年也有民谣唱着：“长安大街，两边种槐，下走朱轮，上有鸾栖。”显见槐之荣华。不过只有唐人会欣赏槐，唐诗里的槐无不让我向往，允许我抄几句吧！王昌龄诗曰：“青槐夹两道，白马如流星。”岑参诗曰：“青槐夹驰道，宫馆何玲珑！”韩愈轻唱：“绿槐十二街，涣散驰轮蹄。”白居易诗曰：“槐花满院气，松子落阶声。”李涛长吟：“落日长安道，秋槐满地花。”怎么样？妙！感觉槐能压躁驱俗，兴其味，酿其雅。

西安东南西北各有城门，箭楼前后皆种几棵老槐。墙砖尽灰，剥落斑驳，夕阳映槐的时候，进出城门，总会起沧桑之感。自朱雀大街至明德门，为当年唐皇城的天街，直南直北几十里，其槐相随，宽广壮阔而不失润泽，似乎是游丝似的皇家余绪。新华门一带，新城广场一带，群槐蓊郁，浓重成幽，悠然漾家园之气。北院门以北是二府街，再北是青年路，再北是糖坊街，平行并列，过去多栖官宦商贾，杨虎城公馆止园便藏在青年路，这里槐皆两排，其木参差，其树琳琅如玉，其冠遮天蔽日，庇荫遂广。从南大街到和平路去，我总是选择走东木头市，再经端履门，再过东厅门，再穿东县门，因为这一线众槐昂然，黛色为苍，博厚而肃穆。树皮发黑，深裂作块，如网如鳞，树冠呈圆，枝叶青葱，意态绿渗。风止槐静，风起槐动，敏感得仿佛有神经似的。这一线皆民居，多是旧户旧房，小铺小店，遂有一种宜人的安宁，所以即使不饿也想在此觅一家精致的饭馆临窗而坐，吃一碗面条。望着三轮车拉着乘客缓缓行来，徐徐过去，尤其是偶尔发现槐米飘摇而下，掉在对面屋檐的瓦上或遮阳的伞上，不免觉得生活的实在和艰辛，当然也有对生活的希望。鼓楼正街饮食业发达，杂货累累，各国人士，各色人等，摩肩接踵，昼夜喧哗不息，此地之槐便难展风流。正学街狭窄而长，全是制作匾牌和锦旗之门肆，此地安安静静，其槐遂修长向高，通脱有飘逸之派。南院门附近之槐，随势散布，中正有度，疏朗不挤，因为此地一直都是衙门所在。含元路倾向浐河，其直趋而下，完全是龙首原至此势尽所致，此路之槐遂不得不努力正身，以防低头弯腰。看起来槐也有自己的命运，环境会影响其状貌的，可惜它自己无法决定自己扎根何处。

槐之美在其坚实与妩媚融为一体。树木有的颇为妩媚，然而失之软弱，有的颇为坚实，足以成材以用，然而失之简陋，观其形容不丽，风度不具。槐的主干沉稳牢靠，有屹然而立之姿，枝叶精细且透青渗绿，有柔忍之性，特别是其卵形羽款之叶，小巧玲珑，风左风右，风上风下，都在闪烁，真是灵性毕现。不过它也不仅仅以槐之架式榜样而招摇于世，槐之为材，品质强硬，密其纹理，耐其潮湿，可以造船、做家具。它所开的一种黄白相间的花，就是槐米，为清凉收敛之药，可以止血，小时候我在农村便捋过槐米而卖之。它的根、皮、种子，也可以入药，其种子富含淀粉和脂肪，榨油也行，喂牲畜也行。

在西安地界，现在有百余棵古槐。所谓古槐，以百岁计，百岁以下就不算古槐了。清之槐，明之槐，当然都是古槐，也饱经风霜，苍劲十足，然而我喜欢更老的，老到八百岁以上才好。

有闲有心之际，我便奔走西安，寻找古槐。在户县渭丰乡坳河村见到古槐是在冬日，树龄1 000年。乌云盖天，冷气贯日，其槐枝僵叶脱，主干全黑，我以为它死而且腐了，但一个老头却铿锵反驳："活着！"蓝田县九间房乡上寨村古槐树龄1 100年，春天的朝辉照在其新枝嫩叶上，确实让我感到生命的神奇。其主干空洞，然而它的枝叶一旦出寒逢暖，便会生发青绿。依我的经验，一棵古槐独立一隅会让人惊异，不过几棵或十几棵古槐集合为队，形成气氛，就会让人肃然起敬，甚至言行有礼，自己要禁止自己嬉闹。在碑林区书院门孔庙周边有三棵800年的古槐，其西邻的长安学巷也有三棵800年的古槐，它们有的参天撩云，有的一枝横空，大约怕横空的一枝突然折断，有人遂把横空之杆以铁柱支撑着。徘徊于这些古槐之中，见皮损材露，材朽心虚，不禁会感慨生命之艰，活着实难，甚至觉得古槐凄凉，当然也会钦佩古槐之伟大！在荐福寺的小雁塔南北院子，有七棵唐槐，树龄皆千年以上。它们苍老不堪，不堪也依然傲挺。其中一棵唐槐有孔穿躯，像窗口似的竟可以从此岸透视到彼岸，唯靠两侧薄仅一尺的皮材而活着。一阵风过，枝叶荡漾如波，似乎是遥远而神秘的雄风！东关南街大新巷一带属于过去的兴庆宫，唐玄宗曾经于斯活动，此地有树龄1 300年的古槐，谓之神龙槐。树高20余米，树围4米余，树冠170余平方米。枝叶婆娑，给夏日的地面投射了一片巨大的清凉，坐在树下的一个老头说："神龙槐灵得很，你求什么它应什么。"其扭曲的杆上果然系着红布，显然有人曾经向它做过祈祷。不过它的主干有一道朽槽，为使古槐不摧，有人用钢筋水泥塞于朽槽，遂坚固了。长安区韦曲街道崔家营村的古槐树龄1 100年，其主干所生的枝多且长，树下所庇荫也广。20世纪70年代，农民在沣河拉沙子，累了便躺在树下休息，十几匹马随其主也在树下休息。此古槐还有一绝，从主干的分杈之处，长了一株高约5米的丝绵。树中有树，当然为罕，遂招人纷纷观其之绝！长安区滦镇街道鸭池口村有古槐1 100年，生长在无边无际的田野之中，其十里以南便是秦岭。它曾经是山关庙之槐，清咸丰某年洪水大发，冲毁其庙，不过天道有情，独存此槐。夏日的黄昏，古槐像孤岛耸峙在海洋一样独立于苍茫的玉米禾苗之间。古槐干干净净，沉默静穆。穿过田野，我瞻仰了夕阳大肆渲染的这棵古槐。西安高级中学的古槐有800年，遗憾其屈居于三座楼房的夹角之中，挨着它的竟是锅炉房，烟囱直上，尘埃怎么会不洒落其树冠呢？还有人以沐浴之水冲灌其根，这让斯槐何以堪？主干粗壮，不过其材有洞，已经用水泥堵上了。人不善待，枝叶便蔫。所见古槐，此地的最为卑陋，也最是可怜。

临潼县晏寨乡胡王小学有汉槐，树龄足有2 000年以上。乡里一直在传：当时楚汉相争，项羽设鸿门宴，项庄舞剑，意刺刘邦。幸亏有项伯以身挡刃，又有樊哙保卫，才排除了血光之灾。见气氛趋和，刘邦借口如厕离席。慌乱之间，他忘了返回灞上之路，遂要觅藏身之处，急中发觉其槐亭亭玉立，就隐身歇息缓气。卒明通往灞上之道，才顺利进入军营。刘邦在长安登基以后，当地有人便呼其槐为护王槐。煌煌汉之槐，当然属于树之瑰宝、木之明星，遂慕名而去，想看一看此槐。不料是假日，胡王小学紧锁其门。绕地三匝，不得进校，搔首踟蹰，终于翻栏入园。汉槐比我想象的还壮硕，尽管已经知道它的树围近乎8米，树冠近乎300平方米，然而看到汉槐仍觉得它粗大得不可思议。久久盘桓，一再喟叹，胸溢赞意而口嫌拙，遂美言难出。古槐保护得很是精心，主干配土高壅，并以铁栏相围。可以远观，不可以伸手抚摸，更不可以近之亵玩。我欣然后退，再后退，以广角而望。2010年8月7日，时值立秋，早晨10点21分的阳光，清澄纯净，透明而翔，轻洒此槐。琼枝碧叶，迎风起舞，不过动作优雅，细腻柔曼若训练有素的纤指，又若来自宇宙殿堂的神的旋律。顿生敬畏，遂三鞠躬。

老到八百年以上的古槐，在西安地界还有十棵左右，有时间我当会继续寻找而拜。

在北京也时见槐树，故宫周边，皇城根一带，其槐甚繁而有一种气象。不过国槐是西安的市树，它不惟为此城增色，也见证其城之变迁。特别是800年以上的古槐，俨然能够呼吸的历史。它的年轮显然并非简单的圈线。气候、水文、地理、土壤、植物进化与变异、历史、文化、信仰、民俗，无不镌刻在古槐的年轮之中。

长安荠菜

黄昏出了门，在街上溜达，碰到一个老者，大约六七十岁，自谓杜陵叟，遂有亲近之感。杜陵叟穿一件手织灰毛衣，坐在一家银行的台阶上兜售荠菜。他解开塑料袋，随便抓了一把，向路人展示着。那荠菜一经水淘，确实丰腴而苍翠，杜陵叟说："我家田里的，是绿色食品！"有富态的太太和时髦的少妇便笑着挑选，生意一下做成了。杜陵叟收起塑料袋，一边数着钱，一边款款而去。我想勾留他，打听故乡的消息，不过又想他也许还有别的营生，便望着他的背影，怅然而行。

我小时候在乡下也挖过荠菜，可它却绝不是风雅的野味。荠菜仅仅作为粮食的补充，因为那是一个饥馑的时代，然而饥馑在当年造成怎样的恐慌，我一点也未感觉，这一是有父母顶着灾祸之天，二是我充满了元气，不觉得什么可怕。小麦返青之后，我会伴随大人，提着篮子，攥着铲子，沿着尘埃阡陌，走进辽阔的原野。挖荠菜固然是一件事情，不过原野自有它的诱惑，小花的闪烁，我也抵抗不住，小兔的慌逃，我也抵抗不住，甚至大人之间若断若续的隐晦的私语，我也抵抗不住，从而挖荠菜的成绩总是很小，就那么几根，还盖不严篮子底，遂惭愧着追尾大人而归。

荠菜有数种食法，常见的是随面条煮在锅里，也有清炒的和凉拌的。这几年市面上有一种以荠菜为馅的饺子，似乎含返璞归真之意，还表示一种生活品质的提升吧，但我却主要取其素，遗憾的是并未觉有荠菜之香。我思来想去寻找原因，把其归结为化肥所致。偶尔冒出的蹭牙的泥沙，不但使心紧缩，而且也让人忧虑这个时代的马虎风气。

我原以为荠菜只是黄土高原的产物，非也。读了一些笔记之后，才知道荠菜在很多地方都是有的，这一面降低了它一向所显示的稀罕程度，一面又使我对它增加了敬意。吴地谚曰：三春戴荠花，桃李羞繁花。越地歌曰：荠菜马兰头，姊姊嫁在后门头。这是我从一本陈旧的杂志上抄录的，它扩大了我对荠菜生长版图的认识，也多少引出了荠菜的文化意义。

实际上古人早就注意荠菜了，可惜我只知道一句诗："谁谓荼苦，其甘如荠。"慢慢吟咏它，是能觉察古人的心情的，并会有一种浩茫和凄楚之感漫向我。我领略的竟是苦涩和苦难。在20世纪，有两个作家曾经以荠菜为素材写了隽永的文章，这便是知堂先生和张洁女士。知堂素求冲淡与平和，不过他流露的也有苦涩；至于张洁，她本是讨论幸福的，可她却倾诉了苦难。也许荠菜确实有甜味，然而唯有穷人才能尝出它，富人究竟谁能尝出荠菜的甜味呢？知堂先生和张洁女士的文章，都曾经进入教科书，不过在艺术上，似乎知堂之文要高于张洁之文，理由是，知堂之文比张洁之文有蕴蓄，也疏朗一点。

荠菜开白花，结黄果，皆可药用，有凉血止血的功能。我故乡的一个医生，是治疗肾炎的妙手，其秘诀在于用了荠菜，因为它含氨基酸和生物碱，也含黄酮类成分，而且含量颇大。长安女性张氏，遵医生之嘱，十年如一日，煮荠菜汤让其丈夫服，真使之恢复了健康。此案先是新闻，后又成了故事。

门神

有西安文史馆的朋友送我一副门神，是明代的拓片，红色，左秦琼，右尉迟敬德，凶然威武，一时激动，不知道收藏它，竟直接贴在了门上。

这是几年之前的事，门神虽然独特，甚至压住了楼道里或社区里那些印刷出来的门神，不过毕竟尘染风化，春秋数度，鲜亮的门神就蓬头垢面的。擦又难擦净，揭又难揭开，忍见其废，心生隐痛。尤其是朋友已经丢了制作拓片的模子，即使他慷慨，有意再赠，我也不能重获其品了。

门神文化在中国极深，大约石器时代就出现了门神。一部书上指出：东海有度朔山，生长桃树，繁枝盘曲，有一处为鬼门，鬼有善恶，皆由此门出入。那么谁监察害人的恶鬼，并把它除掉呢？神荼和郁垒二神，他们会把恶鬼喂虎。黄帝发现这是一个优胜的办法，便让画师在桃板上绘神荼和郁垒二神像，挂在门的两边，左神荼，右郁垒，以抵鬼御凶。这大约便是门神的起源。往往是在元旦或岁竟之际挂门神，今之贴门神是在过年之前，显然是一脉相承的。

传统的观点认为，桃树为五木之精，能克百鬼。大约从汉代以后，桃木便广做镇鬼之具，所谓桃印、桃板、桃符，绘以神荼和郁垒像，都是门神。王安石诗曰:“爆竹声中一岁除，春风送暖入屠苏。千门万户曈曈日，总把新桃换旧符。”多少透露了门神在宋代的信息。20世纪50年代以后，部分农民仍在以桃树抗鬼。小时候，村子里的一位妇女死了，因其年轻，人们怕幽灵返家，便削桃树枝梢数十根，遍插房子周围。当年虽然对鬼知之甚少，那举措所具的气氛仍使我悚然，仿佛真有鬼似的。

一个有趣的现象是，在唐长安城，门神开始由现实社会中的人担任，这便是秦琼和尉迟敬德。此二人都是初唐的大将军，为唐的诞生立有大功，太极宫凌烟阁挂其图。秦琼是齐州历城人，即今之山东济南人，身经百战，摘敌首如探囊取物。尉迟敬德是朔州鄯阳人，即今之山西朔城人，玄武门之变，他站在李世民一边，战斗颇为果敢。唐太宗当然很厉害，不过也怕鬼。他似乎得罪了泾河龙，后者死而为鬼，夜至太极宫唐太宗的寝室门外呼骂不已，抛砖弄瓦的。唐太宗深为恐惧，遂告群臣。秦琼便请求他和尉迟敬德戎装立于门外，一左一右保卫皇帝。唐太宗同意，其夜果然无惊。问题解决了，颇为喜悦，然而唐太宗感到他们两大将军守夜太累，就命画师绘二人像，雄壮有加，悬于寝室左右门，以驱泾河鬼。秦琼和尉迟敬德遂渐渐传为门神，并越过太极宫，唐长安城皆奉他们为门神。政权更迭，世有沿袭，便永为门神。

西安及其周边的人，在春节多会贴门神。门神之纸常变，然而不变的是秦琼和尉迟敬德，尤其是他们看起来都很暴烈、震怒、战无不胜。以瑞士学者荣格的理论，门神流行也是民族的一种集体无意识，其遥远而强大。

贴在我宅门上的秦琼和尉迟敬德的像有何区别呢？不仔细辨识，还确实难分。他们皆征袍披身，肩挎大刀，腰横宝剑，铠甲在胸，姿势神情也相近。然而有一个特点可以区别他们：尉迟敬德是鲜卑人，胡须浓重，秦琼的胡须略少一些。

过年

年是什么？长安没有谁会纠缠此问题，只知道过年是一种风俗，一种传统，一种春的庆祝，也许还是一种仪式，有神圣的意思，已经深入灵魂，谁能拒绝这样一种精神活动呢！

小孩图其热闹，早就在问爷爷奶奶什么时候过年了。进入腊月，大人便一声紧一声地慨叹过年，并为之准备。做新衣，买新帽，刷墙，擦门，拭窗，拆洗被褥，祭灶，买菜，杀猪，压面，剪窗花，贴楹联，气氛越来越浓。

除夕到了，天下一片融和与喜悦，各户的主妇都在为正月初一至初五的过年蒸馍、煮肉，蓝烟融天，香气飘空。鞭炮之声零星地响着，不过听起来像东西串联，南北呼应，为一场雷鸣海啸而酝酿。

往往是在除夕下午，必有家长捧着祖灵的牌位或照片，携其子孙，到坟上去点香、烧纸，请祖灵回家一起过年。迎归祖灵，把牌位或照片置于堂屋方桌的正位，献上水果和糕点。一日三餐，先给祖灵献上，之后自己才吃。当然还要点香、敬烟、敬酒。

除夕是真正的辞旧，守岁是真正的迎新，于是家庭成员就围坐一起，共度此刻的温馨。儿行万里路，女赶千里道，一定要参加这样的团聚，实际上是感谢神给了今年一个平安，并祈求神的保佑，再给来年一个平安。包饺子是除夕的插曲，但看电视却是过年的陋习和恶俗，甚至是守岁的搅局。不过生活是变化的，过年也允许变化吧。

燃放鞭炮的原始意义在驱鬼。一旦鬼遭驱，便能安宁，也就可以享受欢乐。日出而作，日落而息，依此秩序，多是正月初一的凌晨之后燃放鞭炮。唯物主义的观念基本上粉碎了鬼的观念，然而燃放鞭炮的形式仍得以保留。社会开放以来，有了夜生活，也得意了，遂好在除夕晚上零点零秒的瞬间燃放鞭炮，不过其意义已经转化为追求热闹，心理释放。鞭炮之声，几近狂响。

一年的第一个月为正月，正月的第一天为元旦，足见正月初一的重要。家庭至贵，于是纯粹属于家庭成员之间的活动就安排在此日。小孩先给爷爷拜年，再给奶奶拜年，再给父亲拜年，再给母亲拜年，他也会一一得到相应的压岁钱，蹦蹦跳跳，高兴而去。仅仅拜年一举，也折射了家庭的伦理：长者为尊。此日尤要大吃大喝，不过先敬祖灵，之后长者坐上席，幼者坐下席，主妇照例忙于烹饪。

到初二才有亲戚往来，不过多是这个家庭嫁出去的姑娘回来看望父母，随之而至的是其子女，要给舅舅拜年的。晚一辈的是姑姑，长一辈的为姑奶奶。也许姑奶奶的父母已经逝世，不过姑奶奶仍会回来，她们终生都切念着自己成长的老屋。姑姑还年轻，然而也常念着，即使有一天她们也变成了姑奶奶，也仍要回来的。初二显然是家庭活动的扩大与延续，这也表现了家庭的价值。

初三初四是众水交汇，既有亲戚的走动，也有同学、同僚、同志和朋友之间的相互拜年。城乡之间，阡陌纵横，身影如流，手持各种各样的礼品：包子、糕点、食用油、水果、牛奶、核桃、蜂蜜、茶叶、烟、酒、冬虫夏草、花篮、灯笼。唯过年能抛出花团锦绣，并给天下涂抹一层艳丽的颜色。

初五也还可以相互看望，不过此日算是过年的结束，习惯于以家庭为单元活动。一般是上午吃臊子面，下午吃米饭，菜有荤有素，满桌为盛。照例先要给祖灵献上，之后自己才提箸动筷。

用餐结束，家长会捧着祖灵的牌位或照片携其子孙，到祖坟上去，点香烧纸，送归祖灵，并祷祝其在冥府的生活如愿。接着站起来，展一展棉袄，环视四野，只见冰消雪融，天渲红霞，地有润泽，小草萌发，绿色若隐若现。家长忽然会满脸严肃，告诫子孙说：“一年之计在于春啊！”

过年为大节，贯注着中国文化的精髓。可惜过年已经为城市化所裹挟，其不得不演变，有的文化元素生成了，有的文化元素消逝了。少陵原上是我曾经过年的地方，那里有哺育我思想与感情的祖居和祖坟，2011年它被完全夷平了，想起来我就伤感！

社火

西安的社火曾经年年耍，多处耍，不过竟成气候并最精彩的，南有细柳镇，北有大白杨，这仿佛满树鲜桃，选到底，实际上数一数二的最甜。

大白杨的社火古已有之，又能继承，尤其是大白杨的东村与西村互相比较，明争暗斗，败者为耻，胜者得意，遂兴旺发达，影响达于关中。

正月初二，还在春节之中，东村和西村的锣鼓便敲打起来，以哗然造势。然而关键是知己知彼，才能震之，于是他们就趁亲戚走动之机进行侦探。可惜社火头早就下达了保密命令，究竟谁敢冒天下之大不韪，透露消息呢？甚至临近比赛的那几天，连舅到外甥家，媳妇回娘家，也受到防范。情报难取，遂根据往年的题材和当年的形势，聚智囊于一室，分析对方，以制订自己的策略。不是发兵，但气氛之紧张却像打仗。

酝酿数日，到了初十，就当亮宝了，如歌谣所唱："天明了，雨停了，大白杨的社火闹开了。"只见在东村与西村之间，立一根石柱，社火头各率其队，相向而行。当然，人从方圆几十里而来，水流云集，尘飞土扬，欣赏中国式的狂欢。

在先的往往都是锣鼓方阵，小伙子无不身强力壮，头缠白毛巾。不过彼此衣服有别，你穿红，我就穿黑，你穿蓝，我就穿灰。当然偶尔也有碰巧都穿红或都穿蓝的。接着你舞狮，我就舞龙；你骑竹马，我就划旱船；你扭秧歌，我就踩高跷。所谓高跷就是削柳木为棍，棍长2尺到5尺，绑在两膝外侧，扶起为腿，腿遂加长，升人至半空。踩高跷就是走柳木腿，一步一步移腿向前，艺在奇险。男女皆可以走柳木腿，不过男比女狂，女比男娇。还有扮相，或包公，或曹操，或陈世美，或晋信书，常取传统戏剧里的主角，不失教化。

社火的绝活为芯子。大白杨东村和西村社火的成败，辄以芯子的特色而定。到了正月十五，耍社火耍到巅峰之际，他们的芯子才盛装面世。所谓芯子是指扭曲铁杆为种种造型，挑漂亮且聪明的孩子，把他们固定在铁杆上。当然，这些孩子也皆有脸谱。芯子有的是一层，为平台，有的是二层甚至三层，为高台，有的还是让人惊愕得倒吸凉气的转吊。到底是东村赢还是西村赢，关键取决于芯子。他们悄然窥测的，也主要是对方的芯子。压住对方，也靠芯子，遂反复研究。他们为芯子劳其心思，绞尽了脑汁。这也是看社火的人都知道的，所以一旦芯子出场，无不屏住呼吸，随之用呐喊或沉默表达自己的评判。有一年大白杨东村倾力制作了周瑜打黄盖，不料西村竟是诸葛亮三气周瑜，周瑜赔了夫人又折兵，引起轰动，西村遂胜。又有一年，大白杨西村登台的是白娘子站在许仙的伞沿上，真是独具创意了，然而恰恰东村上演的是法海收白蛇于钵，并以雷峰塔镇之，东村遂胜。

耍社火输了也就输了，没有组织惩罚，不过在大白杨的农民看起来，这涉及荣誉，遂很是在乎。比赛一毕，若气氛纠结不和，那么锣鼓便越敲打越硬，甚至会敲破锣，打破鼓，紧张得横鼻竖目的。气氛相谐，就欢喜而散，或断断续续要到二月初二。一般都是欢喜而散，不过即使输不服赢，赢不让输，也颇为可爱。艺术的发展恰恰要有这样一种认真的精神。

细柳镇就是周亚夫驻兵，并以治军之严受到汉文帝表扬的地方。可惜缺乏实物证明，当然也有能者和贤者认为周亚夫驻兵是在别处。然而无论如何，这里现在诸村棋布，好耍社火。社火搞得极有影响的，主要是荆一村和荆二村，各有数千人。荆一村含伍家堡、秦家堡、王家堡，荆二村含张家堡、左家堡、辛家堡。

也是从正月初二开始，小伙子敲锣打鼓，进村烧腾。烧腾就是此村启发彼村耍社火，不参加便日复一日地进村，甚至敲夜锣、打夜鼓，鸡犬难眠，直到社火头答应参加。空口无凭，还得把村名和社火头的姓氏写在一面红旗上当信物。按如此模式，荆一村和荆二村全部参加，遂归安宁。数日烧腾，数日准备，便到正月十五了。经社火头商量，圈下了百余亩的麦田做场子，以纵情任性，放开胳膊抡。春光融融，土地平坦，总有乡里数万青壮妇孺拭目而待。

一阵唢呐之后，便是雷鸣般的锣鼓，荆一村轰然舞狮了。普通都是两狮对舞。仔细观察，可以发现每狮由两人搭档，一前一后。在前的人，手撑狮头而舞，两腿便是其狮的前腿。狮嘴大张如洞，以让他顾盼探路。在后的人，手拉在前的人的衣服，他的躯体便成了狮背和狮胯，他的两腿便是狮的后腿。有一个腰系红绸的小伙子手持红球，在两狮之间旋绕，红球闪烁般的忽高忽低，忽左忽右。两狮随红球而扑，而跃，而窜，昂首翘尾，显尽其能。红球突然落地，两狮猛地站在红球上，踩球转动。欢呼之中，两人猛地揭去狮头，露出了汗水淋漓的脸。

掌声还没有响尽，荆二村的高跷就浩然现形了。急于展示，也许是有得意之作吧。果然走上来的是杨延昭斩其子的团队，个个都惟妙惟肖的。

杨延昭当前，他头戴帅盔，手纂帅印，铠甲鳞鳞，泰然有威。随他之后的是靛衣红须的焦赞和孟良。接着是佘太君，黄鹤之服，鬓发染霜，拄一根龙头拐杖。接着是赵德芳，戴王冠，穿蟒袍。接着是白鞋红褂的杨宗保，在辕门要斩的就是他。接着是穆桂英，头插翎子，身披征衣，背飘四旗。随之是憨态十足的穆瓜。这些角色乡里人在秦腔中皆有所见，也耳熟能详，遂颇为喜欢，当然掌声如雷。

下来的节目是芯子，彼此显然较劲了，不过这正是乡里老少所希望的。荆一村伍家堡抬着一套青山绿水，荆二村张家堡便抬着一套奇花异草，荆一村秦家堡以歌台舞榭作炫，荆二村左家堡便以神宫仙洞为撼。荆一村王家堡忽然改换路子，让牛郎上，牛郎肩挑七尺扁担，金哥在一端，玉妹在一端，天流白云，银河在望，蓦地打开了想象之窗。荆二村辛家堡灵机一动，让猪八戒上，猪八戒背媳妇，这显然俗了一点，不过它使欣赏之人无不开怀大笑。难分难解，一浪高过一浪。于是荆一村就让刘沉香提月牙斧，勇攀华岳，劈山救母，从而获得一片喝彩。荆二村便让韩琦自杀，以使秦香莲携两个孩子逃命。夕阳散淡，寒意遂袭，乡里之女便骂陈世美驴日的，没有良心，不得好死，渐渐返村。细柳镇阡陌纵横，道皆狼藉。

社火是古时候祭祀土地神的一种变形和演化。社就是土地神。先民发现土地会生长黍稷，以成食物，使人生存，遂对土地敬而祭祀。祭祀有春社和秋社，足见先民的虔诚。祭祀总是围绕庙堂举行，并有一定的仪式。大约到了唐以后，社火演化为一种节庆活动，在宋已经十分流行。范成大说："民间鼓乐谓之社火，不可悉记，大抵以滑稽取笑。"

社火的内容以传统戏剧里的角色为主，不过也随形势而变迁。20世纪60年代，有一度让农民学习大寨，遂有梯田，养猪便上猪，种棉花便上棉花。1978年以后，农民便让拖拉机或收割机上。然而终于还是秦腔里的角色受乡里欢迎。农民说："春节要热闹，锣鼓加社火！"

芯子的支撑工具一直处于改进之中。初有独轮车推的，不过更常见的是人抬，把造型置于桌面上，由八个小伙子抬着，如果是高台或转吊，那么会更吸引眼睛。也有牛车拉的，这就把人解放了。之后是汽车，牛也得到了解放。然而一旦汽车替代了牛拉或人抬，耍社火的热闹程度便顿减。凡事都是这样，人越是倾心倾力，人越是充满激情。

社火的现实威胁当然是城市化运动。唐梨园在今之大白杨一带，受其影响，这里久耍社火，世代相传。可惜遇到村子拆迁，自2008年秋天耍社火之后，有数年未耍了。2012年8月15日，大白杨东村和西村的社火头相聚，一片叹息。东村社火头张广利说："村子拆迁，把很多家伙都丢了。"西村社火头黄有财说："楼盖好了，我让人把戏服从箱子里拿出来挂在篮球场上晒了一遍。"然而耍社火，他们缺乏经费。过去村子周边有企业，还可以让老板赞助，现在没有企业喽。大白杨失去了土地支持，即使西安的边界还没有被盯上，或是有的土地会由农民长期使用，不存在开发问题，然而农民的子女都离村入城，谁当社火头呢？谁耍社火呢？谁看社火呢？社火作为一种非物质文化遗产当然是要保护的，不过多数东西一旦到了要保护的程度，其气数也就快尽了！

小时候我很野，父亲在工厂上班，母亲在乡里管不住我，遂经常乱逛，而且往往独行。大约十二三岁，或十三四岁，我曾经下少陵原，在潏河一带看农民耍社火。路窄，路弯，摩肩接踵。路是路，遍野都是路，老老少少皆抄近路涌向场子。我不知道场子有多少亩大，麦田无边，人无数。几年以后，语文老师让我用人山人海的成语造句，我想起农民耍社火的情景，那真是人山人海。我一个小小少儿，什么芯子也没有看到，不过我看到了风中弥天的白尘，白尘下人的排山倒海，走石激浪，到处都是卖小吃、卖气球、卖鞭炮或卖剪纸的。尽管是少儿，然而我参加了狂欢，体验了农民的狂欢。今之少男少女，在何处能狂欢呢？

清明节

天再旦，年复来，节气24个，一一而出。立春之后是雨水，雨水之后是惊蛰，接着是春分，十五日以后，斗指乙，便是清明了。

到了这个节气，日暖，天朗，风和，雨沛，草尽染绿，木咸丰茂，冬之灰黄转而为春之青翠，山川河流，一片欣然，人也充满希望。古贤者认为，万物生长于斯，皆清洁而明净，故谓之清明。诚然如此，古人之观察精而细矣！

清明是春播的有利之机，自秦汉以来，长安人便循此节气耕耘自己的田地。清明前后，点瓜种豆，此谚语既有提醒的意思，也有总结的意思。可惜我在农村的时候，土地都归人民公社，种什么庄稼，上有长安县革命委员会主任的意见，下有队长的意见，于是土地就尽种小麦。清明前后，经过施肥和除草，小麦起身拔节，已经可以遮住乌鸦了。农民有一点自留地，恐粮不够，也都种小麦，唯特别聪明的人才务极少的瓜豆。我家前院颇大，母亲遂在靠墙一带种梅豆，种豇豆，还会抓一把笋瓜籽和丝瓜籽埋至黄壤之中，以待夏收。

木有伐就有植，清明前后也宜于栽树，因为过了这个点，日晒，天热，树难以活。人民公社那些岁月，应清明之节气，总是在路边和水渠边挖坑栽白杨树，几年之后，叶子便有萧萧之感。受长者的影响，小时候我在清明之际也栽过树，前院栽桐树、德国槐树，后院栽柿树和桃树，遗憾桃树未成。我所栽之树，拆迁那年随吾村而逝。

清明节古既有之，是悠久的传统了。内容丰富，不过扫墓至重。所谓扫墓，实际上就是祭祀祖先，出于祖先崇拜的心理，也是慎终追远的一种表达。

长安的扫墓兴于秦，成于汉，盛于唐。唐代朝廷会在清明节放假，令其官员扫墓，若家在外州、外府或外县的，还可奏请返乡扫墓。唐有千百篇关于清明节的文章，吾独爱杜牧的诗，它特有的一种气氛出来了："清明时节雨纷纷，路上行人欲断魂。借问酒家何处有？牧童遥指杏花村。"

扫墓的习惯一直沿袭到明清。清有贤者指出："岁、寒食或霜降节，拜扫圹茔，其日主人夙兴，率子弟素服诣坟茔，执事者具酒馔，仆人备芟剪草木之器从，既至，主人周视封树，仆人剪除荆草讫，以次序立墓前……"寒食节是以禁火的方式纪念介子推的，不过寒食节与清明节在唐就融合了，所以这里的扫墓显然指清明节的扫墓。

在20世纪，扫墓遭遇了封建迷信的指控，遂顿为简陋，不过对祖先的敬意，仍使它得以传续。小时候，我随祖父，随父亲，都曾经上坟。家长捧着祖先的牌位在前，我在后，缓缓进入茔地。拔掉蓬蒿，砍去斜柯，便恭恭敬敬给冢培土：把雨水所冲刷的曲缝浅洞一律填充并夯实，以保护墓穴不受浸泡，再修圆顶部。嘘一口气，遂整平墓前之地，立牌位，献米献面，献酒献烟，献水果，献糕点，烧纸致哀。举目而望，方圆数里，上坟者来来往往，烧纸者星星团团，颇有鬼在之象。

遗憾到了21世纪，一朝城市化，土地突然短缺，天下无不平坟铲冢，长安人遂不能扫墓了。然而祭祀祖先是一种感情，不可断流，于是清明节的晚上，男男女女就选城里的街角，俯首蹲身，划圈烧纸。

清明节正逢春光亮丽，长安人素好出户踏青，尤其是青年，成群结队，以入终南山作乐。唐代长安踏青颇为流行，文士、仕女、宫女，每每人以位分，走曲江池，登乐游原、少陵原，远一点的往樊川。唐诗人崔护踏青，在樊川敲门求饮，见到一个姑娘，面若桃花，遂彼此有意，不过仅以目传情，尚未相亲，崔护也止渴而别。时令循环，又是清明节，崔护之爱难以自禁，又往樊川觅此姑娘，不料人去门空，唯桃花映天，使其惆怅无限，题诗道："去年今日此门中，人面桃花相映红。人面不知何处去，桃花依旧笑春风。"现在的人踏青之心更强，可惜曲江池为楼所围，乐游原也削尽其田，少陵原开发腾腾，遂乘车钻终南山诸峪，鲁来莽往的，不够风雅。

清明节还流行打秋千。资料显示，这是北方山戎之戏，春秋时代传入中原。唐玄宗执政，曾经在宫中立木以打秋千，荡嫔妃于空中，升高落低，宫女嬉笑，他也喜悦。打秋千遂翻越宫墙，进入坊间乡里，风传为俗。20世纪中叶以后，长安打秋千的多是孩子，春风吹红了花，他们便找到绳子，拴在两棵树之间，坐上去推引起来。房前屋后，街头巷尾，到处都是国槐、柳树、椿树、榆树，小孩子选窄距的两棵树，荡得低一点，大孩子选宽距的两棵树，荡得高一点。如此之娱，迁延迄夏。

拔河在古代有祈祷丰收之意，清明节恰恰宜于春播，拔河遂大行。唐中宗有一年幸梨园，巧是清明节，便命大臣分组拔河，宰相、将军，甚至皇亲，都欣然加入。比赛就有输赢，赢者一组必然拉倒输者一组，遂逗得唐中宗笑，皇后、嫔妃和公主也笑。我小时候，到了清明节，学校有拔河，村子也有拔河。学校里的拔河气壮山河，不过总觉得有纪律的约束。村子里的拔河固然散漫、自发，不过偶尔也会举巷动员，全街出战，男女老少全然加入。在村子里的拔河之景忽然浮现眼前，此情此景，将永驻脑海。

清明节也是放风筝的绝妙时候。若天开透蓝，风吹送熏，便当尽松其线，放风筝于万里云霄，以应人的纵情之性。小时候，见城里人骑自行车登我少陵原，不为别的，就借此隆起之势放风筝。旷野无垠，小麦郁郁，有一鸟翔于空中，真是让人想往。逝者如斯夫，桑梓尽去，人何以堪！

中秋节

中国人早就注意到月到中秋有超乎平常之明，并产生心灵的感应。周人会在中秋举行仪式，以祭月迎寒。至魏晋以后，中国人兴赏月，唐人更是流行。也是从唐开始，中国人有了中秋节，千年既久，到现在已经成了传统和习惯。祭月演化为赏月，应该是一种升华，标志人从对月之崇拜发展到对月之审美了，然而祭月并未消失。也许赏月是祭月的置换变形吧！

祖父所主导的一次中秋节，给我留下了深刻的印象。那时候我还没有上学，大约五六岁吧。

有一天晚上，雨过云开，有月忽出，自行于天。祖父净手整衣，搬出一个宽且矮的条桌，放在庭中，并用瓷盘一一陈以石榴、柿子、月饼，还有什么忘了。院子种合欢花树、桐树、德国槐树，枝繁叶茂，互相交错，庇荫甚大，遂只有庭中干爽，月光透明。我以为此乃祭月，也是我家的一次中秋节。

1973年我的祖父西归，不知道在他生前数年，为什么再未祭月，虽然每年都过中秋节。于是那次祭月，就是我所亲历的祖父作礼的唯一一次祭月了，虽然简陋，但它所传递的信息却自古而来，印象是不可磨灭的。

长安风俗，农历八月十五，三秋之半，中秋节这一天，往往是下午，靠近黄昏，每户必烙月饼。这是主妇的事，在我家当然是我母亲的事。

烙月饼要用雪蒿，是生长于土坎上或田垄上的一种野菜。掘雪蒿往往是我的活，母亲吩咐一声，我便出门，出巷，出村，在头枕或二枕的地界采一把跑回去交给母亲。有时候中秋节会下小雨，天地迷茫，不过遇雨我也决不推辞，要把雪蒿采到，因为我长大了。

为了使月饼好吃，母亲要在面里放芝麻，捣碎核桃仁以作馅。也会以红砂糖或白砂糖作馅，这种月饼是甜的，我等小孩特别喜欢食之。月饼有一个大的，直径大约一尺半，有几十个小的，直径大约一寸半。大月饼和小月饼都贴雪蒿，一是装饰，二是提味。雪蒿一经锅炕，叶茎便绿淡黄渲，脆感毕现。

月饼在长安谓之团圆馍，因为中秋节也就是团圆节。中国人追求团圆，并以月之满象征人之团圆。八月十五夜，一边赏月，一边吃团圆馍，其乐融融。然而以种种缘故，中秋节这一天，也许会有人在外羁旅，不能返乡而聚。不要紧，当给在外之人留下大团圆馍的一角，并留下几个小团圆馍，等其回家吃。家有几人，便切大团圆馍为几份，一人一份，不过当在中秋节以后食之。小团圆馍多少随便，八月十五夜所吃的也是它。有一年我父亲在西府的扶风县工人宣传队做事，数月不归，属于他的那一份大团圆馍夹在几个小团圆馍之中，就一直挂在厢房，也就是父母卧室的墙上。怕我偷吃，将其高悬于壁。给父亲留下团圆馍的，是我母亲。当时我尚幼，根本不能理解母亲的心，现在我已经白丝闪鬓，阅历颇多，然而仍不敢自以为能理解母亲的心，或完全能理解。

母亲烙完月饼，会拾月饼于一个簸箕里，并置之于方桌上或条桌上，要供一会儿，才把小月饼拿给我的祖父祖母、她的孩子。大月饼继续供着，到明天才收起来切成几份。也许如此供一会儿，也具祭月的意思吧，然而总之是敷衍塞责了。祖父是清人，母亲是民国人，我是共和国人，时代巨变，在中秋节的规矩上，母亲不胜祖父，我不胜母亲，我的儿女更不胜吾。文化之变迁，文化在中秋节之衰，观之显矣！今之人，只剩下送月饼和吃月饼了，悲夫！

在唐代长安，赏月显然是一种盛举，充满了雅意。道士有传，唐玄宗曾经由天师引领进广寒宫，见宫娥，闻仙乐，流连忘返，并获得灵感，制霓裳羽衣曲。此为神话，不过唐玄宗携杨贵妃赏月无假。为延长赏月时间，唐玄宗尝令工匠在太液池西岸筑赏月台。所选地址甚准，可惜安史之乱爆发，赏月台只建了半截。皇帝喜欢赏月，诗人也就喜欢，他们所去之地，往往是曲江池畔、杏园之边。三五成群，彼此激发，遂多咏月之篇。有一年中秋节，唐僖宗吃月饼，喜其油酥，十分之香，恰闻有进士在曲江开宴，便下诏御膳房包以红绫，送月饼给进士。月饼初入史书，大约便由于此事。

中秋节除赏月之外，也赏桂。目遇之，月光明；鼻嗅之，桂花芳；又有耳闻之，丝竹幽，真是何等趣味。当然还有故事，凡古贤者所创作的嫦娥奔月，蟾蜍变玉兔，或吴刚伐桂，甚至朱元璋以月饼递送起义情报，都会在中秋节讲一讲。长者对晚辈总是说："从前，有一个故事，讲的是……"明清以来赏月，也会猜涉月谜语，遂给中秋节增加了一种新的文化元素。长安一片月，打一小说人物，谜底是"秦明"，不是很有意思吗？

宋神宗熙宁九年，1076年，苏东坡的中秋节是在密州一个超然台上过的。有朋友陪伴，自夜至天亮豪饮，大醉。七年不见其弟，由衷怀念。

缘于此，苏子作词曰："明月几时有，把酒问青天。不知天上宫阙，今夕是何年？我欲乘风归去，惟恐琼楼玉宇，高处不胜寒。起舞弄清影，何似在人间！转朱阁，低绮户，照无眠。不应有恨，何事长向别时圆？人有悲欢离合，月有阴晴圆缺，此事古难全。但愿人长久，千里共婵娟。"中国咏月之文章汗牛充栋，苏子中秋节之词空前绝后。

没有理想的生活，就不会在生活中审美，也不会使生活艺术化。中秋节对月之审美，显然是古人生活艺术化的一个表现，遗憾今人的中秋节，重物质，轻精神，或是生活粗鄙化，甚至退化了吧！

三石纪唐

唐有三石，琢而为器，遂蕴深意，探之可以得智慧，测变化。

李世民昭陵六骏为石雕。

长孙皇后是唐太宗李世民之妻，以贤惠流芳。可惜她应了好人不长远的谚语，三十五岁便死了。李世民登极以后，就有风水先生为他选择穴位，卒定九嵕山修建昭陵。长孙皇后先走，遂先埋于斯。昭陵分布陪葬墓一百六十六座，其中王子七、公主二十一、嫔妃八、宰相十三，长孙皇后是他最亲爱的嫔妃，魏征是他最重要的宰相。

为壮昭陵，遵李世民之旨，刻马六匹，置于北阙之下，以怀其坐骑，也表其武功。这便是昭陵六骏的来历。

当宣布以唐为国号的时候，江湖未靖，长安周边还有隋的残余部队和农民割据势力，李世民既为秦王，肃敌必勇。618年，他乘白蹄乌讨伐金城（即今甘肃兰州）军阀薛举和薛仁杲父子，并平之。石雕白蹄乌昂首怒目，腾空而飞，有不可阻挡之势。619年李世民鞭特勒骠攻打马邑（即今山西朔县一带）军阀宋金刚，消灭了军阀刘武周，收复河东。此马毛黄而透白，应该是突厥马。石雕特勒骠腹小腿长，前蹄跃，后蹄蹬，尽显冲锋陷阵之态。620年攻打窦建德，李世民所策为青骓。此马毛杂而苍白，遭遇五箭，然竟平河北。石雕青骓尾高束，鬃挽花，一副向前奔驰之状。还是620年，李世民乘什伐赤攻打军阀王世充，并平河南。此马为突厥马，毛红而发亮，阳光之下如劲风携带的一团熊熊火焰。石雕什伐赤似乎聚骨肉以鼓劲，并将起而凌空。征服王世充显然是硬仗，一天李世民鞭飒露紫打头斩杀，不料脱离了队伍，在洛阳邙山一带为寇所围。马中一箭，十分危急。幸而随从丘行恭扑过来抡刀叱咤，吓阻敌兵，使之退却彷徨。当是之际，丘行恭迅速让出自己的马让李世民骑着离开，他为飒露紫拔箭抚伤。石雕飒露紫忠实地表现了这一幕。飒露紫静立于地，一副安然顺从之态，丘行恭身穿长袍，头戴兜鍪，斜挂箭囊，俯身为李世民的马拔箭。622年李世民策拳毛䯄在洛河一带讨伐窦建德旧将刘黑闼，击而破之，遂平河北。此马毛黄而旋，长着黑嘴，可怜它竟背中九箭。石雕拳毛䯄体硕气闲，仿佛在休息。梁思成曾经极力赞叹昭陵六骏的艺术之高，遗憾美国人在1914年将飒露紫和拳毛䯄盗往美国，今藏宾夕法尼亚大学博物馆。其余石雕也为美国人所盗，只是西安人发现后不答应，遂在潼关一带拦截了回来，其今藏西安碑林博物馆，可惜它们已经被割为几块了。我多次到博物馆欣赏昭陵坐骑，见石雕切线斜贯，不得不以钢筋紧箍以防散架，又失飒露紫和拳毛䯄，每每思骋今昔，悲痛于心。

乾陵有石碑，但它却不勒语词，空空如也，是为武则天的无字碑。资料显示，其为当年于阗国所进。

武则天开始只是唐高宗的一个妾，不过她喜欢权势遂阴取而恶夺。她当然也不乏政治诡计。她以捂死自己女儿并嫁祸于王皇后的方法，使唐高宗废王皇后，立她自己为皇后。宰相褚遂良直谏唐高宗以武氏为皇后不妥，并以辞官归田相劝，此时此刻，武则天竟隔帘怒吼：“何不扑杀此獠！”一旦武氏为皇后，潘多拉的盒子便打开了，遂朝无宁日，国少祥云。她砍断了王皇后和萧淑妃的手足，并把她们塞进酒缸之中腌渍。凡是过去反对她当皇后的大臣，一一削职，贬出长安。在封建社会，太子是天下的根本，不可轻摇，然而武则天兴风作浪，废太子李忠，剪太子李弘，再废太子李贤，三废太子李显。以后虽然李旦为唐睿宗，但她却临朝称制，独断大事，从而抗议蜂起，边境收缩。为当女皇帝，她以唐宗室王子王孙为障碍，遂一杀再杀。中国皇帝的位子，要么是暴力而得，如秦之嬴政，汉之刘邦，要么是禅让而得，如魏之曹丕，晋之司马炎；要么窃取，如武则天。武氏为女皇帝，自知不合程序，害怕有人反对，便大敞告密之门，进行镇压，于是恐怖的乌云就垂天而下，尤其是大臣，上朝前往往要诀别妻子，因为害怕死在外边。她还重用酷吏，滥施酷刑，以从肉体上和精神上摧毁异己分子。她的科举考试，固然使社会底层的平民子弟得以脱颖，不过其目的是要发现和培植忠于女皇帝的力量。

武氏与唐高宗合葬于乾陵，其石碑是竖起来了。高近八米，宽两米余，重有十吨，不知道当年石碑是怎么竖起来的。我觉得这方石碑端正规矩，凝重厚实，真是不失其美。碑首浮螭八条，互相缠绕，鳞显骨露，静动有致。碑座有狮有马，其马屈蹄俯颈，温良驯顺，其狮扬头峥眉，凶猛威风，难明其旨。石碑是可以竖起来的，然而立传颇难，记武则天的什么呢？谁来记呢？遂空空如也，为无字碑。

如果让我为武氏立传，那么我想表达的意思为：武则天是中国文化在须臾之间所孕育的一个怪胎，为妻不贞，为母不慈，当女皇帝而行男子之法，其不仁有过之无不及。但她却实现了作为人或作为女人的所有欲望。

杨贵妃的海棠汤，在临潼华清宫，是青石拼砌而成的。

我尝认真研究过唐玄宗与杨贵妃的关系，确认他们之间的纠葛非常复杂。不过杨玉环集性爱、母爱与女爱于一体，倒是完全吸引了唐玄宗，并无为而治地控制了唐玄宗。杨贵妃也并非一些道学家所指责的红颜祸水，相反，她是一个好女人，也是一个受害者、一个替罪羊。

大约从747年到755年的九年之中，一旦大雁南飞，草木黄化，唐玄宗便带杨玉环往临潼去，在华清宫进行所谓的避寒，一住数月，春暖花开才回长安。他泡莲花汤，杨玉环泡海棠汤。莲花汤和海棠汤都是浴池，具进水口、出水口。水为活水，有地热，属于温泉，不过唐玄宗洗莲花汤，当然大气，杨玉环洗海棠汤，遂为小巧。一个皇帝给一个女人作浴池，也许中国历史上还没有过，这恰恰证明了唐玄宗对杨玉环的宠幸。不过这里也可能隐藏有一些秘戏，因为唐玄宗是信奉道教的，难免会做采阴补阳的实验以求养生益寿。

海棠汤分为两层，杨玉环可以膝浸暖波，背靠上层，也可以半卧清流，斜依下层。上下两层的青石都磨成凹状，似乎光滑得体，细腻舒身。资料显示，杨贵妃泡澡之际，于水中撒丁香、麝香、沉香、多摩罗香，撒紫檀和花瓣草蕊，海棠汤遂为浓郁之芳汤。杨玉环或坐或卧，一展妩媚诱惑。凝脂一沐，骨酥肌滑，便成娇娃。我以为让四方之客观瞻海棠汤，是在暴露杨贵妃的隐私，也在暴露中国的隐私，不雅得很。

大约从杨贵妃奉陪皇帝避寒华清宫的时候起，唐玄宗便越来越推卸作为君主的责任，先放手宰相李林甫处理大事，后放手宰相杨国忠处理大事。这些人为争夺权势，结党营私，从而诱发社会的危机，尤其范阳节度使安禄山重兵在握，反意藏心。但唐玄宗却沉浸淫逸，感觉形势一片大好。755年，安禄山以讨伐杨国忠之名，突然叛逆举兵，遂使长安震荡。煌煌大唐，便由盛而衰了。

史家素有定论，李世民执掌之唐，民耕其田，士求其途，人口增长极快，犯罪率最低，而且疆域辽阔，是黄金时代，因为他任贤用才，律己勤政，是明君。然而如果他是一个昏君呢？如果他是一个昏君，那么究竟谁又能把他怎么样呢？谁也约束不住他，改变不了他。皇帝为天子，是替天行道的，不是为黎民服务的，制度如斯。然而如果皇帝是黎民推举的，那么他就需要为黎民工作，并受黎民监督。他应该公正透明，不得惰怠，否则黎民便会让他下台。显然，制度决定社会的文明，皇帝如唐太宗这个人创造黄金时代实在是偶然的。靠皇帝就错了。

李治继承了李世民的皇帝之位，也继承了李世民的制度，然而这个人既脆弱又平庸，遂使武则天穿帷指手，透幄划脚。武则天甚至推翻了接李治之班的李显，控制着接李治之班的李旦，终于自己登极当女皇帝，造成王朝倾侧，天下紧张。无人能管李治，武则天就乘虚而入，排懦称霸。李隆基相当杰出，要相貌有相貌，要能力有能力，要气魄有气魄，从而匡正社会。不过李隆基也可以由励而懒，安乐一身，导致万家悲愤。凡是人谁都有堕落的元素，这使其往往与时而毁，应物而坏，是不牢固的，因为智常常会昧，德常常会缺，所以创造先进制度以管人，包括管皇帝这个人，管一类人或一派人，才至关重要。如果唐有良策，那么将阻止武则天篡国，也将促使李隆基保持振奋的精神，否则制度就要发挥作用了。制度将强迫他离开华清宫，到大明宫来早朝。遗憾的是唐毕竟是唐，唐有它的局限。

中国人对唐一向满怀美感，诚意向往，甚至认为中国的复兴多少是以唐为参照目标的，追求唐的气象和光荣。实际上建设先进的制度比打造唐的气象和光荣更富价值，也重要得多，紧迫得多。

人都很忙，没有时间读唐书，遂建议读唐石，不必多读，三石足矣！

小路

出蕉村的几条小路，我一一走过，想起来感慨竞涌而难抒。

东南方向的小路通杨村、新寨子、旧寨子、新合村。

祖父有一个妹妹嫁新合村，这里过会，他遂带我往姑奶奶家去做客。那时候，我也就三岁吧，走不了一里便累了，于是祖父就架着我走。坐在祖父的颈上，我竟撒了尿，流了他一身。我是长子长孙，深得祖父之爱，他也不恼，反而笑眯了眼睛。记得祖父当年穿着白绸衫、黑布鞋，摇一把蒲扇，脚步轻捷，自有潇洒。祖父1973年逝世，至今已经43年了。1963年祖父携我至新合村，至今更是53年了。

东南方向的小路比较背，因为这一带地薄粮少，比较穷，人来人往比较少。也有几次我独行此小路，可见生产队的牛马游吃麦苗，罕见有男女的身影。14岁那年初春，我腰上出疮，又沉又痛，便遵母亲之嘱至新合村找我姑爷爷看病。姑爷爷揭开衣服看了看痈疽，说：“下搭手！”就从竹篮里取出一块旧布，在结实的地方摊了一团膏药，剪成馒头大小一个圆片贴在疮上，轻轻拍了几下说：“不要紧，拔了脓再来。”姑爷爷声音沙哑，满嘴黑牙，切了一盘冻肉让我吃。我觉得脏，不敢吃，他遂津津有味地自己吃了。几天之后，我又换了一副膏药，疮痒着痒着就痊愈了。姑爷爷干瘦干瘦的，我想，他的声音只能是沙哑的，甚至偶尔会弱得像要断气似的。姑爷爷医术甚高，遗憾的是他的几个儿子都不喜欢中医，竟没有继承下来。走在弯曲的小路上，望着一望无际的田野，我尝暗想，我也可以向姑爷爷学习中医！此念如烟，转瞬就散了。

裴家崆村也有一个姑奶奶，还有一个姑姑，我曾经随祖父祖母一再出门至此。这是一条东北方向的小路。

姑爷爷在单位工作，经济有余，用餐的时候总是大人一桌，小孩一桌，小孩的这一桌当然是低矮的。菜都一样，会陆续端上，然而大人喝酒，遂有敬有受，也有回礼。执壶端杯，或起或坐，热情而不失序。我难免会停下筷子，看着大人喝酒。祖父往往倾杯而尽，其嘴唇与杯缘以气流相吸，发出干净的音响，此乃一种妙技。我父亲也能喝酒，但我却绝之，不沾一滴。姑姑和姑父都是农民，除了年画以外，环屋都是空墙，菜也简单。然而他们待我又亲切，又诚恳，我觉得十分自由，甚至可以反客为主，称霸于三表弟之中。

我印象最深刻的是沿途的风景，风景最震撼的是排列成阵的石人、石马和石羊。过了高望堆村，石像便出现了。明秦王陵13座，悉在少陵原上。我往裴家崆村去，要穿过世子井村，数里之外，东望简王井村，西望三府井村，都是王陵，王陵之前皆立石像。这些石像尽为青石，不过几百年的日晒雨淋已经让它们发白。石像寂静地踞于黄土之上、树木之间，不禁让我手脚收敛，甚至让我肃然沉思。

至南里王村、北里王村，或夏殿村，只能走西北方向的小路。

祖父的舅舅在夏殿村，他曾经引我去过一次。我的一个同学在南里王村，当年补习考大学，彼此多有往来，并去过他家。此小路也比较背，坎横沟纵，起起伏伏。20世纪70年代以前，冬日的深夜，随风而来的还有狼的长嚎。至南里王村见同学那年，我已经18岁。此小路全程荒埂，不过也无所畏惧。骑着自行车，遽然早出，悠然晚归，脑海里尽是未来之谋，有什么可怕的呢！

向东的小路尽管也是小路，不过它通公社，遂略宽一些。此小路也是直的，即使拐弯也随便不得，非直角不拐弯。村与村之间的小路无不是黄土所铺，然而公社向外辐射的小路皆由烧过的蓝色炭渣所铺。权力之贵，当年在乡间也是不含糊的。

汉宣帝葬杜陵，他的许皇后葬少陵。少陵原，以至杜陵公社，杜陵中学，皆以坟茔得名，因为在封建社会，这些坟茔都是至高无上的。

杜陵公社驻东兆余村，韩家湾村至东兆余村也只有几百米。杜陵中学在东兆余村与韩家湾村之间，显然有其根据。

1973年至1977年，共有5年，我频频走此小路。我擦韩家湾村而过，至杜陵中学读书。周边大约有10个村的学生于斯读书，相距最近不足一里，最远二里有余，各村学生皆无住校。读完初中，又读高中。

经朱家巷，再经堡门，向东便是奔中学的小路了。冬季上学，天还未亮，遂约上同学做伴。实际上一旦步入此小路，便碰到同学。自己以为早，尚有更早的。自蕉村至中学，近三里路，学生永远是步履匆匆、私语窃窃。

走此小路，确实让人增加见识，不过这并非专指中学的教育。每天过朱家巷，过堡门，或过晁家巷，每天的观察都有启示。那时候，农村的活动都听铃声。铃敲声响，凡劳力都扛着锄或别的工具，散漫下地。午饭是主餐，男的都喜欢蹲在门外吃。面条是用盆子盛，两个或三个馒头会用筷子直穿而过，挑起来大口大口地吞嚼。一边吃，一边聊，意见相左，辩着辩着，忽然就翻脸，动嘴相骂，以至动手相打。有壮妇或美妇惊呼破门，冲过来帮助自己的丈夫。旋有男女拥上，唯长者会挤过去让彼此息怒。骂仗打架算是紧急之事，也是热闹之事，偶尔才有。农民总体是老实的，平和的。吃了午饭，若有时间，也有兴致，就会唱几段秦腔，或下几盘棋，以在无穷无尽的苦日子里酿造属于自己的小快乐。

往来在这条路上，可以随意游目，扩展视境。田野任性起伏着，远方总是地平线。庄稼有两种，从中秋至来年的初夏是小麦，当年的初夏至中秋是玉米或谷子。田野闲不了，农民也闲不了。种下小麦以后，便要用架子车拉粪施肥，一遍又一遍地除草，若干旱还需灌溉，直到麦子黄了，开镰收割。种下玉米或谷子，也需上粪。间苗、浇水，当然也是必需的。麻雀会啄谷子，所以要吆喝着扬鞭赶鸟。收玉米，收谷子，也是火烧眉毛的工作，因为及时种下小麦才能保证来年的丰产。农民不是在田野忙，就是走在田野的小路上。那时的他们根本不能做别的，卖菜、卖鸡蛋或以细粮换粗粮，都不允许。他们只能脸向地，背朝天。他们困于田野，束缚于天地之间。我从小路上走过，无日不看到在起伏的田野里耕耘的人，有时候是长长的一排，有时候是歪歪扭扭的数列，有时候像一把豆子似的散落着。

田野也以庄稼的生长或短暂的休止变幻着颜色。小麦刚种下时是嫩绿，冬天是墨绿，春天是翠绿。小麦黄了，收割以后，会留下一层小麦茬子，望过去田野竟是白的。冬天有雪，田野也是白的。不过小麦茬子的白仿佛是田野的呼吸，但雪的白却是田野的酣眠。玉米和谷子都是绿的，然而玉米绿得飘逸，谷子绿得深沉。

冬天的深夜特别安谧，早晨打开房门，便见雪满院子。打开院门，上学去，朱家巷还没有足迹，不过堡门一带已经脚印杂沓，小路上的学生更是三五成群，嬉闹而行。20世纪60年代和70年代，雪很多，而雪则总是让人兴奋。农村的孩子多穿了家长做的棉鞋，暖是暖，可惜无法隔水防潮，到了学校，踏上砖砌的甬道，遂用力抖雪。雪倒是掉了，然而坐在教室便觉得棉鞋湿透了。秋季雨繁，常常一下就是十天半个月，这真是一种困扰。只有个别学生有伞，一般都是戴一顶草帽。上学去总是零零星星、断断续续，但放学回家却是所有班级一起走，小路上遂草帽逶迤。泥泞不堪，只能探着走，鞋湿、裤管湿，然而青春是无所畏惧的。

当年的教育没有尽其责任。教育不但以批判为务，而且教育还要学习大寨，吾辈颇受耽误。

在这条小路上，我思考了很多问题。同学可以发展为朋友，不过同学里也有坏种。教师的身份决定了他们应该传道、授业和解惑，然而教师里也有歹徒。通过中学和高中所走的这条小路，人生既拉开了璀璨的大幕，又隐约在戏台的一角露出了它的艰险。

向西的小路有两条，一靠南，一靠北，都可以往韦曲去，当时的长安县政府便驻于斯。朱家巷距靠南的小路近，我习惯走这里。不过我偶尔也走靠北的小路，尽管它远一点，然而没有庄户，遂具空旷与宁静的魅力。

靠南的小路，穿西兆余村，又穿皇子坡村，便至韦曲。仅仅5里，少陵原的台地便变为韦曲的川道。皇子坡村是少陵原与韦曲的过渡，沟壑纵横，壁断坡斜，尽展黄土的落差。小路便环绕于崖顶与崖底之间，会晕头的。韦曲水明鱼翔，稻香荷红，众蜻蜓和众蝴蝶有层次地飞越于碧蓝的空间。唐朝显赫的韦族曾经居于斯，只是不知道他们现在居于何处了。此地男女衣饰、神态和语气，显然异于少陵原。

小时候，我一年之中随母亲要行此小路数次，去看望舅爷和舅奶。稍长我便经常独赴韦曲，在文化馆浏览一些报刊以后，吃红肉煮馍一碗，惬意回家。之所以能如此享受，是我的父亲有工资。这条小路通韦曲，韦曲有15路公交车可以至三爻，再至小寨，再至南稍门，再至南门，便进西安城了。走此小路总是让人产生对文明的向往，并增加人生的动力。

1967年夏秋之交，我在蕉村小学门口远见几个人抬着一个死者从杨村一带而来，默默过蕉村，又远见入西兆余村，以往韦曲的权力机构去请愿。长者说:“新寨子和旧寨子武斗，把人打死了!”

朱家巷靠南，于是向南的小路我就特别熟悉，也特别亲切。此小路两边是我家所在蕉村第一生产队的耕地，我无数次看到母亲的背影夹杂在一群女社员之中参加劳作，我也无数次看到母亲的微笑驱散倦意，匆匆而返。我也曾经沿着这条小路至田野割麦子、捡麦穗、割谷子、摘谷穗或掰玉米，也除草、松土、运粪布肥。不过我越干活，越不愿意当农民了。把式很多，他们得意地犁地、扬麦种、播谷种、点玉米种，把劳作化为了艺术，不无喜悦，可惜我不能。

在小学五年级的时候，我养了一只狗。冬天到了，雪盖大地，茫然一片，我便带着狗从这条小路上往田野去。我希望碰到一只兔子，让狗抓住它。小路上的雪光洁完整，狗跟着我跑过，留下人踪和兽迹。我吆喝着狗在路东冲一冲，在路西闹一闹，只是雪厚如毡，跑不动，也没有什么兔子。不过很高兴，有一种俄罗斯草原上的味道。

有近乎十年，知识青年也在此小路上往来。他们总是同进同退，郁郁寡欢，不能融于农民之中。男女之间要嬉戏，便会先东张西望地观察一下，再拉拉扯扯。姑娘遂涨红着脸，把小伙子推开。在田野嬉戏，他们还是很节制的。然而新的政策发布了，他们就卷被子回家，摆脱了贫下中农的再教育。

我家的祖坟在路东的坡地上，封土浑圆，长满了百草和苜蓿，并有乔木绕之而起。有一次，逢清明节，我由祖父带着烧纸祭祀，似乎还碰到过从朱坡村和四府村赶来烧纸的，他们是我的本家。公社强大至极，竟无声无息地以拓荒扩田的方式把祖坟夷平了，本家也就不见了。

我祖父逝世以后，埋在了路西的一片高地上。为他送葬的儿孙、亲戚和乡党，是从这条小路上走过的。八个壮汉抬着祖父的棺材，稳稳向前。我披麻戴孝，捧着祖父的遗像走在送葬的队伍之首。两年以后，我祖母的棺材也由这条小路上飘过。

我荣幸地遇到国运之转，19岁考上大学，之后工作，算是离开了蕉村。不过父母在，屡屡回家。小路依旧，心情不同。我深刻的体会是，只要跨上少陵原的小路，我就觉得这个世界是踏实可靠的。小路及其两边的白杨树、小麦或果园，不仅可以审美，而且能治愈精神的创伤。

21世纪，有名为管理委员会的机构出现，属于政府与企业的合体，目的是发展经济。于是，蕉村就拆迁了。它周围的村子凡临韦曲的都拆迁了，从而少陵原的一半便改变了面貌。村子没有了，小路也没有了。高楼耸峙，由沥青或水泥所修的大道遂不可一世且毫无人情地径南径北、径东径西。

我常常想起自己曾经走过的小路。实际上我走过的小路，也是父母所走过的，也是祖父祖母所走过的。这些小路究竟起于何时，不易求证。史书说："（宣王）囚杜伯于焦。"传说焦就在少陵原上，蕉村由焦村所改。如果以此考之，那么蕉村的小路已经2 800年了。这些小路的产生都很自然，前人一走，后人再走，走的人多了，就踩出了小路。小路不规划、不设计，图的是方便和快捷。小路显然支持了祖先的生存和发展，功莫大焉！通婚、通亲、通信、通市、交敌、交和、交娱、交盟，都以小路而成。小路沉积着自有农耕以来的层层叠叠的传统文化。

少陵原上的百余聚落，尽由这些小路连接。关中的所有古镇，乃至九州之城，也由这些小路连接。小路是中国的神经和血管！

明德门

我在西安迁居三次，2002年宅于明德门，时间一长，还真是喜欢这里了。

初至明德门，难免怅然。其东的朱雀路处于断头状态，根本不知道何年何月会打通。其南的丈八路是石子与炭渣所铺，遍处崩裂，一旦下雨，车辙深陷，泥浆便飞扬四溅。它的两边春有小麦、秋有玉米，完全是农村风光。社区之间的几条明德路冷冷清清，只有一家扯面馆、一家牛羊肉泡馍馆和一家杂货铺，连一家发廊也没有。人与人相遇，彼此不熟，目光便警惕起来。

积日为月，累月成年，一味沉于工作之中，不知不觉，对明德门的树木、气息和声音已经习以为常，似乎也不在意它的什么了。

俯仰之际，睁开眼睛，顿然发现这里除了空间没有变化，其中的一切都在变化。这不禁使我惊喜。

以人多之故，来来往往，需要注意避地让路，否则会迎面相碰。有时候便问，这些人都是何处的？怎么都汇聚在明德门了？当然也是随问随置，不求甚解。晚上7点前后，夜市开张，卖馄饨的、卖冒菜的、卖烤肉的、卖凉皮的、卖炒米的，各占一角，尽显其能，以保证谁都能享上口福。灯火辉煌，也不用吆喝。汽车像从天上掉下一般，常常会互相拥挤，形成堵塞。经过这里的巴士很牛，其喇叭偶尔要响一声，不过听起来是颇为节制的。凡明德路两边的门面，无不尽显其用，银行、医院、药店、茶社、衣饰，当有悉有。民以食为天，餐饮遂最多，生意也最火。独门的行业也能发展，打字、复印、照相、洁牙、美容、书画辅导和打拳教授，无不存焉。黄色的单车无中生有，靠在墙上的样子像夕阳似的闲散。朱雀路已经打通，由此出朱雀门，可径达终南山。丈八路也以沥青筑成，走起来颇为宽阔。两排女贞迎风，万座高楼竞耸，农村的痕迹杳然难察。社区已经热闹且繁华，并纷呈着一些时尚的元素。

明德门是唐代长安城三个南门的中间的门，属于正门。当年它设五门道，但长安城别的外郭之门却只有三门道，足证其重要。明德门五门道各宽5米，进深18.5米。它的五个门道皆可并行两车，不过中间的门道只跑皇帝的马。明德门上建有楼观，北望是皇城的朱雀门，再北望是宫城的承天门。韩愈所赞的天街就是从明德门到承天门之间的街。

可惜明德门湮灭一千余年了，不但其雄伟无影无踪，而且它的所在之域也沦为西安的郊区了。我想，也许曾经还有狼在这一带的田野游荡和寻觅吧！

不过，一千余年的田野现在也消失了。经考古勘定，唯留明德门的夯土遗址，遂作了保护。于是一段明德门遗址就变化为一个公园，老者在此闲坐，幼者在此学步，快乐的是妇女，她们不分昼夜地在此唱歌和跳舞。

明德门的卫生过去不怎么好，令我久久皱眉。我曾经暗忖，也许这里除了没有卫生以外，任何脏东西都不缺吧！

然而我终于注意到此情况也在变化，仿佛一夜之间，社区经过了一次彻头彻尾的沐浴，完全是脱俗而出，干干净净了。树叶落地就扫，甚至要禁止烟头落地。污水没有了，浮尘也没有了。有一天，我经明德路回家，忽然看到行道旁的冬青上，每隔三五十米，便挂一个铁皮罐，以督促人有规矩地扔烟头、扔纸屑、扔果皮屑，竟莞尔一笑。垃圾箱也置路边，但悬挂的铁皮罐却反映了一种特别的状态。

一切都在变化，不仅仅是我栖息的明德门，实际上浩瀚的宇宙，小小的地球，古老的中国，无不在变化。探究世界变化的原因非我所能，但明德门变化的力量却是我可以感受的，它是人对财富的追求及对文明的向往。

04 思考人生和社会

导读

芥子虽小，可纳须弥

本辑以“思考人生和社会”为主题，收录著名作家朱鸿先生散文十篇。这些作品中，举凡做人、论道、治学、读书、事亲、交友，内容广泛，感悟独特，持论精辟而不失平易，新见迭出又机智敏锐，充分显示了作为学者的朱鸿先生洞察世态、深刻通达的思想境界。

我们知道，按照传统的文体分类惯例，散文和诗歌都被称作“抒情性文体”，但二者所抒之“情”有着根本的区别。诗歌所抒之情是情意、情绪，是通过想象与虚拟而高度概括并抽象化了的感觉类型；而散文所抒之情则是情趣、情致，或通过叙述经历，或借助省察心境，或依凭审思意绪，从作者主体感悟出发，抒写其彼时彼地独特的心理体验。正如清人吴乔在《答万季野诗问》中所说：“意喻之米，文喻之炊而为饭，诗喻之酿而为酒。”如果说诗歌是把米酿成酒，淬炼情感、变化气质，重构审美对象形态的话，那么散文就是把生米煮成熟饭，虽汇聚一炉，但每颗饭粒却是具体而鲜明的。所以说，自明心志、独抒性灵正是散文写作最重要的文学价值与艺术特色。尤其对于本辑这类明显以哲理见长的知性散文而言，其美学价值主要体现为“审智”，即：谋篇布局发端于“纪实”与“思辨”，艺术特色体现为“随物赋形”与“明心见性”。

“纪实”，则平中见奇，作者常常从身边琐事与点滴感悟写起，在时间的河流中发现、领悟、凝聚自我精神世界中那些特殊、精微、反常乃至突破一般思维惯性的理解与体验，透过习焉不察的人生表象，发现曾经被记忆尘封的生活智慧。比如，《药叫黄连》中，出生三天的经历与三十年间的领悟，便构成了一种饶有兴味的对视：纵然天道轮回，人事代谢，也始终无碍甘苦遍尝、步履蹒跚的生存宿命。黄连泛苦，是作者人生的况味，更见证着生命仪式的庄严。母亲意味深长的注视，最终内化为“我”反躬自省的视角。黄连虽小，作者却从中品味出运命际遇，在情感的深沉节制与意到笔随的章法开阖之间，构成了一种从容不迫的艺术张力，从审“美”走向审“智”，这是哲理性散文纵深开拓心理空间的典型呈现。

“思辨”，则引譬连类，作者跳出对事物普遍刻板的印象，积极挖掘文章表现对象的独特品格，多角度呈现自己对于司空见惯、习以为常的社会现象背后之人性幽微暧昧的解构与颠覆，让读者从对“这一篇”内容的陌生化理解，转到对“这一个”灵魂的独到发现。作者着眼于从“小”事件中发现“大”道理，从而体现哲理性散文“以小见大”的创作手法。正如在《朋友之道》中，作者论交友之道，可谓别开生面。在世俗人眼中，所谓朋友，无非光风霁月、高山流水，无非千金一诺、生死相托。人们多习惯于从相知、相携、亲密无间的正面意义去理解交友之道。但本文起笔却另辟蹊径，将朋友关系脆弱与动摇的一面写得入木三分、发人深省。在作者笔下，伯牙在子期逝后孤独的背影、史迁跌入人生谷底时幽怨的悲怆、嵇康面对小人嘴脸时的鄙夷与决绝、苏轼被佞友构陷而遭逢的坎坷运道、无一不展现出人心之莫测与知音之难觅。而犹大对耶稣的出卖，培根对艾塞克斯伯爵的恩将仇报，特里普对莱温斯基的欺骗，更是将损友的背叛与伤害在含蓄内敛的记述中展现得淋漓尽致。朱鸿先生散文的叙事颇具春秋笔法，在冷静客观的史料爬梳后寓褒贬于纤毫毕现的细节刻画之中。而在一番人性检视之后，作者又反躬自照，让历史照进现实，最后说出自己心目中理想的交友之道，一笔扫开前文郁结的心理阴霾，于顿挫中不失希望。本文从“审丑”始，以“审智”终，其思辨性依托心理的纵深拓展而有了层次的提升。

散文，不同于诗歌，其情感突出呈现了独一无二、言人人殊的张扬自由的特点；散文，更不同于小说、戏剧，其行文结构开放而无定态，无须遵循特别的章法与模式。鉴赏散文，就是在体味散文“随物赋形”与“明心见性”的艺术特色。随物赋形，意味着散文创作不拘一格。作者独特的心理感受，相对于其体验到的日常生活现象、自然风物或历史人文景观，往往表现为一种征服、重构乃至变形的效应。明心见性，则意味着这种征服最终将内化为创作者自我觉知的心理景观。如《张良论竹》一篇，作者以竹探理、用竹说史、借竹喻人。竹形、竹态、竹貌具体而微、活灵活现，简笔勾勒，如临其境，可谓以“实”通其意，着力营造局部的真实可感；而竹格、竹品、竹理则耐人寻味、启迪有方，工笔写意，循循善诱，可谓以“虚”明其旨，突出彰显全篇的知性魅力。静水流深，曲尽其妙，作者通过虚构张良托梦于己，道出生存需要视野中的“有用”与“无用”之辩，彰显出通透练达的人生智慧。艺术，是一种逼真的幻觉，在散文写作中，细节越真实、越独特，则理性的哲思就越具有认识价值与思想深度。而《放弃》一文，以寓言的方式行文。作者摆脱字字务求来历的烦琐考据，卸下事事须有所本的沉重论证。在文章中，高山何处、城市多大、老者是谁，都无关紧要，重要的是，他们都是作者展开哲思的序幕与前奏。与其说是他们在与作者对话，倒不如说是作者在与自己对话。“放弃”的意义最终被放弃的对象所决定，视角对峙中拓展了思辨的深度。其他如《围墙》与《人生三大红运》中反向落笔，对面取譬，从否定性命题出发回溯心路历程；《生活的快与慢》《风凌石》中对于人化自然的独特领悟。这些篇章无不在形式上不拘一格、各擅胜场，在领悟中不宥成见、自脱流俗。散文的欣赏价值正在于作者要看到别人没看到的东西，以及感觉到别人感觉不到的自我，本辑的文章在题材开拓与精神深度方面都达到了这样的高水准。

好文章有聪明劲儿，但聪明人未必能写出好文章。如果创作者学问有余而聪明不足，则其文容易因炫耀才学而失之傲慢；而如果创作者聪明有余却学问不足，则其文又常常因卖弄机灵而稍显轻浮。所以，以感悟人生、思考社会、发现新知为主题的哲理性散文创作之难，就在于如何将情趣、见识与学问恰到好处地熔于一炉，使知性与感性之间不存芥蒂。选材“小”，并不是螺蛳壳里做道场，格局局促；持论“大”，也并非天花乱坠论虚无，内涵空洞。那些真正闪烁着思想光辉的散文，必定是“芥子能纳须弥”的深谋远虑之作。应该说，本辑的散文就比较好地协调了才、学、识之间微妙的比例关系，旁征博引，而并无掉书袋的芜杂，谈笑风生，却没有戏说式的浮浪。可见，学者创作散文，贵乎从容节制，而不逞才使气。

陕西省教学能手、西安市课程改革先进个人，

西安高级中学　陈　栋

药叫黄连

黄连是一种药，味苦，能清热燥湿，泻火解毒。我出生之后，母亲看我可以长成，属于世间的人了，便将黄连熬成汤水灌进我的嘴里。那时候，我的生命履历的长度只有三天。母亲的用意，无疑是为了我好，但她却一直没有向我详细地解释这件事情，直到现在。知道自己刚刚出生就服下了黄连时，我已经三十岁。三十岁之后，黄连的苦味才泛上我的心头，我一半惊异，一半安然。我曾经要询问母亲，不过见她出出进进地忙着，沉默而忧虑，便打消了这个想法。母亲老了，翻检这件陈旧的给她的婴儿喂饮黄连的事情，很可能使她伤感。也许她忘记了，也许这根本就没有什么别的意思，这仅仅是一个民俗、一个习惯，但我却依然不能去问。万一母亲有她的蕴意，我岂不是惹了母亲。尽管是一个农村妇女，但母亲却并不是糊涂的人，而且询问的时候，我的神情难免泄露我真实的境况，她一旦觉察，一定会为我难过且牵挂。母亲过于器重我了，她盼我好，一切都好，这反倒增加了我的负担。从城里回到乡下，我尽量显得快活、得意，仿佛我在这个社会混得还不错。当然，发自内心的高兴，母亲还是有的，一次是我终于考入大学的时候，一次是我开始发表文章的时候。母亲知道，这些是我想做的事情、梦寐以求的事情，成了，我高兴，她自然高兴。然而，人生如愿的事情毕竟是少数。

在一些日子，我早晨醒了，赖着不想起床，我想就这么睡着，一直睡下去，睡它一个有始无终才惬意。泪水涩着目眶，房间沉寂而冰凉。活得很累，累得使人生都失去了其意义。然而，放弃自己所追求的，包括放弃那种世间认为的庸俗的功名，难道就柳暗花明了？我不敢这样自信。轻松地活着，差之毫厘，就是无聊地活着。这种状态似乎并没有沉重地活着高明。反复考虑的结果是，在世间，人对幸福的期望程度合适才算智慧。这样想想，人生的苦味就冲淡了，而且我有黄连垫底。

张良论竹

张良庙有竹，有竹不奇，天下处处有竹，奇的是，张良庙的竹，根部之节皆是弯的，其节弯得适度、匀称，如弓如月，抚摩抚摩，手感清凉光滑，叶子微微作响。

张良庙的竹为什么是弯的？这个问题困惑我颇久。流行的说法不一，一曰张良辟谷时候，攀食其花，压竹而弯；一曰老子所骑的那头青牛，驮送经书，在此地遭遇大风，经书散乱，化竹而弯。传统的解释，当然是一种解释，不过有研究物理的学者讥讽这些观点，认为节之所以弯是由竹的种类或水土所致，并做试验：将外边的直竹移入张良庙，将张良庙的弯竹种到别处，结果是，移入的直竹变弯，植到别处的弯竹变直，人大呼其异，又沉默不语。

某年某月某日，我随朋友到张良庙去，见到了这些竹。两位女士倚竹照相，笑漾语纷，十分兴奋。我远远而望，悄然而问：这些竹为什么是弯的？如果它们与张良是有联系的，那么张良过去一定在此地隐居了？关键是，人可以影响草木吗？我想来想去，不得其解，甚至还越来越糊涂了，遂把问题悬置起来。

不料天助我，我竟梦见了张良。恍惚之中，他拄着拐杖翩然而至，其脸瘦须修，自言自语："竹子通直，人速砍伐，竹子曲折，人怠砍伐，生存之需啊！"我惊诧而喜，便要礼拜致谢，但张良却飘然而逝。我睁开眼睛，东方既白。

放弃

我曾经走过三座高山、九座城市，向一位老者请教成功的秘诀。我所谓的成功，不仅仅包括人的名位和财富，而且包括人的境界和幸福。

“减法。”老者说。

可惜我不清楚减法的含义，仍感到困惑。

“放弃。”老者说。

我似乎觉悟了一点。然而我在世间并不拥有什么，正因为我什么也没拥有，我才充满了获取的欲望，而欲望是伟大的动力，难道我要放弃欲望吗？我依然是困惑的。我看了看老者，发现他已经有一点烦，不想理睬我了，大约是觉得我愚钝吧。高士都是这样，点化只那么一点。

回家之后，我读历史，发现伯夷放弃过周粟，陶潜放弃过县令，温莎公爵放弃过王冠，托尔斯泰伯爵放弃过华贵，张学良甚至放弃过自由。我感到神秘并敬畏的是亚伯拉罕，他不但放弃了自己，而且还愿意放弃儿子。我终于明白，放弃是一种选择，有时候放弃是无奈的，有时候放弃是主动的，然而，唯大智慧才能大放弃，大气魄才能大放弃，大信仰才能大放弃。显然大放弃才是大追求。

1996年11月7日10时附记：我最初的放弃是多年以前我在乡村对一笼麦穗的放弃。我捡的麦穗，装了足足一笼，这是我平常所没有的成绩，我小小的伙伴都用羡慕的眼睛望着它。我当然得意，不过窃喜之间，天降大雨。回家的路很远，浸水的麦穗更沉，而且闪电照亮了少陵原上恐怖的云兽和树怪，而且其他孩子轻烟似的都跑了。非常明显，这些麦穗与我是不能同行了，我只能放弃。于是我就把自己捡了整整一个上午的麦穗置之田野，自己走了。之后多年，我一直都在放弃。我已经放弃了很多，现在仍在放弃，而且最初的放弃之中，似乎就孕育着以后的种种放弃。放弃真是意味深长，海阔天空。我不能预见我最后的放弃将在何年，不过可以断定，我最后放弃的将是自己。

幸福的可能

从前有一个农夫，总是在终南山打柴，到长安城去卖，偶尔看见皇帝出门，前呼后拥，左妃右嫔，便觉得皇帝确实幸福，而皇帝则看到路边有农夫蹲坐，其随意经营，悠闲抽烟，遂由衷地感到当一个农夫也是幸福的。不过农夫并没有武装起义以登上皇帝的宝座，皇帝也没有让位，当然也没有收拾一套打柴的工具。他们仍处于人类的两极，过着各自的生活。

这个故事是我虚构的，不很精彩，因为我不是编故事的专家。但这个故事却多少可以承载我所思考的一个道理，这便是，作为人类的一员，不管其地位如何，身份又如何，谁都有幸福的可能。我在街上走了一圈，虚构如此故事，就是这个目的。不过使幸福的可能变成幸福的现实，显然是一件困难的事情，即使我始终追求着幸福，幸福也不像冬日睡觉的时候所用的棉被一样满满地覆盖我，恰恰相反，痛苦会常常向我袭击，甚至我在痛苦之际要大喊大叫。这是真实的经历，一点也没有虚构的成分。尽管如此，我还在继续追求幸福，而且要学习把幸福的可能变成幸福的现实。

依我的体验，一个人从幸福的可能进入幸福的现实，起码要有几个条件。其一，你必须是一个有希望的人。大志也好，小志也好，你总得有一点志，并为其志而努力。我以为，人为自己的希望而奋斗的过程就很幸福，即使这个过程障碍重重，行进极为缓慢，也是有幸福的，甚至克服一个困难就出现一层幸福。当然目的得以达成，那么幸福将一定非常浓烈。所谓志有大小，指的是一个人可以改造社会、传播文明，或是当一个中产阶级，一个人也可以锻炼身体、修养心性，甚至就是单纯地晋升工资、培养孩子，或是保持窗明几净、腰瘦唇红，这些无不有积极的意义。我以为，沿着这样的方向行进就一定会有幸福之感。如果一个人既无大志，也无小志，或醉生梦死，或心灰意冷，那么他就不可能得到幸福。其二，你必须是一个有价值的人。你可以为一个团体谋利益，为一个民族谋利益，甚至为整个人类谋利益。不过你也可以仅仅是为你孩子活着，或是为你母亲活着，甚至你孤苦伶仃，只有一匹老马或一只小猫，你照顾着这些动物，甚至你连一只麻雀也没有，你只有一盆菊花，你养着它。总之，无论怎样，在你所做的善的事情之中，就包含着你的价值。一个人的价值，显然是以他与社会的积极互动体现的。能给自己以外的人或物做一些什么，就有价值。我以为，有价值便能获得幸福。其三，你必须是一个有爱的人。我所谓的爱，既包括男女之间狭义的爱，也包括一个人对世间一切物质和精神的广义的爱，甚至仅仅是喜欢坐在自己的阳台上眺望远方的风景，或是一年一度到海边去嬉水，或是捋着自己漂亮的胡子，甚至是好照着镜子自己给自己笑。这种种蕴含着爱的行为，都足以使人幸福。若你根本就没有爱的意向和能力，你对什么都不在乎，世间的一切都不能引起你的兴趣和怜惜，那么幸福也就离开了你。

也许生活是轰轰烈烈的，不过这永远只是个别人的生活，一般人的生活都是琐碎的、平庸的，然而它统统不是能否幸福的决定因素。幸福的决定因素在于自己，在于自己是一个有希望、有价值和有爱的人。你的生存环境怎样，不是你所能决定的，但怎样生活却由你决定，所以你完全可能成为幸福的人。

遗憾的是，这个时代的人似乎多数都以赚钱为人生之主题，当然，有的人只是为了温饱，不过有的人显然已经迷失在赚钱的路上了，岂不知幸福与财富不是成正比的。

围墙

中国传统宅第的布局往往是这样的：有一个阔朗的院子，中央向阳的地方建造房屋。以房屋作基点，向前后和左右延伸出去，砌一圈围墙，房有房门，院有院门。为防他人窥视，还筑起一个照壁，以挡住射向院子与房间的目光。

我要强调的是围墙，它属于宅第的一个组成部分，保证着宅第结构的完整。它既是自家与邻家的分界，又是自家的屏障。屏障的作用显然是主要的。我觉得父母就像围墙，父母逝世，仿佛是围墙的倒塌，会一下把房屋与栖居其中的人暴露在外，其影响不仅仅是安全方面的，还有心理方面的。因为失去了父母，便是失去了给予子女爱与善的人，失去了诠释子女历史的人，失去了见证子女性格与品质的人，甚至来了风，来了雨，来了一切不速之客与不虞之灾，子女都将首当其冲，由自己应对了。

我的一位朋友，父母在几年之间先后逝世，这突然的变故使他沉浸于悲凄与孤独之中，而且到了恓恓惶惶的程度，尽管他还是那种有理性与有修养的人。在一个阶段，他跟我见面，所交流的主题总是父母。我在为他的追思所感染之际，也明显觉得他的围墙毁了，其无所投奔，无所依恋，并不得不处于一种栉风沐雨的境地。实际上他将成为自己的孩子与孙子的围墙，只是他还没有适应这新的角色，不过我相信他总会适应的。

我的父母曾经先后患脑血管病，几乎归天，好在及时抢救和精心治疗，都转危为安。可惜他们的身体已经损害，处于苟全性命的状态。不过对于我，有他们活着就是幸运了，因为过节过年，我将能够带上妻子和孩子匆匆回到父母身边。我常常想，即使父母完全老朽，甚至连饮食也不能自理，需要照顾他们的一切，父母也都是一种庇护和安慰，起码他们会给子女壮胆。孔子有言："父母在，不远游，游必有方。"我虽然是游必有方的，不过经常远游，显然孝做得不够，但我知道父母是家的围墙，若围墙不在了，那么宅第将丧失其完整性。孔子还有教导："父母之年，不可不知也。一则以喜，一则以惧。"我这几年的心情就是有喜有惧的，遂觉得孔子之言大有道理。当然，我也清楚父母是注定要走的，然而他们迟走一天，我家的围墙就多在一天，这已经非常好了。

人生三大红运

少年丧父，中年丧妻，老年丧子，是世称的人生三大不幸，古即流传，并一直有使人犯怵的力量。少年还未独立，便失去父亲之怙，随之在经济上缺少支持，精神上引起孤独，甚至要受社会轻蔑，确实是少年的不幸。半途妻子永别，难免会打乱全盘计划，因为收拾残局和重整旗鼓都没有十分的保证，中年的不幸遂是明摆的了。进入晚境，很多事情本将依傍儿子，偏偏儿子走了，白发人送黑发人，不但撕心裂肺，而且况味凄凉，当然为老年的不幸。不过人生的不幸毕竟偶尔才发生，尤其天不会降灭顶之灾，把几种不幸集于一身。

受人生三大不幸的启示，我想指出人生三大红运，其曰：在家庭有一个好母亲，在学校有一个好老师，在单位有一个好上司。好母亲、好老师、好上司，似乎普通，可以经常有，实际上是难有的，所以才为红运。

好母亲的关键在于她是不是明白人。读书使人明白，但读了书的人却每每有糊涂的。重要的是，明白人以良知行世，糊涂人以自私处世。好母亲教育孩子，或以其言行影响孩子，总是使孩子怀抱远大的理想，不以获小名小利为荣，特别是要堵死一切邪门歪道，尽管邪门歪道并非不会使其有所得。孩子的生长就像树的生长一样，好母亲自开始就会修正它，而且在修正之际，就有了蓝图，那些蓝图可以是现实中的，也可以是历史上的。不过社会栋梁也不是唯一的蓝图，若做不了，那么起码当使孩子有益于社会，并能笑对命运。除了是明白人之外，好母亲还是乐观的和宽容的，孩子终究要进入的世界是现实的，所以必须以乐观和宽容的态度待之，否则不好生存。孟轲的母亲择邻居、断机杼，是人人都知道的故事。不过她还有一个故事：有一天，孟轲见妻子在卧室敞开衣衫，露出了身体，遂为妻子之举所恼怒，迫使妻子离走。这时候，他母亲站出来批评孟轲不察礼而以礼责妻子，是完全错误的，因为依礼，在进屋之际应该先招呼一声，但孟轲却未招呼，当然是不当怪妻子的。孟轲的母亲就这样挽救了一个家庭，也避免了一位女性的冤屈，并使孟轲对礼的认识有所提升。胡适的母亲只要发现他有不轨之举，便会批评，而且总是天刚亮便会喊醒他，告诉他昨天做错了什么事、说错了什么话，要求他一定纠错，十分严厉，然而也不伤其心。孟轲的母亲和胡适的母亲显然都是好母亲。

好老师多是渊博的，起码精于其专长，以便传道、授业与解惑。不过好老师特别能因材施教，鼓励不同的学生走不同的路。好老师可能是某个方面的名家，但他却不会坐在山头，独享科学与艺术的风光，反之，会拉学生，扶学生，以便共同领略峰峦的美妙。他不但要把自己成功之经验与失败之教训告诉学生，而且把自己的资源让学生享用，以使学生尽快脱颖而出，甚至他不是什么名家，也能竭力帮助学生，一个目的，是要使青出于蓝而胜于蓝。好老师还将全面而一贯地支持学生，有成绩他会高兴，有困难他会帮助，无非是希望学生有顺遂的环境以建大功、立大业。梁启超是徐志摩的老师，这不但使徐可以获得丰富的知识，而且使徐很快就进入了梁所拥有的圈子，由于梁是一代大师，他的圈子便皆为鸿儒，徐从而得以迅速提高。徐与陆小曼结婚，一时议论纷纷，当是之际，梁毅然出席婚礼，并为他们证婚。虽然他也当众批评徐性情浮躁、用心不专，但他对徐的明贬暗褒及深沉爱护却是谁都清楚的，甚至几十年之后的我也明白。徐志摩的老师是好老师。

好上司有五湖四海之量，只要一个人无大过、有能力，他便招之揽之，并提供条件，以使其能力发挥出来。好上司不存偏见，也杜绝组建什么嫡系，因为他知道嫡系在团体产生之日，便是团体分裂之时。好上司的政令皆出于公义，其持身正，从而使潜在的邪气不能不收敛，或不得不消散。好上司没有奸佞之性，不然会是非丛生，甚至毁谤盛行、谗害得胜，并会应了上梁不正下梁歪之言。好上司往往有一种牺牲精神，以发达团体的事业，并成全团体之中的分子。好上司不会利用职务之便谋取私利，这样便威慑了小伎俩，也阻吓了小手脚，所以气氛透明而晴朗，对心灵十分有益。蔡元培曾经执掌北京大学，重用所谓的新派如胡适、陈独秀、钱玄同、刘半农诸君，也懂得重用所谓的旧派如辜鸿铭、林琴南、刘师培、黄季刚诸士，还重用新派旧派均不算的梁漱溟先生，并让他们有效地活动在校园之中。我以为，非大境界不会有这种大举措。蔡一向不严责人，也不滥奖人，而且当同仁在外界受到屈辱之时，还敢挺身而出，给予解救。一九二二年，他曾经的同仁罗钧任因故被逮，释放之后因故又被禁，蔡深知罗的操守，遂直面政府，为罗辩护，并以辞去校长之职表示抗议，其道德勇气可叹可敬。蔡多年为校长，但他却始终未阔气起来，从这一点可以推测，他是廉洁的，所以部下对他总是交口称赞。蔡元培是难得一遇的好上司。

三大不幸与三大红运，都是关于人生的。不过不幸是从时间上考察，红运是从空间上考察，不幸以情感为主，红运以功业为主，这是它们的所异。不幸未必不会成事，有好母亲、好老师、好上司，红运如斯，也未必一定就成事，但有红运的却一定会增加成事的可能。但是，好母亲、好老师、好上司，可遇而不可求，遇一则大幸也！

朋友之道

朋友伤起人来，常常是在关节处、要害处，它所遗留的症状往往是沮丧的、悲愤的、隐痛式的、扩散性的、难以治愈的，有的还是致命的。

尽管如斯，我仍相信朋友的重要，常说："朋友是天下的空气，是人赖以呼吸的。"财富不足以表达朋友的宝贵，因为贫穷并不会使人死，但失去空气人却会窒息。人可以丧父丧母为"孤"，无兄无弟为"独"，然而不能不交朋友。人可以一度丧妻，甚至一生缺妻，然而不能一日没有朋友。

也许喜欢孤独的人不在乎朋友，不过有多少人愿意孤独呢？周作人说："人是合群的动物，他最怕的是孤独。"亚里士多德说："喜欢孤独的人不是野兽便是神灵。"我像爱美色一样爱朋友，从昨天到今天，一直都在寻找朋友。我的朋友很多，我珍惜朋友之谊，唯恐得罪朋友。

中国人的朋友之好，确实源远流长。《诗》曰："嘤其鸣矣，求其友声。"孔子告诫弟子："有朋自远方来，不亦乐乎！"

一旦钟子期仙逝，伯牙便不再弹琴，是因为失去知音，操之无味。高山流水，显然已经是朋友的典型。

司马迁为豪杰，深情厚谊，世上稀罕。做太史令，见朋友挚峻德才兼备，心冰骨玉，便敦请其出山建功立业。凭良心为李陵辩护，竟惹怒汉武帝，受到宫刑，自以为身残处秽，遭诟辱先，一腔忧愁幽思，只能向朋友任安泪控血诉。《与挚峻书》透露了他对朋友的热忱与慷慨。《报任安书》相当于一份遗嘱，尽显他对朋友之信任。然而司马迁下狱之际，竟无一朋友探视挽救。司马迁够朋友，朋友却有负于司马迁了。

嵇康与吕巽、吕安兄弟十分相亲，欢乐不哀。不料吕巽奸污了弟媳，酿成家丑。嵇康为朋友计，一再相劝，才平息了吕安起诉其兄之愤。然而吕巽害怕祸伏，竟诬告其弟虐母，使吕安锒铛入狱。嵇康见吕巽如此卑鄙，毅然提出绝交。其仗义之举，流芳千古。

骚客相轻，出于秉性，然而杜甫敬爱李白，柳宗元体谅刘禹锡老母在堂而请求朝廷外放己远、外放刘禹锡近，韩愈又为柳宗元不平而鸣，怨其才不用于世、策不行于时，青史流芳。

苏轼与章惇尝游陕西山水，情感相亲，应该是朋友吧。苏轼多才，也多舛，在五十八岁时不得不彻底退出京城，贬谪岭南。苏轼怀旷达之心，即使落难惠州，也能把悲惨的日子整合为愉快的日子。章惇执政，见苏轼依然颇为舒服，腹生恼怒，遂搜罗其罪，竟使苏轼飘摇海南。乘人之危者，天命必罚；欺人太甚者，死有余辜。

知己难得，此乃鲁迅之叹，其名盛位尊，文雄三代，可惜疑云常布，横眉易耸，从而朋友和寡。

什么是朋友呢？朋友的内涵和外延到底如何？朋友之道恍兮惚兮，使我迷茫。

荷马把他对朋友的理解，隐含在故事之中。阿喀琉斯受到阿伽门农的侮辱以后，退出了特洛伊战场，然而他的朋友帕特洛克罗斯牺牲疆场，尸体不保。阿喀琉斯与帕特洛克罗斯互相倾慕，情感深厚。当是之际，阿喀琉斯义不容辞，重新武装，击败了赫克托耳，并夺回帕特洛克罗斯的尸体。荷马显然推崇阿喀琉斯的品行，为了给朋友报仇，死不足以畏惧。

犹大是耶稣的门徒，也是耶稣的朋友，但他却为小利出卖耶稣。犹大以亲嘴的动作向祭司长揭露谁是耶稣，耶稣说："朋友，你来要做的事，就做吧。"耶稣没有斥责朋友，然而朋友终于后悔，自缢而死！

亚里士多德认为，一个法官重朋友甚于重正义才是优秀的法官。他又说："啊，我的朋友，没有一个是朋友。"伟大的智者，你无非是在喟叹朋友难得吧！

凯厄斯·布洛修斯是比略·格拉库斯的朋友，他对朋友的态度臻于经典。罗马执政官在判决比略·格拉库斯以后问他："你能为朋友做什么事?"他说："一切。"又问："要是他命令你火烧神殿呢?"他说："比略·格拉库斯没有这样的命令。"又问："如果他下达这样的命令呢?"他说："我就服从。"

西塞罗对朋友之谊有高超之见。他认为朋友的交情是出于爱，合乎天性，是人类的头等大事。他甚至指出，没有朋友，活着是乏味的。他发现神所赐予人类的最好与最重要的东西一是智慧，二是朋友之谊。他把朋友置于亲戚之上，说："朋友超过亲戚，因为亲戚可以是没有感情的，但朋友之间却不能缺少感情。亲戚没有感情仍是亲戚，然而朋友没有感情了就不算朋友了。"

欧达米达斯把朋友为自己效劳当作他给朋友的恩惠。他的朋友阿雷特斯和卡利赛努斯很富裕，他穷，遂在自己逝世之前留下这样一个遗嘱：他把赡养母亲和为她送终的责任赠阿雷特斯，把女儿出嫁的责任赠卡利赛努斯，万一有谁逝世，那么便请活着的一位代其责。两个朋友欣然同意，不幸的是在他逝世几天以后卡利赛努斯也逝世了，于是阿雷特斯就承担了卡利赛努斯的责任，并按既定遗嘱办。

蒙田也有关于朋友的专著，不过其论说之源在西塞罗，是对西塞罗观点的发挥和补充。当然，蒙田对朋友的交情是有自己的体会的。他的朋友拉博埃西是一个官员，也是一个诗人，对蒙田影响颇深。朋友临终之时，把其藏书和文稿留给了蒙田，以后蒙田为朋友又出版了书。蒙田认为，父子关系、兄弟关系、情侣关系、婚姻关系，统统为轻，唯朋友为重。

培根发现，药有的可以通肝、有的可以通肺、有的可以通脑，然而只有朋友可以通心。人的愤懑抑郁之气，向朋友宣泄一番便会舒服。斯论高妙，遗憾培根有背叛朋友之嫌。有一阶段，他与艾塞克斯伯爵互为朋友，伯爵待他热情、慷慨、真诚，带他参加种种交游活动，并一再为他向女王求职，不遂之后，伯爵便赠他价值两千英镑的田产，以使他心情宽慰、生活得体。然而伯爵不幸获罪之时，培根竟有两次积极陪审，进而起草伯爵之罪状书。尽管这些皆奉女王之命所为，以后他也有所解释，不过他的行为多少是缺乏道义的。

梵高有一幅自画像，展示他残耳之后的相貌。这个可怜的画家显得清寒和孤独。高更是他难以割舍的朋友，然而种种原因导致彼此产生龃龉、争执、怨恨。一直有人分析是高更的决裂导致梵高暴怒，遂自己割下了自己的右耳，并将其送给了一个妓女。不过德国汉斯·考夫曼和丽塔·维尔德甘斯的研究证明，可能是高更用剑砍下了梵高的右耳。高更不愿意获罪，梵高也不想让高更受到惩罚，便编造了自伤的故事。梵高临终留言给高更："你是安静的，我也会保持安静。"为了使朋友得到保护，善良的梵高一直守口如瓶。

特里普是在五角大楼工作的一位女士，她向莱温斯基保证忠于朋友，甚至可以向上帝起誓。莱温斯基便向她透露了自己与克林顿的私情，而且以为她能够分担忧愁、给予安慰，是困难之际的朋友。不料特里普向官方报告了他们的私情，于是发生在白宫的桃色新闻就传遍整个世界了。这使二十四岁的姑娘莱温斯基手足无措，克林顿也十分难堪，并身陷深渊。面纱破了，美国人顿感迷茫和尴尬。不得已，克林顿总统作了道歉，自谓他的判断出现了问题，并称这件事是他及其妻女与上帝之间的事，从而轻轻地把莱温斯基推走了。他暗指莱温斯基背叛了他，这当然让莱温斯基委屈之极。实际上进入这个故事之中的所有人都在背叛，不过特里普属于链条的第一环节。特里普是一个使人恶心的女士！

什么是朋友？朋友的内涵和外延究竟是什么？朋友之道玄妙精深，使我迷茫。

小时候我就需要朋友。故乡的田永华和田柏林，是我初中岁月极为亲爱的朋友，村巷、小麦地、夏夜的场里、冬日小屋的炕头，无不留下我与他们的足迹、青春的秘密。没有他们，少年的灵魂会多么凝滞和寂寞。命运不济，永华早逝，所留三女仍在乡下！现在我仍需要朋友。我始终以敏感之思捕捉天下才俊与高士，鱼难得，熊掌难得，朋友更难得，莫逆于心并不以时变的朋友最难得。然而凡是陪伴过我生命的朋友，凡是影响过我兴趣和意识的朋友，不管他停留原野还是驰骋都市，不管他游宦海于京还是浮商海于沪，我皆念兹在兹。

我反复想到高选国，大学的一个朋友，希望成为诗人而终于未竟的他聪颖、腼腆、略有自卑，一向不敢在大庭广众之中抛头露面。他敢于向我暴露其见，甚至隐私也敢倾吐。想起高选国荒诞的神情我便会笑，常常独自一个人就笑了。朋友之益种种皆有，支持你的事业，构筑你的同盟，克服你的困难，或为你治丧并抚你五尺之子，然而能够把思想在道德底线一带进行交流，也是一益。朋友之间讨论解放人类固然不易，不过有趣地讨论一些忌讳问题也不易。有一个可以探索人性的朋友，无异于在黑暗的屋子里装上了一扇透气适光之窗。毕业二十五年一直不见选国，不知道他的精神是否安宁。

朋友彼此的失望、不满、冷淡、分手，甚至翻脸为仇，显然谁都会伤感和苦恼。缘其流，探其源，沿其根，讨其叶，当发现问题在对朋友的选择简单草率。我的朋友，多从同乡而来、同学而结、同行而得，似乎顺理成章，足以亲之。实际上这并不够，也不妥，存有误区，因为祸心和妒意恰恰容易产生在同乡之中、同学之间、同行之域。申包胥是伍子胥的同乡，申包胥抗之，李斯是韩非的同学，李斯害之，李醯是扁鹊的同行，李醯杀之。以我的经验，选择朋友必须慎重并严格。接纳一个人做朋友的时候，如果自己像辨玉识货一样认真，那么是对的，然而究竟谁能如此认真地选择朋友呢？也许多是一来一往，遂为朋友。

我以为选择朋友，要注意价值观的相近、善良度的相当、趣味性的相投。价值观的悖逆是朋友的大忌，善良度的落差是朋友的远患，趣味性的歧异是朋友的隐障。君子慎始，所以初交朋友，一定要细察价值观，如不同，注定要决裂；一定要细察善良度，非善良之徒根本就不会产生朋友之谊，其疑似朋友，卒为结党；一定要细察趣味性，因为雅俗高下之分，当有美中不足之感，或生怅然耿耿之叹。

朋友之间，必须有一些默契，从而神会躬行。要彼此规劝，不要听之任之。发现朋友的想法和德行有问题，应该谏诤，使其改正。不愿意指出朋友缺点的朋友，不是真正的朋友。要彼此隐恶，不要揭发其短。也可以为朋友扬善，然而作为朋友，其关键是不能暴露朋友之羞、传播朋友之耻，相反，要掩饰朋友之瑕疵。隐朋友之恶，就是隐自己之恶；扬朋友之善，就是扬自己之善。要彼此包涵，不要对朋友的不当或过失反应激烈。也许就因为面对的是朋友，他才放诞、随便，从而冒犯。难得有朋友的攻击，何妨忍痛而纳呢！要能吃亏，不要有意无意地占朋友的便宜。要彼此推崇，不要对朋友拆台。如果朋友名隆功高，或是得到擢升，自己应为其高兴，表示祝贺。拆台伤朋友，更损自己。

交情殆尽，朋友当散，怎么办？《史记》曰："古之君子，交绝不出恶声；忠臣去国，不洁其名。"前贤的方法很是高明，我看就继承这个传统吧！

凡是以利益而结交的朋友，卒将以利益离析，因为这种关系究其本质并非朋友。交游中充满了吃吃喝喝、拉拉扯扯、热热闹闹、轰轰烈烈，形为朋友，不过终于只是利益的共同体或共谋者。利益是损害朋友关系的。朋友之间一旦夹杂利益，其交情之亮度和净度便要减弱。今之为官落马者、身败者、誉扫者，多有所谓的朋友因素。

知天命之年在望，能约二三子，坐于窗下或花园，书香送雅，风悠携爽，当此之时，有一口无一口地品茗，有一声无一声地说话，海阔天空，我真是有福了！

生活的快与慢

生活坐在时间的船上，本是匀速向前的，无所谓快与慢，因为地球如何自转、如何公转，并不厚此薄彼。然而有的人，甚至是一个时代的人，总是觉得时间紧张，终其日月，匆匆忙忙，手足失措，常呼累死了，累死了，卒以生活之快而不知道生活的美，其遂反思，希望生活慢一点，以在从容之中提升生活的质量。

生活加快完全是物竞天择所导致的。科学技术是打入人和自然之间的楔子，它也把人从自然之中分离出来，使人丧失了自在和自得。工业化加速了生活的节奏，人甚至变成了机器的一个部分。全球化、信息化缩短了人与人的距离，尤其人不得不处于一定的组织之中、集体之中、工作链之中、社交链之中，从而空间局促，呼吸沉闷。在这种背景下，人难免呈奔跑状，从一个考场赶到另一个考场，从一个会场赶到另一个会场，从一个饭局赶到另一个饭局。

生活之快有时候也是必须的。逃避地震、海啸或雪崩当然要快，扶伤救命也要快，捉贼、攻敌、赛车、打球都要快。然而把要求生活某个方面之快延伸到整个领域，把要求生活某个细节之快扩充到整个层面，这便使人焦躁。

快生活使社会跃进，这在中国尤其突出。高速公路、高速铁路、巨大且豪华的飞机场、汽车大潮、波涛汹涌般的楼群，及既不见尾又不见首的城市化，都是快生活孵化的。当然社会之跃进也会蒸发生活的余暇，让人窒息。资料显示，超过73%的中国人休闲极少，有8%的中国人根本不得休闲。快生活潜藏着深不可测的危机，包括人的心理障碍。快生活是否能够通向安全的未来，这是一个问题。希望快生活慢下来，此乃肉体与精神共同的诉求。

越是远古，生活越是散淡和舒缓。也许慢生活效率低下，然而恰恰是慢生活避免了人为的毁灭。慢生活不但把人安全地送到了今天，它还贡献了丰厚的遗产。埃及的金字塔，希腊的卫城，意大利的竞技场，法国的巴黎圣母院，中国的都江堰、大雁塔、西安碑林，都是慢生活的创造。老子骑牛入函谷关、进终南山，才得出了关于道与德的思考。孔子坐牛车周游列国，遂有仁之政、礼之用，并在后来为董仲舒所发现，弄成一种刚健的意识形态。李白和杜甫慕长安而来，怨长安而去，一边在山川大地上体验着，一边在大地山川间吟咏着，春润秋爽，风清月白，遂有唐诗之高峰。若李杜及其同道熙熙而来，攘攘而去，那么唐的诗文何存！达·芬奇的绘画、米开朗基罗的雕刻、康德和黑格尔的哲学、贝多芬的音乐，也无不是慢生活孕育的。重要的是，慢生活保证了大气、环境和食品的安全，使人类生生不息、郁郁不衰。

人是自然之子，慢生活是循自然之轨展开的。在石器时代，人以采集和狩猎而生活。春天出洞，到沟沟坎坎去寻寻觅觅，也活动筋骨。夏以果熟，秋以兽肥，遂不辞辛苦，攀树围岗，甚至会夜以继日，因为错过了这些日子冬天就有饿死之虞。冬天到了，雪白冰坚，草木萧条，厥土一片僵硬，人遂穴居以保。到了农业时代，人以耕植而生活。春暖则种，夏热则长，秋凉则收，冬冷则藏。在几十万年以来的漫漫岁月，中国人是靠天吃饭的，是依赖自然的，其生活秩序是依自然变化而形成的，并应和着自然。循自然之轨建立起来的慢生活，也应和着人的脉搏与心跳，所以慢生活符合人的天性。日出而作，日入而息，欲狂欢便秉烛夜游，睡觉以自醒为妙，慢生活多么让人向往！

混混沌沌，蓦地抬头，竟身陷快生活的漩涡了。快生活也是从慢生活而来的。给其加速的是工业化。全球化和信息化，也为燃烧的快生活添了柴。快生活的特点是，人反复看钟表，甚至钟表上的秒针和分针指挥着人。凡人，不管少壮，不管男女，皆在时间幽暗的隧道里拥挤。真是不爽，不惬意，然而谁也无法阻拦快生活的激流。

快生活固然大浪滔滔，不过人还是可以使自己慢一点，甚至昂然成为生活的欣赏者、享受者的，否则须臾鬓白，一朝老退，临终是会后悔的。我也并无好的方法，只不过喜欢解放自己而已。实际上我仍处于快生活的推搡之中，但我却拒做丧家之犬，终日栖栖遑遑，茫然不知道何方是归路，更拒做断头苍蝇。

我以为，人只有一个世界是不够的，这里太逼仄，为名利阳奉阴违、明争暗斗，太肮脏。人需要宽容，当让就让，当丢就丢，也少气愤。艺术世界比神所主宰的彼岸世界要差一个等级，不过让灵魂游于此也十分高明，言语之劳口，钱财之劳神，案牍之劳形，皆可以放一放，何乐而不为呢？音噪、尘浮、物欲横流、机关之险，让人烦扰，然而可以向苏轼学习，吹水上之雄风，照山间之柔月，因为这是谁也难以圈占的。收藏几件古玩，或经常阅览一下古迹，它们都是历史之窗，可以借之返望艰辛的来路，人会释怀的。凡此种种，无不能够使生活变得软一点，并慢下来。愿有感应的人不妨一试。

当然，我的策略多少有一点复杂，那些终日碌碌之人根本无法体验。我想到了俄罗斯作家契诃夫，有一次，他在西伯利亚考察，碰到一位中国人，见其喝酒一小口一小口地抿着，还把杯子递过去让他喝，他于是喟叹中国人懂礼，尤其掌握着生活的艺术。要善于放弃，用减法生活，这便是中国人在如是时代最合适最对症的生活艺术。1998年以前我便这样看，现在更是这种观点。

天下之人匆匆忙忙，为了什么呢？浮士德由于有魔鬼帮助，要学问得学问，要权得权，要海伦得海伦，并终于得到一种理想的生活：自由的人在自由地劳动。生活若江河，他怕如此崇高之境转瞬即逝，便说："停留一下吧，你多么美啊！"遗憾他给魔鬼有承诺，一旦得到崇高之境，他便颓然而倒。何以耳闻自由的人在自由地劳动，浮士德便逝世了呢？我还不明白。不过有两种人，也像浮士德一样希望生活永驻，一是热恋的人，一是当了皇帝的人。不过他们都不具备浮士德的伟大。生活滚滚，愿人幸福！

风凌石

朝发酒泉，往敦煌去。车过瓜州，见路边搭着帐篷，有农民卖蜜瓜、卖葡萄，还卖锁阳、苁蓉和甘草之属，有朋友便味觉活跃，怦然动了心，从而收缰驻足，稍作逗留。考察丝绸之路，每一处都有发现，每一站都有惊奇。

我离开路边800米，在戈壁滩上拣了一块风凌石，遂携其回家。在八仙庵古玩市场选购了一方木座，略凿槽口，使之安然镶置，晨昏瞻望，浮想联翩，颇感自得。瓜州一个老师说："风凌石就是由风吹出的一定态势的小石，看起来很有意思。"

我的风凌石是一个梯形，长不足两拃，宽有五指，高过一拳，属于小石，然而它深具大山的气象。悬崖、沟壑、峻岭、巉岩、高岗，它当备尽备。它还含矿物质，也有玉粒和玉绪。品相嶙峋，颜色青白，显然饱经沧桑，进入了化境。

戈壁滩及我所拣的风凌石，是地质巨变的结果。风凌石甚至属于海底抬升以后亮出来的小石。水退去了，它才见识了日光月辉、灿然星辰。风凌石在戈壁滩上的历史应该以亿万年计。

人类晚出于它，不过人类因欲望的驱使到处活动，图谋生存和发展。它见证了人类彼此的残杀。它知道乌孙人、月氏人、匈奴人、汉人，都曾经在此争夺。从东方过来的张骞、霍去病、班超、薛仁贵，勇敢至极，无不骑马从它周围飞过。黄沙百战，血染疆场。羌笛呜咽，阳关道险。我从长安来，它等到了我，遂自戈壁滩上请它而归。

戈壁滩上白天热，黑夜冷，风凌石随温差一胀一缩，遂裂隙冲缝，或直或弯，或断或续，如神秘的网络，疏而不密。

瓜州南有山、北有山，东风、西风、东南风、西北风，轮番在刮。谚曰："一年一场风，从春刮到冬。"实际上亿万年以来，风就吹着戈壁滩。风凌石满是风尘，风又去尘，终于风又落尘。风尘像文物的包浆一样，让风凌石蕴积了内涵。风凌石与风尘已经完全相融。

我想洗一洗它，遂用水浸润。一旦见水，风凌石便有浓重的土腥从它遍体的针穴毛孔之中喷吐而出，辐射袭面，猛烈刺鼻。触魂击魄的自然之幕顿然拉开，我听到风呼啸着掠过昆仑山，掠过天山，又携带着阿尔金山和祁连山的风，汇集在戈壁滩上，贴地而行。瓜州日月隐曜，星辰失光，灵禽壮兽统统埋伏。风卷着黄沙，连续碰撞琢磨着戈壁滩上的小石。风像雕刻之刀一样沿着小石固有的纹理切割刻镂。风尘汇而侵蚀，薄弱腐朽之质渐渐消退。亿万年以来，戈壁滩上的风便把一块瓜州的小石打制成了深具大山气象的风凌石。风是无形的，然而它持续不怠，便会以其结果显示自己的强劲有力。小石也是坚贞不屈的，否则它早就湮灭了。

读书之乐

读书的重要性谁不知道呢？可惜中国的人均读书量不高，读书的自觉性也疲软不强、低迷不扬。

实际上读书不但重要，而且固有其乐。

读书之苦当然也是存在的。我计读书之苦，共有七类。其一，空想，很是羡慕，唯缺乏天赋，恨不得将头碰墙以启慧，读书苦。其一，具材质，无兴趣，读书苦。其一，聪明也够聪明，兴趣也有兴趣，遗憾卓越之著受查封，遭禁毁，只余务农、种树和治病之篇，读书苦。其一，为考试所逼，目的在分数，读书苦。其一，遵命所为，是分派的任务，还要出产一些豪壮的体会，读书苦。其一，不得不为文成序，给平庸的甚至拙劣之作以评论，读书苦。其一，钢琴或麻将之声穿窗入耳，思不专注，虑不凝聚，读书苦。

不过读书之事从来是好的。自古及今，读书的中国人真是像江河一样源远流长，浩浩荡荡，挤破了社会进步的大道和小径，这是因为读书有益。遍地的乡居门楣多会镌刻二字曰“耕读”，既含物质，又含精神，构成了几千年避免失衡的文明。为了励学，有的竟直接指出读书的功用曰：书中自有黄金屋，书中自有颜如玉。总之，中国的传统是读书可敬，读书为上，读书可以进其身，光耀其祖先，繁荣其子孙。

读书之益仅仅是这些看起来渗沁色而结包浆的古董吗？不！读书之益也是变化的，完全可以适应并支持人的生存和发展。显然，读书还能辨恶识善、远伪近真、减愚增智、祛俗养雅，使富者慈悲、贫者坚毅，给美者锦上添花、丑者雪中送炭，可以见贤闻圣，是求索者的通天路，是苦难者的避难所。

读书不但有益，而且有乐。从消遣到享受，什么口味都会满足的。读书之乐多矣！

读文学之乐，在于激潜情，荡沉感，兴以愉悦，虽然久隔数千年，遥距几万里，但是可以触怀通灵，发生共鸣。“东临碣石，以观沧海。水何澹澹，山岛竦峙。树木丛生，百草丰茂。秋风萧瑟，洪波涌起。日月之行，若出其中。星汉灿烂，若出其里。幸甚至哉，歌以咏志。”曹操之气何壮！“今日天气佳，清吹与鸣弹。感彼柏下人，安得不为欢！清歌散新声，绿酒开芳颜。未知明日事，余襟良已殚。”陶潜之胸何旷！“自断此生休问天。杜曲幸有桑麻田，故将移住南山边。短衣匹马随李广，看射猛虎终残年。”杜甫对唐玄宗失望至极，对自己的命运也无可奈何，其膺何愤！

读文学之乐，也在于发现人性的复杂性、人世的可能性。曹雪芹之深奥、托尔斯泰之崇高、马尔克斯之酣畅，无不令人喜而喟叹！青春期读爱情小说，申冤中读复仇小说，深夜里读悬疑小说，也颇为刺激！

读历史之乐，在于破获巨大的秘密，其陶然若勘探得矿、掘土得物。

春秋战国，风云际会，从而中原之上、江河之滨，制度的文明或野蛮得以水落石出，鼓息剑挥，其影响远矣。窃以为，楚国的失败、秦国的胜利，平多极，立一极，是杜牧所发现的天下人不敢言之始。楚国的失败，是以臣子费无忌把病毒输进了楚国之躯所肇。他让楚平王娶太子的妻，遂使骨肉相恨、君臣相仇，此乃费无忌所种病毒，它催生了伍子胥挖墓鞭尸的凶兆。小人往往是不幸之源，费无忌实为小人。秦国的胜利，显示了暴力的能量，然而暴力并非万全。尽管秦得了天下，可惜秦的气量窄小，不足以包容九州，遂经营14年而崩溃。明之灭，是以官之腐败、民之颓废，而清之灭，则因为它不能进行有效的社会动员和改革，以理顺内愤、防御外侵。

读历史之乐，还在于知道兴亡有数，盛衰互转，尤其是肉食者或统治者结局难料。秦子婴乘白车、穿白衫，缴出了玉玺。孺子婴任王莽摆布，死于混战，葬于不明之土。晋愍帝出降，竟坐羊车、赤身、口衔一璧。法国激进者或革命者，丹东杀国王，罗伯斯庇尔又杀丹东，罗伯斯庇尔又在断头台上被杀。

读历史之乐，乐极生恐，也生悲。然而不必怕，不要却步，因为乐是主要的。

读哲学之乐，在于以短暂之生涯考察永恒之宇宙，并研究人和宇宙如何相处，人与人如何相处，是乃智者之所为。老子说：“道，可道，非常道。”又说：“道之为物，惟恍惟惚。”还说：“故道大，天大，地大，人亦大。”道很重要，也很玄奥，遂想得道。然而道究竟是什么，谁知道呢？赫拉克利特说：“我们既踏进又不踏进同一条河流；我们既存在又不存在。”琢之磨之，似乎意味深长，俄而又似乎柳暗花明。柏拉图推崇善，说：“善不是本质，而且在尊严和威力上要远远高出于本质之上。”亚里士多德也推崇善，认为善就是幸福，是灵魂的一种活动。康德注意到自由的宝贵，说:“再没有任何事情会比人的行为要服从他人的意志更可怕了。”黑格尔的观点是诡谲的，其肯定性与颠覆性是交织的，有糖衣药丸之感，颇具鼓舞人心的作用，他说:“凡是合乎理性的东西都是现实的，凡是现实的东西都是合乎理性的。”叔本华，一个令人郁闷的家伙，说:“生活中值得嫉妒的人寥若晨星，但命运悲惨的人却比比皆是。”基于此，他感到先生或女士这种称谓方式并不准确。他认为恰当的称谓应该是:“我苦难的同胞!”叔本华也够有意思了!

对于一个只知道赚钱，赚钱之后只知道满足食欲和发泄性欲的人，哲学完全无用。然而我必须告诉这些可怜的人：哲学会使人耽于一种宏大问题的思考之中，使人如神游一般，它所导出的欣慰是干净的、恬静的、肃穆的，甚至是豪华的，若太阳升起、玫瑰绽放!

神话之乐在于它是原始性的创造、创造性的幻想、幻想性的经典，蕴含着一个民族的价值取向和追求。地理之乐在于它显示这样一种现象：地理决定生活，生活孕育文化，文化反哺其民或反拘其民。它提醒着：人啊！要选择环境，要把羊领到水草丰茂的地方去！逻辑之乐在于它能有序推理、有力论证，并对荒谬的推理和论证做出非常有效的识别、揭露和反驳，从而使真理大白于天下，是一种使思维严谨和精密的方法。读人类学，读社会学，读心理学，读伦理学，读生物学或动物学、解剖学，读数学，读物理学，读化学，应该各有其乐。书如瀚海和群山，无乐不备、无乐不秘、无乐不藏。凡读书之人都能发现属于自己的一种独特之乐。实际上一种乐就是万种乐，足以使人沉醉其中。

读书之乐，唯纸质书才有。纸质书由草木所制，是生命之物。灵魂以处纸质书而安，呼吸也为之得畅。纸质书是宁和的，也是清雅的、温馨的，即使看一看它、摸一摸它，也觉得舒服。它的书脊、封面和封底，无不让人亲近，甚至仅仅一瞥，也使人怦然心动，使人留步、倾身，随之举手开卷。读纸质书，动容以吟，悟而首肯，是一种久传的风雅。读纸质书，如居推轩见竹之屋，如穿布衣或丝裳，如以紫砂壶饮茶，是一种不争自高的品味。所费不多，就可以读纸质书，何乐而不为呢！

探究历史和历史人物

05

导读

细听那历史的回声

本辑以“探究历史和历史人物”为主题，收录著名作家朱鸿先生散文五篇。这些娓娓道来的文字，或是在鸿门故地思刘邦、项羽华宴上的刀光剑影，或是在马回岭镇的面阳山下遥祭陶渊明的亮节高风；或是在玉华山忆起玄奘西行路上的执着与坚守，或是在辋川宁静的烟雨里寻觅王维逝去已久的寂寞与禅思。学者朱鸿不仅轻轻揭开苏东坡的面纱，更是带着我们穿越历史的街巷，触摸文化的窗棂，在亘古美丽与空静的自然中，窥见人性里的阴郁与明亮、单纯与复杂、分裂与圆融……

散文之美，或美在真挚情感，或美在深刻的思辨，或美在空灵的意境，或美在精纯的语言。凡此种种，在这一辑文章的字里行间，俱可寻到。

先言其情之真。陈忠实先生曾说：“阅读朱鸿的散文作品，时时都有盯瞅着活泼泼的作家朱鸿本人的生动感受。”而作者本人也曾明言：“在我的散文里，像播种一般撒满了我的入世态度。”这五篇文章，虽说写的都是历史人物，但我们始终可以看见“我”的形象、“我”的价值观与情感体验。“我”就像一个向导一样，为读者讲述历史故事，带领读者游览古迹，更兼着评论员的身份，为读者来解读历史事件和历史人物。比如关于刘邦和项羽，他说“至于如何看待刘邦，我认为，他有使人佩服和敬畏的地方，但不使人喜欢。我喜欢的是项羽，尽管他失败了”。这是不掺杂一点矫饰的赤诚，明明白白，清清楚楚，一点弯也不绕，一点犹豫和徘徊都没有。说起陶渊明，他不惜列出一堆古今中外的名人来与其作比较，从托尔斯泰到歌德，从孔子、屈原、王维、李白、杜甫、苏东坡再到鲁迅，他说“王维的消极有幽暗，陶渊明的消极有明丽。王维的快乐有阴影，陶渊明的快乐有光芒”。才华横溢、盛名盖世的苏东坡曾言自己深愧陶渊明，作者则说，这“是苏东坡的谦虚之道，也是自知之明”。屈原的“众人皆醉唯我独醒”响彻寰宇，可作者却认为“陶渊明是大醒，屈原仅仅是小醒”。在这些文字里，少了一些强加于人的虚假煽情，多了一分从容明朗的真挚性情。

次言其境之美。在惯常的历史文化散文中，一般是不强调写景的。但在这些文字里，作者总会为凝重的历史配上空灵唯美的自然背景，让读者不由得生出一种“天高地迥，觉宇宙之无穷；兴尽悲来，识盈虚之有数”的历史旷远感。在这里，自然与历史呈现出一种互感互生、互渗互融的艺术表现状态。在这些文章中，宇宙是人的放大，万物是心的外化。在这样“天人合一”的艺术构思里，王维的辋川是这样的：“秋天的雨丰沛极了，仿佛风云微微扭动一下它便有了。辋川的雨是明净的，线似的，一根一根拉到峡谷，空极了，空得无声无息。山坡上的红叶，渲染在碧翠的草丛，一些青白之石竟架在杂树的根部，危险得随时都会滚落，不过蒙蒙的雨送给它们一层薄薄的梦，梦悬在辋川的山坡上。”陶渊明的沙河镇是这样的：

“一泓碧水，汪然为湖，数枝红荷，凌波而放。”字里行间氤氲着古诗古画的清幽空灵之气韵。

再言其文之雅。子曰：“言之无文，行而不远！”凡散文大家，无不认真琢磨其文字，以期形成个性化的表达方式。朱鸿先生的语言是古雅而灵动的那一种风格，呈现出一种素朴又润泽的美丽。古雅源于他把文言的芬芳融入白话的智慧，灵动源于他词必心出、言必由衷的真诚。作者这样描绘玄奘的圆寂之地玉华山：“我到这里的时候是黄昏，天净若洗，晚霞绚烂，恰有大雁在征，羽翼匆匆，长鸣于空。高岗上和峪沟里的草木尽管青葱满堆，不过似乎已经有秋风在孕育了。”这样的文字铅华洗尽，境界宏阔，古韵悠长，最是值得细品。再比如《苏轼的面纱》里，作者写道：“在顺境，苏轼行孔子之道。在逆境，苏轼遵循佛老的原则。苏轼之生存，不亦瑰玮乎！”亦是同样的古典语式，同样的素朴练达。

终言其思之深。历史文化散文的写作最难在创新，事件就在那里，人物就在那里，无数的成见和定论就在那里，如何不让自己的文字湮没在成堆成捆的同类题材的字纸里的确是作家要面临的一个难题。宗白华先生说，凡真正的艺术家必要有新的东西、新的体会、新的看法、新的表现，他的作品才能丰富世界，才有价值，才能流传。这五篇文章所表现出的深刻的思辨性带给了读者新鲜的气息。比如“人类历史的进步，往往是以恶推动的，这仿佛没有锋利的刀斧砍伐荆棘，道路便不能开辟一样”。再比如“苏轼也并没有完成什么突围，因为他临终的眼睛仍有惊恐”。作者冷静理性地思考着，并不回避人性中的自私与懦弱，但他同时也清晰地看到人性的明亮与圆融，他笔下的项羽是明亮的，他以为项羽“失败得如火如荼。他年仅三十就失去了生命，但他所展示的悲壮的人性之美，灿烂似星，永远闪耀在人类的精神领域”。他笔下的陶渊明是圆融的，他认为陶渊明是理解了生命秘诀之人。这秘诀便是“人的生命要饱满，要充盈，凡羁绊生命的一切都当努力摆脱，尤其是社会强加的”。作者的思考是如此的细腻深远，细腻到可以透过玄奘盖世的功业看到他内心的悲凉与无奈，深远到可以穿过王维空静的佛性体悟到他精神深处的寂寞与孤独。

朱鸿先生是书斋中的学者，又是山川大地上的行者，因其有学者之丰厚学养，故文字便有了丰富精致的内在，因其有行者之身体力行，故文字便接了厚朴实在的地气。在这样的文字里，细听那历史的回声，知识与艺术、人与自然、历史与文化浑然融为一体，如掌心里一块温润的羊脂玉，亦如阳光下一片安静的汉瓦当。

高中语文正高级教师、陕西省第十批特级教师、陕西省名师

工作室主持人，西安市阎良区西飞第一中学　侯晓田

在鸿门分析刘邦项羽之性格

人的行为，都是一次完成。完成了的行为，累加起来就构成人的一生。后人也无法为前人再度设想，不能修正和改变当时的行为。行为一旦完成，它便永远过去了。人在事后回想当时的行为，往往有一种命运的苍凉之感，但它却可使人解脱。

站在公元前206年项羽设宴的鸿门，我作如是想。透过一堵砖墙，我寻找着刘邦骑马而逃的路径，然而不能。茂密的玉米和高大的杂树，已经组合为新的风景，刘邦所经过的路径，早就为岁月所消磨。新丰的妇女在漫长的斜坡旁边搭着木架，繁多的玉器及其他工艺制品陈列其上，为了防雨，木架放在帐篷下面。各种各样的帐篷沿着斜坡蜿蜒而下，我从帐篷侧面走过的时候，居然猜测这些妇女可能就是当年刘邦邻居的后裔。刘邦的父亲日夜思乡，闷闷不乐，刘邦便仿照故里的街巷，在鸿门附近建筑了新丰。新丰的布局与故里的布局一模一样，并把那里的人与家畜统统搬来，甚至连鸡也不会走错自己的窝。这是刘邦成了皇帝之后的事情。

但在鸿门宴上，他却屈从于项羽，向项羽赔情道歉。那年他五十而知天命，项羽才二十六岁。一个长者向一个青年表示臣服，其中的虚假很是显然。事实是，秦朝灭亡之前，各路诸侯在楚怀王那里盟约，先破秦入关者王之。刘邦以此为目标，避实就虚，绕道进入关中，率兵驻扎灞上，并接受了秦王子婴的投降，随之开到咸阳。为成就大业，他采纳樊哙和张良的建议，向关中父老约法三章，退回灞上，等待其他诸侯。此时此刻，项羽远在巨鹿一带血战秦军，破釜沉舟，九战九捷，消灭了秦军主力。不过他没有料到，是刘邦首先入关。年轻的项羽很是气盛，当然为刘邦的狡猾而恼怒，于是，他就率四十万大军，旋风似的开到鸿门，准备消灭刘邦。他知道，刘邦是想当皇帝的，他当了自己就不能当。张良救过项伯，为防张良被杀，项伯将项羽的计划暗中告诉张良，要他逃命。偏偏张良要辅佐刘邦成就大业，遂将机密透露给刘邦，并引荐他们见面。刘邦称项伯为兄，三番五次地要项伯转告项羽，他是没有野心的，并答应亲自赴宴。项伯是项羽的叔父，便这样做了，而且叮咛项羽对刘邦要善待，击之是不义的。对项伯的叮咛，项羽沉默，因为他已经接受谋士范增的主意，要在鸿门宴上除掉刘邦。不过在关键时刻，他竟相信了刘邦的表白，并且告诉刘邦，使他产生误会的是刘邦的左司马曹无伤。他完全解除了对刘邦的戒备，像对朋友一样让其吃肉喝酒。他把必然的敌意一下子化解了。鸿门宴上，范增三次暗示他杀死刘邦，他都没有反应。无奈之下，范增要项庄舞剑，并乘机刺之，可项伯却频频拦挡，保护着刘邦。刘邦是聪明的，他一切都明白，遂以如厕为名，不辞而别，从偏僻的路径潜入军营。四年之后，项羽自刎，刘邦为王。

不能假设项羽在鸿门宴上杀了刘邦，他便一定可以称帝。但刘邦避开了天罗地网，从而溜之大吉，因为这是历史。刘邦为人处世的原则，首先是有利——有利于自己生存和发展，他什么事情都做，什么人都用。这一原则，使他保持了清醒的头脑，个人的好恶与爱憎已经不能左右他。在他那里，情感因素几乎消失。他能屈能伸，于是他的行为就显得宽厚，似乎是谁都可以容纳。事实也是这样，在他周围聚拢了各个方面的杰出人物。运筹帷幄之中，决胜千里之外，他有张良。镇国抚民，保障供给，他有萧何。统率雄师，战而必胜，攻而必取，他有韩信。刘邦终于依靠他们打败了项羽。古今中外，凡是成大业者，都以是否有利当作自己为人处事的原则，这使他们变得异常精明又异常残酷，精明即在算计之际不受道德左右，残酷即在动手之际不受良心左右。刘邦当然是有壮志的，他清楚地表明了他的雄心：某年某月，他在咸阳服役，看到了秦始皇巡游的威风，不禁喟然而叹曰“嗟乎，大丈夫当如此也”！

为了实现他的抱负，他一直以对自己是否有利的原则而行事。在早期，他没有显出暴发之迹，是自发地运用其原则；到了晚期，他感到自己可能成大业，便自觉地运用它，称帝之后，他担心他人谋反篡权，担心吕后政变，担心匈奴入侵，他采取了很多措施，其中都贯穿着对他是否有利的原则。

吕雉之父看中了刘邦，要将女儿嫁给他，此事就成了。吕公是一位阔商，他观其言、察其色，认为刘邦将成大器，遂以女许之。这当然符合富商的性格，问题是，刘邦是不是喜欢吕雉。在我看起来，他未必喜欢。刘邦是宠爱戚姬的，流露出对戚姬的喜欢之情，但他对吕雉所表示的喜欢，我却没有感到。吕雉在刘邦称帝之后做了皇后，这证明了吕公的眼光，不过她显然一直没有获得刘邦的宠爱，不然，她在皇帝驾崩之后，怎么那样凶残！实际上这是她长期失落的一种曲折反映，甚至要以吕氏取代刘氏以报复刘邦。最大的可能是，刘邦娶吕雉为妻，是以改变他的环境考虑的。当时，刘邦极为穷贱，有无赖之习，他娶了阔商之女，在沛县的地位便得以提高。

陈胜反秦之后，刘邦极力鼓动沛县父老杀掉县令，然后推选一位领导响应起义。他既想做首脑，又故意推脱，既认为自己能力薄弱，又强调这是一件大举。这不过是他欲擒故纵之计而已。果然，他推让一番之后做了沛公，并为此隆重地祭祀。这充分证明他要做领导的想法是深谋远虑的，但他的推让却给人以真诚之感，没有计谋的人是不会这么做的。几年之后，他打败项羽，故伎重演，连连向诸侯和将相推让不当皇帝，然而终是欣然登基。

在刘邦政权建立的过程中，韩信、萧何与张良的功劳难以抹杀。他们对刘邦忠心耿耿，可除了张良体弱多病，使刘邦放心之外，其他两人却每每受其怀疑。刘邦是既怀疑他们，又使用他们，因为韩信与萧何对他是极其有利的，不使用他们便难以成就大业。韩信在攻下齐国之后，希望代理齐王，替刘邦镇守齐国。使者带来的这个消息使刘邦非常恼火，此时此刻，他正被项羽围困于荥阳，然而，张良对他分析了答应韩信要求的好处，他立即息怒而笑，封韩信为齐王。不过他心里是憎恨韩信的，认为他是乘人之危胁迫自己。所以，公元前202年，他突然调离韩信，夺了他的军权，转封其为楚王，阴险之心，暴露无遗。接着，他以打猎为名，诱捕了韩信，只是由于不能找到韩信谋反的证据，只得又放了。然而他乘机贬韩信为淮阴侯，这使韩信悲哀地叹息：天下平定了，我得死了。刘邦知道韩信并不服他，遂起杀机。公元前196年，韩信为吕后所诱斩。萧何自始至终跟随刘邦，为刘邦组织生产，训练军队，但在前线的刘邦，却常常以慰问为由，派使者留意萧何。在刘邦亲征叛军的时候，他一再猜测萧何在后方何为，得知其安抚百姓、筹办粮草，刘邦竟心事重重，于是为了安全，萧何就只得装出一副胸无大志的样子，而且设法使百姓对他不满。不过他毕竟不是贪官，刘邦对他无可奈何，然而这是暂时的。之后，萧何终于因为建议刘邦开放禁苑以让农民耕种而激怒刘邦，获刑待罚。幸亏各位大臣为他开脱，刘邦才赦免了萧何。萧何上了年纪，光着脚向刘邦谢罪，刘邦虚伪地说："吾故系相国，欲令百姓闻吾过也。"

刘邦这样做，也有其理由。人类历史的进步，往往是以恶推动的，这仿佛没有锋利的刀斧砍伐荆棘，道路便不能开辟一样。在政治家和军事家那里，如果保留过多的温情，那么他就只有失败。他必须日夜复习这样一个公式，即：所有暴露的与潜在的敌意与自己都是你死我活的关系。他的一切措施，都是为了打败对方，这意味着他的所有行为都有明确的目的。对待人，你有用就拿过来，你无用就抛出去，你若要造反，那么就铲除你。政治家和军事家只能这么干，这是他们的法则。此为普世之规，古今都是这样的。人类有各种各样的生存方式，政治家与军事家只能按其法则行事。治疗人类精神创伤的哲学家和宗教家、文学家和艺术家，他们是另一种生存方式。哲学家、宗教家、文学家和艺术家，是以和平冷静的方式改造世界。人类就是由各种各样的生存方式互相牵制、互相渗透，才得以发展起来的。至于如何看待刘邦，我认为，他有使人佩服和敬畏的地方，但不使人喜欢。我喜欢的是项羽，尽管他失败了。

项羽为楚国贵族，生于公元前232年。此时此刻，秦始皇正统一六国，他的祖父为楚国名将，遭到了杀害，他对秦国是非常仇恨的。他聪明过人，只是不好习文舞剑，只愿掌握万夫莫挡的本领。他当然也是有抱负的：某年某月，秦始皇视察会稽，其气魄使他惊奇并羡慕，竟在人群中说"彼可取而代也"。

然而，他是一个充满浪漫气质的人，强烈的感情往往干扰了他的理性判断，有时候憎恶起来非常残暴，有时候慈悲起来非常仁厚。在他攻下襄城之后，竟狠毒地将数万军民活埋了，但在鸿门他却放跑了刘邦。以范增的计谋，项羽是要在鸿门宴上杀掉刘邦的，遗憾他经受不住刘邦对他的恭维。刘邦的一顿赔情道歉，一下使他失去了理智，变得糊涂起来，遂放刘邦走了。项羽就是这样一个容易激动的人，不能做到冷静地为人处世。他的性格，妨碍他成就大业。刘邦在鸿门的关键时刻，便是发挥了自己可受委屈的特长，当然也利用了项羽吃软不吃硬的习惯，从而转危为安。实际上，鸿门的关键时刻就是刘邦一生的关键时刻，也是项羽一生的关键时刻。项羽在他临终之际，将其失败归于天意，从而解脱了。

由于项羽的行为常常受情绪影响，他对秦国的仇恨便变成确切地要消灭敌人。他没有一点投机的思想，就是消灭敌人。不过刘邦有投机的思想，尽管他也打了不少胜仗，但在战略上他却缺乏整体观念，表现出一种避实与取巧之态。只有项羽是正面而彻底地歼灭秦军，事实是，项羽挫败了秦军的主力，为反秦最终胜利奠定了基础。这是所有诸侯都承认的，包括刘邦，之所以他在鸿门向项羽臣服，就是因为他很清楚，推翻秦朝，项羽起到了决定作用。

在历史上，很多人都对项羽进入咸阳的烧杀行为表示批评，而且把他和刘邦的行为进行比较。项羽是不够策略，不过这恰恰是他真实性格的流露。他恨秦，便直截了当杀死秦皇，烧毁秦宫。这一举动当然也有他对刘邦的嫉妒，因为刘邦先于他到达咸阳，抢了他的风头，而且关中父老与刘邦的关系搞得很融洽，从而使项羽丧失了建立信誉的机会，于是他就干脆以凶神的面目出现，以展示其威风。这还有他对自己把刘邦从鸿门放走的懊恼。刘邦骑马而逃之后，范增指责了他，批评之中，包含着对他的轻蔑，于是到了咸阳，他就大肆发泄。

项羽自封霸王，让刘邦到巴蜀去做汉王，这是他的一个心计，以提防刘邦谋反。然而他没有料到，在萧何和张良的参谋之下，刘邦有了一个更大的阴谋。在赴巴蜀途中，他们烧毁栈道以麻痹项羽，这保存了刘邦的实力。不久，刘邦便趁项羽镇压齐王之机，突然返回关中，并开始联合其他诸侯进攻项羽。

迁延四年的项羽与刘邦之争，即楚汉之争，将他们各自的性格活灵活现地展示出来。刘邦很清楚，他和项羽是有我无你的，所以，他的一切行为以置项羽于死地作前提，但项羽却显得天真，把残酷的斗争简单化了。由于持久作战，两军人马皆觉疲倦。有一次，隔了一条山沟，项羽与刘邦对话，项羽竟提出他与刘邦单打，以决出雌雄而结束百姓之苦，这显然是幼稚的。在几面受敌的情况之下，项羽感到恐惧，便向刘邦建议，以鸿沟为界，平分天下，鸿沟以西属刘邦，鸿沟以东属项羽。刘邦佯装同意，使项羽释放了刘邦的父母及妻子儿女。项羽此前抓获了他们，置军营之中。刘邦一次战斗失利，为了逃命，竟将两个孩子从自己的车上推下，他的两个孩子便成了项羽的俘虏。他的父母和妻子，也是为项羽的军队所俘虏的。刘邦得到了亲人，自然高兴，但他却违背了自己与项羽的协议，转身追赶已经撤走的楚军。

项羽显然斗不过老奸巨猾的刘邦。他们终于要在垓下的夜幕之中较量了。那天晚上，项羽听到四面楚歌。他知道决定命运的时刻到了。他慷慨吟唱，反复吟唱，军营内外久久回荡着项羽的歌声。他宠爱的美人虞姬为他伴舞，之后，她拔剑自杀，不愿成为项羽的包袱。

项羽抱着虞姬的尸体，泪如雨下。他的士兵看见这些，也无不失声哭泣。项羽在军营反复吟唱的歌是这样的：

> 力拔山兮气盖世，时不利兮骓不逝。骓不逝兮可奈何，虞兮虞兮奈若何！

埋葬了美人虞姬之后，项羽毅然上马，此时追随他的只有八百余人，他们狂飙似的突围而出。由于误入沼泽，人马难以通过，便返了回来，汉军乘机追上。项羽已经知道了自己的结局，然而无所畏惧。他立马挥剑，往往一声大吼，便使汉军溃散而倒退数里。他让自己的骑兵看着他，他接连杀死几十名汉军，竟轻松得像演戏一般，从而赢得了部下的阵阵喝彩。项羽的结局是这样的：

> 于是项王乃欲东渡乌江。乌江亭长舣船待，谓项王曰："江东虽小，地方千里，众数十万人，亦足王也。愿大王急渡。今独臣有船，汉军至，无以渡。"项王笑曰："天之亡我，我何渡为！且籍与江东子弟八千人渡江而西，今无一人还，纵江东父兄怜而王我，我何面目见之？纵彼不言，籍独不愧于心乎？"乃谓亭长曰："吾知公长者。吾骑此马五岁，所当无敌，尝一日行千里，不忍杀之，以赐公。"乃令骑皆下马步行，持短兵接战。独籍所杀汉军数百人。项王身亦被十余创。顾见汉骑司马吕马童，曰："若非吾故人乎？"马童面之，指王翳曰："此项王也。"项王乃曰："吾闻汉购我头千金，邑万户，吾为若德。"乃自刎而死。王翳取其头，余骑相蹂践争项王，相杀者数十人。最其后，郎中骑杨喜，骑司马吕马童，郎中吕胜、杨武各得其一体。五人共会其体，皆是。故分其地为五……

读司马迁的书到了此处，我常常热泪盈眶。刘邦胜利，当了皇帝，作威作福，然而皇帝常有，英雄不常有。项羽失败了，他失败得如火如荼。他年仅三十就失去了生命，但他所展示的悲壮的人性之美，灿烂似星，永远闪耀在人类的精神领域。这是做了皇帝的刘邦所没有的。想象着一个古代英雄叱咤风云而视死如归的壮举，我总产生一种灵魂净化的感觉。生当作人杰，死亦为鬼雄，这是李清照对项羽的称颂，也是对人的一种期望。

我在公元前206年刘邦赴宴的鸿门徘徊，秋天的雨洒落在遥远的天边。蒙蒙的云雾下面，渭水一白，缓缓流动。渭水走过的关中，便是刘邦称帝的地方。他曾经冲入关中，又被项羽挤出，然后趁项羽之危，复返这里，接着主动离开关中进攻项羽，直到打败项羽，才重新回到了关中。他接受一个戍卒的建议，在这里建都。然而，苦心经营的江山，在他驾崩不久，竟为吕后所篡夺。他以是否有利于自己的原则为人处世，吕后便以是否有利于她的原则蹂躏了他主持的白马之盟。他教会了自己的妻子，妻子便谁都不顾，不顾他，也不顾他的儿子。不过，两千年之后的关中原野依然很美，即使曾经惊心动魄的鸿门，都满是宁静的柿树，它红色的果实闪烁于绿色的叶片之间，秋天的雨濯洗着它们。

以成败衡量人的价值，是一种普遍的思想，它的优点在于鼓舞人争取成功。然而，它不可避免地使人采用一切能够压倒对方的手段，从而制造着卑鄙的灵魂，失败的人仅仅因为他失败了，所具有的含金的品质便可能湮没。这不是人的可悲么，我的沉默的鸿门！

与渊明做朋友

孔融曾经对曹操感慨地说："岁月不居，时节如流。五十之年，忽焉已至。"是的，一切都像刚刚发生，如野草萌动而露水浸润一般的新鲜。实际上日月常转，当知天命了。非常幸运，在这样的日子，我要交陶渊明做朋友。他为诗杰，更是士雄。

秋高天澄，怀畅情悦，略阅庐山数景，便携妻儿直抵当年的浔阳郡柴桑县，今之江西省九江县，想看一看先生之墓以行礼。

中国的文化很容易使人有志，志存高远，志在四方，甚至会图谋解放人类。也许一个国家应该有宏阔的理想，但芸芸众生却不敢志大，尤恐大而不当。人多是在有了一番经历以后才能洞察社会的。从杂乱的生活之中所提炼的观点未必都是真理，然而它足以修正自己，调整成一种合适的生存方式。

不知道是否可笑，我年轻时候的榜样往往都是伟大的人。

最初我景仰鲁迅。江南之行，竟径奔绍兴，因为那是鲁迅的故乡。高瞻了三味书屋，遂直奔上海，在大陆新村9号观物思圣。鲁迅当然是伟大的，现在我仍认为他伟大，而且在以往那些困苦的昼昼夜夜，我是依他为精神靠山的。不过他没有陶渊明伟大，起码他积怨深怒这一点就显得小器。

有一度我颇为迷恋孔子，他的知其不可而为之的韧性，尤其让我钦佩。我尝在曲阜盘桓半月，举头望天，低头察地，想象他的形容。孔子永远都是伟大的，然而他孜孜于出仕，未免损害尊严。栖栖遑遑，固然是为了天下，不过为了天下就要折腰吗？甚至周游列国，屡遭碰壁，弄得状若丧家之犬，结果是什么呢？孔子之坚贞是否稍逊陶渊明了？

我还曾经投目托尔斯泰，觉得他具超拔之势，东方人和西方人无不在读他的书。不过其想似乎玄幻，逾越了普通人的接受程度。仅仅对幸福的理解，他的观点便让中国人眩晕。他是个神化的人，宗教化的人，心理偏执化的人。陶渊明比他现实，然而不比他低，也不比他俗。

我也曾经向歌德一再聚睛，特别欣赏他的智慧。他既能在哲学和艺术的世界劲游，又能在利益的世界阔步，卒不失名垂青史之荣。谁能像歌德这样成功呢？然而他太劳累了，也太周折了，甚至有庸俗之气。他缺乏陶渊明的清爽和干净，也缺乏陶渊明的潇洒和浪漫。

王维与陶渊明貌似，也神似。他们都知道官场之险峻，都有所退，不过王维是半退，他也有俸禄以惠衣食，但陶渊明却是全退，不得不躬耕谋生。王维心小，陶渊明心旷。王维的消极有幽暗，陶渊明的消极有明丽。王维的快乐有阴影，陶渊明的快乐有光芒。陶渊明是温暖的，也是可以敬爱的。王维和陶渊明都是诗杰，但王维却难为士雄。

苏东坡告其弟苏子由说：“深愧渊明，欲以晚节师范其万一也。”他冲闯官场，一再与人发生政见之争，弄得自己贬谪复贬谪，伤痕累累，甚至身临牢门。宏观之，是非何在？远望之，意义何在？所以苏东坡没有陶渊明高，苏东坡也不算士雄，尽管他才华横溢，盛名盖世。深愧渊明，是苏东坡的谦虚之道，也是自知之明。

屈原独醒，可惜独醒并没有保障他的安全，甚至独醒把他推进了鱼腹，独醒何悲！独醒当然也可贵，不过屈原的问题不是独醒，而是愚忠。忠于真理而牺牲自己是伟大的，若哥白尼，若布鲁诺。忠于国家和民族而牺牲自己，也伟大。但屈原却是因忠于一个人而牺牲了自己，而且他所忠之人是昏人，是弱人。尽管屈原所忠于的楚王为君，不过君也仍是人，是沦其社稷于灾难之中的特殊的人，如此而已。屈原先忠于楚怀王，继之忠于楚顷襄王，皆是昏弱之君，足见他迟迟没有觉悟，独醒什么呢！陶渊明没有这样为一个南面称王的人尽心竭力，因为他早就发现道丧了，人不可靠，君也不可靠。陶渊明比屈原伟大，陶渊明是大醒，屈原仅仅是小醒。

李白和杜甫，一个诗仙，一个诗圣，桂冠之华，中国文化人罕有，然而他们无不是官迷，强烈地想跻身于朝廷。李白神出鬼没，时隐时现，不过心向长安，受到唐玄宗招致，便仰天大笑，高喊自己并非蓬蒿之人。一旦皇帝发现他不宜政务，让其还山，遂牢骚满腹，参加叛唐的永王李璘幕府而丧义，忽然做军阀宋若思的参谋而乱节，卒以依附县令李阳冰而窘迫。老杜久怀宏愿，只是宦海难渡。决心书、求情信纷纷投送，足以成册。攀附驸马，结交王孙，晨敲富家之门，暮随骏马之尘，真是有伤风骨。“自谓颇挺出，立登要路津。致君尧舜上，再使风俗淳。”此乃老杜的抱负，但他得到的却是小吏之位，情绪当然难畅，遂一再失态。陶渊明五次任职，五次辞职，挥霍潇洒，不留斧痕，不受委屈，显然是李白和杜甫所缺的。

心怀十分敬爱，要凭吊一下五柳先生，遂到九江县来了。地主好客，皆指沙河镇有先生之墓。在一个花木葱郁的半坡，我看到了先生的坟茔，遂肃然而立。接着过神道，观牌坊，读碑抚亭，赏菊之素。一泓碧水，汪然为湖，数枝红荷，凌波而放。我惊叹，妻儿也觉这里美。

遗憾的是，当我离开沙河镇的时候，才有人告诉我，纪念陶渊明的设施，在这里的几乎都不是原版。原版的陶渊明之墓在马回岭镇的面阳山。不过交通有碍，难以去，尤其墓在禁区，没有政府的证明是免进的。真是扫兴极了，然而我决意要见一见先生之墓。

世人对陶渊明的喜欢，既有他的诗，又有他质性之自然。其文章似枯而丰腴，似澹而醇厚。对此，欧阳修与王安石异口同声地喟叹，晋无文章，唯陶渊明而已。他的气节更是一直为文化人所推崇。问：是什么气节呢？答：不为五斗米折腰，君子固穷。

我当然推崇陶渊明的气节，不过这其中的问题显然还有仔细研究的必要。郡上有督邮检查工作，县上的领导应该束带迎接。如果这是一种规矩，那么陶渊明行此礼也不失身份，而且显示了一种修养，何必由于如斯细节就解其印绶呢！大约并非这样简单。君子固穷，不怕穷，然而君子若有妻儿，非一个人生活，那么还是应该努力改变经济状况，以免妻儿受苦。我不是否定陶渊明的气节，也不是批评他。我强烈的感受是，除了卓然的气节以外，陶渊明还有一种更可贵的追求，这就是人的生命要饱满，要充盈，凡羁绊生命的一切都当努力摆脱，尤其是社会强加的。他的气节已经极其可贵了，不过陶渊明的伟大不仅仅在其诗和质性之自然，或是其气节。他更伟大的是，在东方和西方的智者还处于黑暗之中摸索的岁月，用直觉发现了生命自有的价值，并珍视此价值。

陶渊明有怀疑精神。似乎存在着一种公理，善有善报，恶有恶报，所谓："天道无亲，常与善人。"陶渊明怀疑。他认为伯夷与叔齐饿死于野，就是善人不得善报。孔子指出仁者寿，陶渊明也怀疑。他的外祖父孟嘉行不苟合，辞不矜夸，有温和雍容之态，无喜愠骤变之色，素得上下尊重，

51岁卒。他的妹妹程氏有德有操，柔顺且孝，39岁卒。他的堂弟陶敬远清心寡欲，先人后己，不固执，不孤僻，且有艺术禀赋，31岁卒。他不信仁者寿之论，显然有自己的观察和思考。道求神仙，佛修轮回，陶渊明都怀疑，并予以拒绝。

陶渊明是一位个性主义者。他63岁死。之前便有预感，遂自撰祭文，想象亲戚故旧为他送葬，供食献酒，一片凄怆，直到棺柩入穴，形灭魂安。视死如归，毫无忌讳。他患病时，江州刺史檀道济携粱肉看他。陶渊明箪瓢屡空，确实很穷，然而抱歉，不要你当权派的粱肉。陶渊明54岁那年，王弘任江州刺史，想结识他。他没有兴趣，遂谢绝了王弘。王弘坚持要见，竟施计由同仁邀其喝酒，自己装作巧遇，忽然而至，不过陶渊明见而不理。陶渊明也不是一概反感当权派，他大约是反感王弘和檀道济之类的当权派吧！陶渊明是厌恶官场，但他却有一批当权派朋友。郭主簿、顾贼曹、刘柴桑、丁柴桑、殷晋安、戴主簿、羊长史、张常侍、庞主簿、邓治中、王抚军、庞参军，皆是州郡县有职位之人，他们全是陶渊明的朋友，陶渊明与他们常有来往。陶渊明也并非固陋不化，凡当权派就统统断交。由斯我猜测，他不愿意束带见督邮，主要是这个人拙劣之故。由斯我也推导，陶渊明固穷，是在坚持学而优可以不仕。不仕无禄，尽管如此，还是不仕。孔子指出不仕无义，然而陶渊明偏偏不仕。仔细推敲，陶渊明的不仕属于对污浊的权力阶层的厌弃，甚至是一种宁静的反抗。他做了一次壮丽的决裂，走得真是远，是士所难望其项背的先锋，是先驱的先驱。如斯绝伦的个性主义者，我喜欢！

陶渊明是一位自由主义者。屡进机关，屡出衙署，终于躬耕不仕，不是由于报酬太少。他的几个职位报酬并不多，然而总会多于种田之得吧！他自离其任，根本原因是体制生压抑，官场多诡谲，意志不得自由。他说："饥冻虽切，违己交病。"躬耕虽苦，不过当行即行，当止即止，或作或息，或歌或咏，意志还是自由的。东林寺主持慧远是高僧，极具威望，刘柴桑也是陶渊明的至交，他们成立了白莲社，邀陶渊明参加。陶渊明恐要他禁酒，不愿意。他们承诺陶渊明不受戒律，可以喝酒，参加就行了。那好，往东林寺去。登临青峰，闻佛乐演奏，览佛香萦绕，他遽然背身而去。为什么？组织若网，纲纪若笼，即使会进西方极乐世界也不必了吧！生命是可贵的，自由更可贵。他甚至在离任回家以后息交绝游，以保证自由之意志。为什么？以免拉帮结伙，周旋名利，所以即使山头有风光也不必了吧！富贵是可贵的，自由更可贵！

陶渊明是一位快乐主义者。他少年丧父，有家未兴，挂印便当自己垦荒，田广而收薄，生活一直拮据，甚至有一度居然到了求贷乞食的地步。然而陶渊明从不为穷而忧，反之总是行乐。他大发感慨："且极今朝乐，明日非所求。"从不惑之年开始，他就一路高唱行乐之歌。40岁时，曰："挥兹一觞，陶然自乐。"41岁时，曰："聊乘化以归尽，乐夫天命复奚疑。"42岁时，曰："放欢一遇，既醉还休。"45岁时，曰："今我不为乐，知有来岁不？"又曰："何以称我情，浊酒且自陶。"49岁时，曰："感彼柏下人，安得不为欢。"又曰："应尽便须尽，无复独多虑。"50岁，知天命了，陶渊明曰："得欢当作乐，斗酒聚比邻。"又曰："倾家持作乐，竟此岁月驶。"还曰："放意乐馀年，遑恤身后虑。"62岁时曰："介焉安其业，所乐非穷通。"行乐显然成了他生命的主题。

他63岁总结自己是安于处境、无忧无虑，并把此法则提供世人。陶渊明曰："勤靡馀劳，心有常闲，乐天委分，以至百年。"遂溘然而逝。

生子为父，父盼子成，这是遍布天下的希望。陶渊明有五子，似乎统统不才，然而这等煎熬之事，也并没有把他拖入愁云苦海之中。他豁达地说："天运苟如此，且进杯中物。"

庄子发现，凡得道之人，贫贱也罢，富贵也罢，都是快乐的。自古至今，芸芸众生，能得道的没有几人。显然，陶渊明是得道者，而且是佼佼者。得道者，当为大德大智之人。显然，陶渊明是这样的人。得道者掌握了生命的真谛。显然，陶渊明是理解了生命秘诀之人。

陶渊明的快乐无非是在幽居之中喝酒、歌咏、游山玩水、耕耘收获，无不是简单而健康的。当然，快乐也可以是丰富的。不过不能是消极的、颓废的，更不能是畸形的、病态的。今之中国人，穷贱者多不快乐，富贵者快乐的也不多，可怜的是多以感官刺激为快乐！

快乐是生命的需要，也是生命的本质，快乐之于人，当如木之向荣，花之含香。

陶渊明是小时代孕育的一位伟大的人。陶渊明之伟大，在于他的诗、他的质性之自然、他的气节，更在于他的价值观及其所行。他之所行，见证了生命固有的价值在于怀疑、个性、自由、快乐，从而是人要珍视的。在探究人何以有价值的问题上，陶渊明和孔子是一样伟大的，然而在关注人的生命上，陶渊明比孔子更伟大，因为他更理解生命，更尊重生命。据此，窃谓陶渊明的追求比孔子的追求更具现代性，陶渊明也更像一个现代人，一个现代知识分子。凡是中国的文化人，到了活得明白的时候，往往都会景仰孔子，敬爱陶渊明。

有一点我必须强调：我并无官场要脱身，也无宅院和田园能隐身，不过这不妨碍我向陶渊明学习。陶渊明的归去，是以逃亡换解放，享受闲适，尽管很穷！他之避于世，本在轻于名与利。陶渊明之所行不易，太难，从而伟大，我颂其为士雄。学习陶渊明，就是学习他的价值观及其所行。

朋友，我远远地追慕而来了，遗憾我不会喝酒，即使坐你面前，对你娓娓汇报，我也不喝酒。不过我玩瓦弄玉，我的瓦和玉就像你的酒。在我看起来，你喝酒也只不过是途径而已，当你陶然之际便会忘记酒的，这仿佛你得意而忘言的境界！

觅得如斯朋友，不到其墓致祭怎么能安宁，何况我已经在九江县了。出了沙河镇，我就租车，赶至马回岭镇的面阳山。

丘陵起伏，道路逶迤，疾驶数十公里仍是无边无际。旷野多草，绿退黄浮，风吹白茅，一个一个的村子都是空的，寂寞着，偶见有童叟候门。我问："种田的人呢？"司机说："壮年能打工的都进城打工了，青年更不想待在乡里。"今之形势，城华乡敝，农民避穷趋富，当然都会离开村子。

蓦地有红色的标志出现，不允许车向前。我要求继续走，司机犹豫了一下，便继续走。才走了几百米，就有人示意停车。界限为度，不可闯禁区，遂携妻儿下车。四望面阳山，纵岭横峰，苍苍莽莽，不知道何处是陶渊明的入土之地。当年他嘱咐家属，葬之不封不树，得体为妥。不过我想墓总是存在的，虽不能至，不过它就在面阳山。云轻雾薄，阳光透亮，可惜我只能远眺。情有所郁，遂原地徘徊。在坡底有菊竞放，灵机一动，采之遥祀。一阵风翩然掠过高岗上的树，先生有灵，先生感应了。

玉华山：玄奘圆寂之地

子午岭沿黄土高原与关中平原之间的边际徐徐东进，南折而行，忽然一个盘旋，遂耸成了玉华山。川流不息，冲出四个峡涧，都极为幽邃，它们是：芝兰谷、凤凰谷、野火谷、珊瑚谷。唐太宗李世民曾经说："有玄奘法师者，法门之领袖也。"玄奘便圆寂于斯。古者有言，生有时，死有地。玄奘居然应验了。

在中国历史上，有创造意义的思想家几乎都出现于小时代，因为小时代相对宽容。唐是大时代，唐有玄奘，为卓越的佛学家、哲学家，似乎可以证明大时代神经的紧张并不妨碍出现伟大的思想领袖。其实不能证明。

实际上唐有玄奘，完全属于个例。唐太宗贞观元年，公元627年，玄奘26岁，开始了西域之行。他是随商队出境的。他曾经再三上书朝廷，盼能批准其往天竺去学习佛经，卒无音信，遂不惜违反法律，擅自出境而去追求真理。见他走了，官方便发布了通缉令，指出："有僧字玄奘，欲入西蕃，所在州县，宜严候捉。”他到凉州，通缉令便到凉州；他到瓜州，通缉令便到瓜州。好在有仁者相助，他才没有半途而废。

玄奘是洛州缑氏（今河南偃师）人，慧根深长，13岁便在洛阳净土寺出家。之后持钵云游天下，足迹遍布今之河南、陕西、四川、湖北、河北和山西，谦虚请教高僧大德。不过他终于遗憾地发现，佛教流行中国几百年，争论纷纭，迷惑久存，信徒也各执其辞，遂发誓往释迦牟尼的故乡去澄清问题。

西域路上，玄奘九死一生。风暴、沙漠、雪山、骄阳，迭起袭身；尝有四天不得饮食，而且常常迷失方向，只能循白骨和马粪向前。胡佬之谋害，盗匪之抢劫，甚至部族之强留，也都是致命的危难。然而他发誓：宁可死，不能屈，并坚持走到了天竺。数渡恒河，遍巡圣迹，尤其是在那烂陀寺随戒贤大师的5年学习，使其佛经大明。遵戒贤大师之命，玄奘为众僧设坛授业，释义排难，从而声名鹊起。应戒日王之邀，在曲女城参加法会，连续18天宣扬大乘之旨，千目仰视，万耳倾听，竟无一人能诘难之，从而威望隆盛。这是641年春天的情况，玄奘时年四十。

然而到佛教之源学习，是为解决中国的问题，天竺再惬，玄奘也要归去，遂告别了他的崇拜者和仰慕者，启程返回。在抵达于阗国的时候，玄奘不忘他是偷渡出境的，便上书朝廷，承认自己私奔天竺，触犯了宪章。645年，唐太宗下诏，表示欢迎其还，并愿见他。

一个彻底追求真理的人既不惧怕，甚至准备牺牲，也能拒绝富贵和权力。当年在赴西域的路上，便有高昌王爱敬玄奘，提出要供养他一生，并奉为国师，让其民崇拜和仰慕，不过玄奘坚拒，因为其目标并不在地位与生活的优越。在洛阳，他向唐太宗汇报了西域17年的收获，唐太宗欣悦有加，觉得其具松风水月之清华、仙露明珠之朗润，竟建议他辅政治国，不过玄奘也婉拒了，因为他所盼的不是世俗之显赫。矢志成事，就当像玄奘一样去欲无畏。怯狼怯虎，要玉要金，一定事不成。

玄奘返回以后，基本上就在长安翻译佛经，先在弘福寺，后到慈恩寺，又到西明寺，凡15年，功绩丰硕。可惜京师人杂，请教者和好奇者纷至沓来，难有宁日。长期劳作，身体也病倦了，他便上书唐高宗李治，希望恩准往玉华寺去翻译佛经，度其余生。唐高宗同意了，并批示翻译佛经的团队随之而行。

玉华寺就在玉华山。唐高祖武德七年，公元624年，唐高祖在凤凰谷建仁智宫，一来避暑、狩猎，二来可以驻兵防御突厥对关中的进犯。到了贞观二十一年，公元647年，唐太宗竟患风疾，特别惧热，便改仁智宫为玉华宫，并扩大为五门十殿，巍峨之极，从而修养于斯。唐高宗登基不久，便废玉华宫为玉华寺，并还土于民，其原因难测。玄奘便居这里的肃成院，共4年，有大典翻译成册。

唐高宗麟德元年，公元664年，正月的一天，玄奘在玉华山过河，趔趄失足，损伤其胫，渐成重病。玄奘显然有预感，遂吩咐门徒，他的生涯将尽，死了用苇席裹尸，置于深山老林的僻静之处就行了，因为他的身体不洁，怕染天物。几个门徒安慰了师父，但自己却不禁流泪。26天以后，玄奘便圆寂了。

西安距玉华山有两个小时的里程。我到这里的时候是黄昏，天净若洗，晚霞绚烂，恰有大雁在征，羽翼匆匆，长鸣于空。高岗上和峪沟里的草木尽管青葱满堆，不过似乎已经有秋风在孕育了，随之出现的将是黄叶摇落，萧瑟为气，蓦地感到一阵惆怅！

玄奘曾经向唐太宗提出要入住嵩山少林寺，太宗不同意，以后玄奘又向唐高宗提出要到嵩山少林寺，高宗也不同意。为什么皇帝不给玄奘选择的自由？为什么非要把玄奘安置在长安不可，是由于玄奘的思想影响天下吗？皇帝是如何考虑的？玄奘又是怎么一种感受？我徘徊沉思，心境悲凉。

玄奘在玉华山多少留下了一些遗产。我看到了悬空而凿的供奉释迦牟尼及其他菩萨的岩窟，看到了一棵娑罗树，还有佛足印石和金刚座石。

玄奘是旷世之人，也是绝代之人。别了，伟大者！

辋川尚静

辋川是一个长长的峡谷，王维曾经在这里居住。如果一个现代人为尘世所烦，效仿王维的行为，到辋川去生活，那么一定荒唐，尽管辋川尚静。

辋川确实很静，一床河流，两岸青山，仅仅是这种结构就区别了乡村的小巷和城市的大街。那里的人烟总是稠密之极，但这里的人烟却稀疏得须臾便融化在风云之中。我是挤在农民之间坐着三轮车来辋川的，他们陆陆续续到站下车，并一一消失于葱郁的树木背后。点点房屋，筑在崖壁之侧，并不容易发现。

我来这里没有什么明确的目的，只是为了感受一下辋川的气氛。倘若此乃目的，我以为此目的潇洒而苦涩。司机将我拉入辋川的深处，收了使他满意的钱，就兴奋地驾驶着三轮车走了。辋川归于沉寂，孤独的我望着在峪谷中滚动的白水，竟觉得恐惧。恐惧没有对象，只是这里的空，这里的无声无息。

王维栽种的银杏，挺立在湿润的河岸，树皮满是裂纹，粗壮的主干，被水淋成了黑色。从叶子流下的水，继续洗濯着树皮。它真是太老了，呈现着一种挣扎状态。它已经在辋川生长了千年之久。风云掠过它高高的梢头，小而圆的叶子上的水唰唰地摇落着，我看到那叶子翻动得忽白忽绿，晶莹如迸溅的浪花。这样葱茏的叶子，生长在几乎腐朽的枝干上，颇耐人寻思。奇崛的枝干多似烧焦的干柴，然而我由此也知道了生命的顽强。年迈而傲岸的银杏，压得我十分渺小，仰望才可以看到其全貌。山峰罗列在它的周围，尽管那些都是秦岭的余脉，但在峡谷，我却仍感到它们的伟大。它们需要仰望。唯有溪水在我一侧，源远而流长。

王维在辋川的别墅，最初是宋之问的，这个喜欢歌功颂德的诗人，以媚附权贵得宠一时，但最终的下场却是被皇帝赐死。王维迁居辋川的时候，宋之问已经作古，那么他是如何购得这里的别墅呢？我能猜测的只是，辋川的美一定迷惑了王维，否则他怎么单单选择了宋之问的别墅？终南山巍然耸立，可以供他居住的地方应该很多。时间将王维的别墅早就摧毁了，幸运的是，支撑某个柱子的扁圆的石墩，竟穿过层层的岁月得以保留，而且完整地放在银杏旁边。那些湿漉漉水汪汪的苔藓，绣住了它的每条皱纹和每个斑痕。

秋天的雨丰沛极了，仿佛风云微微扭动一下它便有了。辋川的雨是明净的，线似的，一根一根拉到峡谷，空极了，空得无声无息。山坡上的红叶，渲染在碧翠的草丛，一些青白之石竟架在杂树的根部，危险得随时都会滚落，不过蒙蒙的雨送给它们一层薄薄的梦，梦悬在辋川的山坡上。王维一定看见过这样的梦，甚至入过这样的梦，不然，他的诗画怎么那样惟妙惟肖，有声有色！王维之后三百年，苏轼《书摩诘蓝田烟雨图》赞叹："味摩诘之诗，诗中有画；观摩诘之画，画中有诗。"摩诘是王维的字。

王维购得辋川别墅，是他显然过得富贵的证明。贫穷的诗人，是不可能拥有一个辋川别墅的。他在二十二岁便进士及第，并步入仕途。他担任过太乐丞、右拾遗，并以监察御史的身份奉使出塞。王维四十岁做了左补阙。恰恰是这个阶段，他开始迷恋山水，来往于长安与辋川之间。他既从政，又当隐士，游离于人类斗争与自然情调的两极。朝廷的险恶，伤害着他的心，但辋川的美妙，却给他的心以慰藉。王维这样的生存状态，是他最智慧最得意的选择，也是其无可奈何的选择，除此之外的任何做法都可能是下策。人总是希望自己生活得幸福一点。以王维的气质，他不能彻底陷入官场的名利之争；以王维的经历，他也不能彻底沉醉于辋川的田园之乐。他必须兼而顾之。这样他就得到了入世之荣，摒弃了入世之累，避免了出世之苦，享受了出世之妙。在入世与出世之间，存在着一个广阔的地带，他欣然奔走于两端。人似乎只能这样生存，不然，完全媚俗与完全脱俗，都可能导致深刻的痛楚。我不赞成某位学者对王维的抱怨。这位学者认为，他缺少陶潜的勇气，没有彻底地决裂于官场。这是一种刻薄的认识！

雨中的辋川并不知道人的思想，它只是自然而然地呈现着它的状态。秀峰沉默，层岩相依，雨水悄悄地滋润着万物。秋风过处，衰柳飘荡，黄叶旋飞。曲折的路径，流水潺潺，青草萋萋。松、柏、杨、槐之类，高高低低，互相掺杂，组成了绿的森林，并覆盖着辋川的沟沟坎坎。偶尔一树柿子，落了肥叶，惟红果占据枝头。白水流过幽深的峡谷，遇石而绕，触蒿而漫，柔韧地向前游荡而去。

公元756年，安史之乱爆发的次年，已经五十五岁的王维被叛军逮捕，软禁于洛阳的一个寺庙。他吞药致病，装哑而活，但他却终于敌不过安禄山的骄横，无奈地接受了伪职。唐政府征服叛军之后，皇帝对那些接受伪职的人统统定罪，不过王维在软禁之中，曾经向探望他的朋友裴迪诵诗，其诗之意受到皇帝的嘉许，遂对他只作降职处理。之后任给事中，尚书右丞。这是王维的幸运了。其诗是这样的：

万户伤心生野烟，
百官何日再朝天。
秋槐花落空宫里，
凝碧池头奏管弦。

尽管如此，安史之乱毕竟摧残了王维，他渐渐变得消沉了，或者说，他变得更加淡泊、更加寂寞。他常常拄着拐杖，站在门外，抬头望着辋川的落日斜辉。暮色之中，稀疏的钟声、回家的渔夫、飘扬的花絮、柔弱的菱蔓，都使他感到惆怅。他看着看着，便转身入舍。他已经深深地进入了佛境。王维的母亲就信仰佛，这影响了他的灵魂，不过到晚年，他才彻底皈依。他食素，不茹荤，认真地参禅。他静坐辋川，闭着眼睛，寻找着解脱之道，并企图超越生死之界。香烟袅袅，烛光闪闪，王维的心凄凉而宁静：

独坐悲双鬓，
空堂欲二更。
雨中山果落，
灯下草虫鸣。
白发终难变，
黄金不可成。
欲知除老病，
唯有学无生。

人生真的像王维觉悟的这样么？我不知道。唯有达到王维的境界才能理解王维，不过我没有。我只感觉，自然如我面前的辋川，社会如我身后的市井，都有其美的一面，都能给我以享受。然而，我的辋川之行，明显地含有烦于我那圈子的成分。是的，我很烦，某些时候我简直不堪负荷。我从栖身的圈子走出，到辋川去换换空气，这确实使我感到一种轻松。

雨中的银杏独具丰采，圆润的叶子像打了发蜡似的明滑，并为强劲的风所反复翻动，但银杏的本木却牢固地埋在土中，风怎么吹它也不动。这是辋川最古老最高贵的植物，水汩汩地流过其黑色的树皮。王维种植的银杏，成了他在这里生活的主要标志。不过它终究要倒下的，留下的将只有辋川。

辋川很静，长长的峡谷完全沉潜在秋日的烟雨之中了，所有的树木、草、青石及白石，都化为迷蒙的一团。一只鸟也没有，一只兔也没有，甚至除我，一个人也没有，唯有风声雨声和河流的浪声。我对这样的自然的空，多少是恐惧的。一瞬之间，我真是惊骇起来，害怕从山中钻出一个野兽或怪物。这样想着的时候，我似乎已经有了对付它们的准备，于是忽然吊起的心就慢慢放了下来。蓦地，我感觉身后有脚步的挪移，飒飒的，仿佛是谁用树枝在地上划动。我猛然回头，竟是一个穿着蓑衣的农民，他木然站立，雨流其身，轻轻地问我：“你要三轮车么？”

苏轼的面纱

凭我长期的观察，我以为，任何人都难以看清。所有人留下的印象都是瞬间的，而非终结的；是部分的，而非全体的；是表象的，而非本相的。

人之难以透彻认识，不属于人的道德问题。也许人的变幻、玄妙和藏匿，甚至人的掩饰与伪装，都是由进化造成的，当是生存的需要。

随着这样的思索，我发现一个成语，尽管古也用，今也用，似乎很精辟，实际上它也只有微小的一点道理，其曰：盖棺论定。

死仅意味一个人不能创造未来了，但他的历史却未必会随其死而没有变数。究竟谁可以盖棺论定呢？

人越是杰出，越是深刻地作用于世界，他就越复杂，越不易把握。

大约苏轼就是这样一个多有蕴含的人。我无意损剥苏轼的意象，也不敢，更是不能。不过他也并不是简单的一个文学家、书法家和画家，尤其不仅仅是他的诗词所折射出的那个雄姿英发的人。当然，这得对他的天性和经历进行勘探，或是撩开他的面纱。

重臣之谋

老夫聊发少年狂。左牵黄，右擎苍。锦帽貂裘，千骑卷平冈。为报倾城随太守，亲射虎，看孙郎。　酒酣胸胆尚开张。鬓微霜，又何妨！持节云中，何日遣冯唐？会挽雕弓如满月，西北望，射天狼。

世皆称苏轼此词由打猎伏虎，引向奔赴边疆，抗击犯宋的西夏，表现了他的壮志。

错了！

衮衮论者只见肌肤，不见骨髓。究竟有什么根据，可以证明苏轼是一个愿意带兵作战的人呢？

苏轼此词虚实结合，有戏谑，有抱怨，也有象征和隐喻。然而其主题是，向京师呼喊，向宋神宗呼喊：什么时候召我回到朝廷，让我肩负国家的大任呢？此词透露了苏轼远大的政治抱负。

一旦苏轼掌握了一定的决策之权，能够执政，他会有办法治理国家，包括保卫边疆。他也会发现并起用带兵作战之将。然而他不会带兵作战。

苏轼在此词中嵌入了汉文帝派冯唐往云中去恢复魏尚郡守之职的故事。魏尚善斗匈奴，可惜以多报首级六颗，朝廷处理了他。郎官冯唐认为魏尚甚是优秀，建议汉文帝赦免其罪。汉文帝从善如流，便遣冯唐传达委任之命。如果认为苏轼希望宋神宗像汉文帝对待魏尚一样对待他，令他在边疆工作，以示忠义，以取功勋，那就低估了苏轼的抱负和期许。

苏轼自谓老夫，是晋升之情的急迫表现。打猎这一年，他四十岁，虽然春秋鼎盛，不过日子也不能蹉跎了。他三十六岁离开京师，在杭州任通判四年，现在又任密州知州近两年了。他害怕久在地方当官，耽误了仕途，若如此，何以兴社稷，济苍生，何以辅佐宋神宗，结其人心，厚其丰俗，存其纪纲，从而使天下安宁与富裕。

苏轼尽管不是少年了，甚至还添了几根白发，然而他仍能牵着狗，托着鹰，骑着骏马放箭伏虎。这样的气魄和精力，不恰是可以承担要职的时候吗?

正因为苏轼的政治抱负未能实现，牢骚太盛，遂时为奸佞所构陷，身陷监狱。

苏轼从开始便有政治抱负，并为之扎实准备。欧阳修读了他的文章，顿然感叹:“吾当避此人出一头地。”宋仁宗更是欣赏苏轼，相信他将成为其子孙的宰相。

苏轼研究了宋朝廷的情况，知道国家有三患：一患财不丰，二患兵不强，三患吏不择。他也知道此乃国家软弱的关键，并思考如何改变它。苏轼不仅有政治家的向往，显然也具政治家的器识。

“会挽雕弓如满月，西北望，射天狼。”苏轼激情澎湃，声势浩荡，他的前景仿佛会如日中天。

困厄与潦倒

御史台在抓苏轼之前，苏轼已经得到了消息。宋政府的保密制度似乎充满漏洞，不过这也证明朝廷或皇家有苏轼的朋友。

苏轼十分紧张，就把湖州知州诸事交给祖无颇处理，自己应对即将发生的祸患。祖无颇时在湖州任通判，属于辖区的副主管。有了苏轼的委托，他对诸事便全盘负责了。

宋神宗的钦差皇甫遵一行出现在衙门，引起了上上下下的惶恐。苏轼更是惊悚，竟若鸵鸟，不敢出头。祖无颇建议他必须见皇甫遵，苏轼才决定露面。

怎么见，以什么身份见，穿不穿朝服？苏轼也很踌躇。祖无颇认为还是穿朝服合适，因为现在还未定罪，苏轼便换了朝服。

苏轼出了门，看到皇甫遵站在庭下，他旁边的两个役卒白巾青衣，左一旋目，右一旋目，狰狞凶狠。皇甫遵沉默不语，苏轼便致礼说："轼自来激恼朝廷多，今日必是赐死。死固不辞，乞归与家人诀别。"皇甫遵说："不至如此。"

苏轼尽管是请求，不过我仍感到了他的一种凛然之气，保持了一个士的风度。可惜皇甫遵示意役卒展示了逮捕令以后，便绑了苏轼。他们如驱犬赶鸡，押解而去。

坐在船上，苏轼旋觉凄凉和孤独。遥望京师，他渐渐手足失措。不知道如何用刑，不知道要遭遇什么折磨，也许真的会赐死！

难料的审讯与结局吓坏了苏轼。船过太湖，月明星稀，他竟起意跳水，但恐连累苏辙，遂摒弃了自绝之念。没有自由，没有尊严，确实煎熬，尤其考虑到可能降临的侮辱，苏轼有些发怵。船过长江，雾漫际涯，他竟又起意跳水。这显然仍将连累苏辙，就又熄灭了自绝之念。

御史台的监狱也并无特殊之处，只是更坚固一点而已。役卒冰冷地把苏轼推进牢房，锁门走了。审讯虽然没有用什么家伙，然而气氛森严。苏轼态度端正，承认他的诗词有对王安石变法的讽刺。

宋神宗感到震怒，对事态的怀疑也加重了，并要求严查。苏轼遂完全招供：不仅承认以诗词讽刺变法，而且讽刺朝廷所用多是群小，其如乌鸦。他还解释了一些隐言和暗语。他似乎彻底垮了，因为他交代了自己有问题的诗词100余首，从而带出了39位朋友与同僚，当然也带出了苏辙。

我不能残酷地要求苏轼是烈士，然而如此招供，也是不幸了。我也没有发现他对自己连累他人而表示道歉！

唯王巩完全无辜，因苏轼的连累而远谪宾州，他表示过歉疚。

苏轼是怎么获悉御史台盯上他的呢？是驸马王诜，苏轼趣味相投的朋友。王诜侧闻苏轼有难，赶紧让人告诉苏辙，苏辙又赶紧让人告诉苏轼。因苏轼案，王诜被削官除爵，苏辙被贬为监筠州盐酒税，五年不得调动和提拔。受到连累的部分大臣，包括张方平，被罚红铜30斤，司马光及其他人被罚红铜20斤。

苏轼明白结局不会善终，遂为死作了准备。然而他才华盖世，名满天下，尤其处世无恶，于是向宋神宗陈情以拯救苏轼的人就很多，包括太皇太后曹氏及朝廷的要员和元老，还有王安石。宋神宗再三斟酌，对苏轼做了这样的处理：充黄州团练副使，本州安置，不得签署公事。

在黄州，苏轼曾经气贯长虹地高唱："大江东去，浪淘尽，千古风流人物。"不过也曾经苦吟："自笑平生为口忙，老来事业转荒唐。"

黄州实际上是他的放逐之地。苏轼初居贬所，有朋友看到他生活艰难，便为其请得荒废的营地数十亩。他在此建了五间房，榜曰东坡雪堂。苏轼携子锄草、翻地、拣瓦砾石子、种粮种菜。他经常汗流浃背，脸晒得黑瘦。尽管还是一个官，不过俸禄殆尽。然而毕竟是官，尚能得到一点俸禄，可惜它竟是实物。什么实物呢？公家卖酒于民，之后退回的酒袋。他得到的是以酒袋所折合的俸禄。

物质的匮乏也还可以支撑，更痛楚的是精神。苏轼心有余悸，便杜门幽居，客至也辞。以出口落笔遭殃，就闭口休笔以求平安。有信复朋友，总是叮咛不必示人，或嘱其阅毕烧掉。

郁闷极了，便扁舟草屦，投身山水之间，涉足樵渔之中，一再为醉汉推搡和谩骂。他觉得生人都不认识自己，故人也少有问候，几乎被社会忘了。为此，他声称自喜，实际上也是无可奈何，因为苏轼的性格不宜寂寞。他本喜欢热闹，是追求赞扬和拥戴的。

为冲破窒息，他只能窜巷入户，寻找黄州乡野之人聊天。有人能侃，有人木讷不能侃，他对没有什么趣闻的人，便鼓励其胡扯，鬼也行，怪也行。

苏轼文章彪炳，命运乖蹇。五十八岁那年，朝廷又以他所谓的制诰用语涉及讥嘲，再三审理，贬宁远军节度副使，惠州安置，不得签署公事。这仍是放逐，不过惠州比黄州的环境更差。这里天气郁蒸，瘴疠起伏，显然是要摧残苏轼了。

刚到惠州，苏轼住嘉祐寺，仿佛是一个小村的荒院。锅都是以三足而立，不过苏轼的锅已经断腿，然而他仍能用它炒菜、烧汤、蒸米饭。也许是水土不服，或是饮食不适，他的痔疮反复发作，疼得如火如辣，早晚只吃几两淡面。

有僧卓契顺自苏州至惠州看望他，并持定慧院长老守钦的诗。苏轼不禁感慨，便作诗和守钦，并嘱卓契顺转交守钦。但在卓契顺临行之际，苏轼却猝生畏怯，索回了自己的诗，匆匆焚了。

为住得方便，苏轼选白鹤峰起宅，打算久居惠州。他有诗曰："日啖荔枝三百颗，不辞长作岭南人。"不过造屋花光了他所有的钱，遂日夜犯愁。

严重的是苏轼并不得安生，因为1097年，他接指示：责授琼州别驾，昌化军安置，不得签署公事。看起来，这是想让苏轼殁于海南岛了。

君命如山，苏轼只能急忙赶路。他与长子苏迈商量并安排了后事，便由三子苏过搀扶而行。儿子哭，孙子也哭，惨若诀别。黄州诀别一次，惠州再诀别一次。惠州的诀别比黄州的诀别似乎更吊诡，甚至更是不祥。

苏轼乘船登海南岛，进了贬所，便上书宋哲宗，哀诉自己年迈体衰而瘴疠攻击，不知道可否生还。也许会生还，只是怕不能生还，婉转地恳求允许其放还。

在儋州，苏轼租赁了官屋寄宿。其屋破漏，晚上下雨便反复挪腾。即使如此，大臣章惇和蔡京之流仍要催命，于是有一天，有小使就找到苏轼，逼迫他离开官屋。

没有办法，苏轼遂觅得一片废地，污池之侧，桄榔林之下，筑一陋室，仍雅称桄榔庵。儋州粳米少，糯米也少，不足于食，苏轼入乡随俗，以薯芋掺米为饭。

夜深浪响，苏轼每每独坐沉思。他经常背一个大瓢，在田野一边走，一边唱。有一天，苏轼会朋友，回家的时候下雨了，他便戴着竹笠，穿着木屐，慢慢回家。他的样子，完全像一个农民。几个童子看到他，就跑过去尾随着，起哄、捉弄他。

宋哲宗崩，宋徽宗立，苏轼的命运才得机会改变。先是允许他返廉州安置，不得签署公事。虽然还像流放，不过他究竟可以至广州一见他的儿子和孙子。俄顷得旨，恢复他朝奉郎，提举成都玉局观，可以自由安居。他感激涕零，上书宋徽宗曰："（臣）刚褊自用，可谓小忠；狷狂妄行，乃蹈大难。"

苏轼打算久住常州，但苏辙却强烈劝他落户颍昌。颍昌近京师，方便兄弟互相照顾，但苏轼却很犹豫！此间，他登金山，恰有朋友透露朝廷的形势渐现异常。其余悸骤起，坚拒迁徙颍昌，遂决定安家常州。

1101年夏天，苏轼抵常州，借孙氏馆为寓。岂料长途跋涉，身困力乏，腹泻之后，又遇热毒，齿间出血不止，竟气绝而逝。

反对王安石

王安石和张方平同历宋仁宗、宋英宗和宋神宗三朝，皆为重臣，并有交集。考察其立德、立功和立言，王安石比张方平高且影响深远，不过苏轼对王安石的评价大而空洞，对张方平的评价充满称颂。此乃私情的发酵！

1086年，王安石薨，朝廷安排苏轼起草诏命，赠其太傅的爵位。苏轼评价曰："具官王安石，少学孔孟，晚师瞿聃。罔罗六艺之遗文，断以己意；糠秕百家之陈迹，作新斯人。属熙宁之有为，冠群贤而首用。信任之笃，古今所无。"王安石的历史地位，主要由他的变法决定，然而苏轼对此不置一词。不仅如此，表面为褒奖，实际上含意平淡。

苏轼评价张方平，认为其诗词清远雄丽，其所行也能以道事君，赞其曰："自庆历以来讫元丰四十余年，所与人主论天下事，见于章疏者多矣，或用或不用，而皆本于礼义，合于人情，是非有考于前，而成败有验于后。"喟然而叹曰："信乎！其有似于孔北海、诸葛孔明也。"

张方平对苏洵及苏轼兄弟有知遇之恩，相反，王安石对苏洵及苏轼兄弟的文章进行过非议和否定。苏洵及苏轼兄弟对王安石以此结怨，愤恨不已。苏轼也不忘其仇。

苏轼对张方平和王安石的评价，显然注入了私情。朱熹早就发现了苏轼的偏颇，认为此评价缺乏是非标准。

苏轼不仅对王安石久有意见，而且凡事反对，不惜攻击。

当年苏轼携苏辙赴眉山葬父以后，正还京师，王安石初见皇帝，并越次入对。当是时也，苏轼便暗斥王安石曰："大言滔天，诡论蔑世。"

朝廷的财政收入在宋仁宗时已经很是紧张，每每入不敷出。宋英宗时毫无改善，几乎崩溃。至宋神宗时，遂任王安石为宰相，设立制置三司条例司以变法。

变法的目的在增加收入，以维持社会运转，并加强对西夏和辽的防御。显然，变法不是王安石的私计或私业，相反，它是国家意志。对此，苏轼全盘反对。反对变法的，当然还有司马光、张方平一批大臣。

尽管苏轼在官告院负责文武大臣封赠一类的工作，然而其反对王安石不但激烈，而且无处不在。王安石觉得苏轼总是抗拒他，妨碍变法，便调其任开封府推官，盼以冗务缠绕。王安石还提醒宋神宗，对苏轼当像对恶马一样减秣加挞，使其服帖之后乃可用。不过这阻止不住苏轼的反对。

王安石打算废除诗赋，改用明经和策论作进士考试，并要兴办学校。苏轼启奏反对！他认为贡举的措施，今比前精，所得进士，今比前多，不必罢诗赋；他认为兴办学校，相当于弃先王之旧制，毁先王之旧物，从而治以宫室，食以游师，是害天下之民。

苏轼有机会负责开封府的进士考试，遂特以独断专任的得失为题，影射并暗损王安石。王安石知道苏轼的用意，十分不悦。

王安石一旦要实施变法，苏轼便一再上书皇帝，强劲反对。苏轼一一驳斥了青苗法、均输法、保甲法、免役法、市易法、保马法、方田法。此举光明正大，所论也汪洋恣肆，纵横捭阖，尽显君子之风。

然而苏轼的反对渐渐火爆。他认为变法机构只不过是求利之名，在此履职之员，也不过是求利之器。他的建议是："故臣以为欲消谗慝而召和气，则莫若罢条例司。"就是建议宋神宗撤销王安石负责的变法机构。他还暗示，如果放任王安石执政，那么会孤立皇帝，以至纪纲废弃，何事不生！这也像是在挑拨君臣关系了。他明确指出，王安石的变法，实际上属于小人行险以侥幸。他断定，王安石不知人，不能大用，信而用之，将为国家招祸。他甚至斥责王安石是奸邪。

苏轼几乎如其父苏洵一样谩骂王安石。1060年前后，欧阳修在京师推荐苏洵的文章。公卿大夫多比较欣赏，独王安石不喜欢。王安石认为苏洵所作，兵家之风甚强，多是权谋机变之言。苏洵以王安石的非议和否定，心存厌恶且怨恨。王安石母故，在京师的公卿大夫皆吊唁，唯苏洵不礼。欧阳修欲弥合苏洵与王安石的嫌隙，规诫说王安石是当世文行之士。苏洵竟怒发冲冠，断定王安石是囚首丧面，其非常时候，必使社会动荡。

苏洵还痛贬王安石说:“吾知其人矣,是不近人情者,鲜不为天下患。”苏轼与苏洵在反对和攻击王安石上是一脉相承的。

苏轼不屑于王安石的学术著作,尤其反对其文字研究成果。苏轼指出文字之衰,源在王氏,坏在使人同己。他说:“王氏之学,正如脱椠,案其形,模而出之,不待修饰而成器耳!”

王安石长苏轼十六岁。他从来没有谩骂过苏轼,相反,他不仅认为苏轼是才士,而且对其怀欣赏之情。苏轼危难之际,王安石也施以援手。1079年,宋神宗批示御史台,要求根勘苏轼,真是危急至极。当是时也,王安石出面提醒宋神宗:“岂有圣世而杀才士者乎?”劝宋神宗的人很多,然而究竟什么角度会打动皇帝的心呢?似乎是圣世的角度了。

从黄州迁转汝州那年,苏轼过钟山,请见王安石数次。他们讨论政治,唱和诗词。苏轼的致仕卜居似乎也在交流之中,遂有苏轼于钟山置田购宅,以陪王安石之语。基于此,一些论者认为苏轼与王安石之间的隔阂、矛盾和冲突已经涣然冰释。在王安石大约没有多少问题,然而苏轼未必。三年以后,王安石薨,苏轼在赠太傅称谓的诏命里对王安石的变法毫无肯定,便证明他怨气犹存,还在反对这位长者。

秦观小苏轼十二岁,深受苏轼的器重,视为弟子。苏轼在钟山请见王安石,频频交游,实际上是要借王安石之力为秦观延誉,以增加其进士及第的可能。所谓买田宅,得陪王安石杖履,息于钟山之下,完全是虚情假意。苏轼只不过是在应付王安石,暂时讨其喜欢而已。苏轼理想的安家之处,根本不在钟山。

事实与指控

御史台所在院子遍植柏树,柏树上常有乌鸦筑巢,御史台遂被称为乌台。

主要是宋朝廷御史台几个人，包括何正臣、舒亶和李定，发现苏轼在感恩宋神宗的奏章里和他的一些诗文里，隐含愚弄朝廷之意，甚至多有讪骂和讥谤之词，遂指控苏轼违法，把他投入监狱。此案也称乌台诗案。

言论致罪是野蛮和落后的，可惜苏轼处于这种文化环境之中，他会有什么途径逃脱呢?

一旦诗文也可能违法，便极易造成诬陷：

凛然相对敢相欺，直干凌空未要奇。
根到九泉无曲处，世间惟有蛰龙知。

苏轼此诗，无非是喟叹两棵桧树的一种傲岸气势。其干高入云端，其根深入壤中，直上直下。桧树深入地下之程度，只有蛰龙才能知道。也许苏轼是通过表现桧树的可畏，推崇人的一种刚正精神吧！

然而重臣王珪，苏轼的同乡和同门，偏偏要置苏轼于绝境，遂告宋神宗说："陛下飞龙在天，轼以为不知己而求之地下蛰龙，非不臣而何?"幸而皇帝还清醒，冷冷地说："诗人之词，安可如此论！彼自咏桧，何预朕事?"然而王珪这种无中生有的挖掘，有时候也是会害命的。

形势十分严峻，是因为苏轼的诗文里确实有牢骚、有讽刺，反对变法。此乃事实，这也成为御史台几个人指控的把柄。

苏轼的诗文里难道没有政治吗？难道没有政治立场和政治倾向吗？难道没有对朝廷的讽刺及反对变法吗？显然有。有才是正确的，有也才是苏轼。

至迟在1071年，苏轼颂宋神宗曰："臣今知陛下可与为尧舜，可与为汤武，可与富民而措刑，可与强兵而伏戎虏矣。”不过几年以后，1079年，他当潮州知州就变了。在给宋神宗的谢表里，他怪里怪气地说：“此盖伏遇皇帝陛下，天覆群生，海涵万族。用人不求其备，嘉善而矜不能。知其愚不适时，难以追陪新进；察其老不生事，或能牧养小民。”

我很容易看出苏轼的讽刺。苏轼认为，王安石变法以来，朝廷所用之人，唯数位少年，四十几个使者。他觉得自己不能追陪这些人，是因为他鲁钝。不过也由于自己的本分，还能做一个地方干部，治理一下百姓。他的讽刺难道不是很明白吗?

实际上苏轼在此也发泄了他对宋神宗的抱怨，认为其大用王安石及制置三司条例司之徒都有问题。苏轼当然也觉得他自己可以成为能臣，并会为国家尽力竭智，只是他久困地方，未能展翅。苏轼感到自己仕途渺茫，遂有一点迫不及待了。

苏轼不一定有错，只是表达了自己的一点意见而已，然而这些意见恰恰成为御史台指控的证据。

苏轼还有种种意见播撒在他的诗文里。御史台几个人鹰犬一般矻矻不倦地搜罗并汇集其意见，以定他犯罪。

苏轼有一组山林诗，任杭州通判那几年所作，是讽刺变法的。我愿意一一分析，以呈现苏轼之讽刺。

竹篱茅屋趁溪斜，春入山村处处花。

无象太平还有象，孤烟起处是人家。

七言绝句之一。此诗不在指控之列，是因为御史台几个人知识贫乏，不懂苏轼的讽刺。

唐人窃议时政，唐文宗召牛僧孺，问如何使天下太平。牛僧儒答：“臣思太平亦无象。”指天下太平，并无什么特别的标准，生活安宁就是太平。苏轼的讽刺在于他反牛僧孺之意而用之，认为太平有象，有标准。王安石变法，天下惊疑且惶惑，甚至城乡鼎沸，于是有农民就躲在川泽之畔生活，以求得安宁！一线炊烟，飘摇而上。这是变法以后天下太平的标准，谓之有象。是为讽刺也。

烟雨濛濛鸡犬声，有生何处不安生。
但教黄犊无人佩，布谷何劳也劝耕。

七言绝句之二。此诗受到指控，苏轼也承认他对变法不满。此诗的意思是，若盐法宽平，贩运私盐的人就不会带刀剑，从而要买牛犊，自觉种田，遂不劳朝廷的劝农使者了。这是“讥讽朝廷盐法太峻不便也”。

此诗用了一个典故：汉人龚遂任渤海太守，看到百姓携刀挂剑，疏于稼穑，便劝他们卖刀卖剑，以买牛犊耕地。苏轼颇为辛辣，他以布谷鸟鸣比喻劝农使者的工作，几近于轻蔑了。

老翁七十自腰镰，惭愧春山笋蕨甜。
岂是闻韶解忘味，迩来三月食无盐。

七言绝句之三。此诗通过一个七十岁老翁以野菜充饥，穷得既吃不饱饭，又吃不起盐，吐诉盐法之酷。苏轼反诘：七十老翁，为炊三月不用盐，难道他像孔子听了韶乐忘了肉味一样而品着笋蕨的甜味就忘了盐味吗?

此诗受到指控，苏轼也承认他的嘲诮。舒亶向宋神宗反映说：“陛下谨盐禁，则曰：‘岂是闻韶解忘味，迩来三月食无盐。’”苏轼检讨此诗的意思是，偏远之人，动经数月无盐可食，其粮也不足。其实，“若古之圣人，则能闻韶忘味，山中小民，岂能食淡而乐乎！亦以讥盐法太峻也”。

> 杖藜裹饭去匆匆，过眼青钱转手空。
> 赢得儿童语音好，一年强半在城中。

七言绝句之四。此诗受到指控，舒亶说：“盖陛下发钱以本业贫农，则曰：‘赢得儿童语音好，一年强半在城中。’”《乌台诗案》里说：“意言百姓虽得青苗钱，立便于城中浮费使却。又言乡村之人，一年两度夏秋税，又数度请纳和预买钱，今此更添青苗、助役钱，因此庄家幼小子弟多在城市，不着次第，但学得城中语音而已。以讥讽朝廷新法青苗、助役不便也。”

以杭州通判的分工，苏轼要到富阳、昌化、临安等地巡行并考察，他了解到百姓在领取了青苗法所给予的贷款以后，便往城里去消费。俄顷之间，钱就花光。一岁之中，乡下人有两季在城里，谁管耕耘呢？孩子只不过学了一口城里人的腔调而已。此诗揭示青苗法和免役法在杭州的失败，是有苏轼的调查和思考的。

> 窃禄忘归我自羞，丰年底事汝忧愁。
> 不须更待飞鸢坠，方念平生马少游。

七言绝句之五。既发无功得酬之叹，又含衣食满足之哀，为什么？苏轼志在青云，区区通判如何能使其振翩呢？然而鸢翔高天，也许会坠地摔死的，所以不当到了这种惨境才想起知足求安的马少游。苏轼意识到政治险恶，似乎已经厌倦了。

此诗不在指控之列，然而苏轼并非没有针砭和批判，只是御史台那帮家伙缺乏艺术的感受能力。他们心很毒，灵性很弱。

诗以讽刺，其传统久矣。“刺过讥失，所以匡救其恶。”此乃郑玄的总结。苏轼继承了讽刺的传统。他对朝廷的讽刺属于事实，他只是希望宋神宗警惕变法的危害。

苏轼固有表达的权利，包括讽刺。这在一个文明和进步的社会，不会违法，但在宋朝廷却受到指控。社会没有发展到宽容讽刺的程度，导致了指控的发生，也使苏轼遭到惩罚。

然而讽刺不是谤讪。朝廷给苏轼定的罪是：谤讪朝廷及中外臣僚。讽刺属于事实，但谤讪却夸大了事实。放逐黄州，是一种冤枉。

苏轼也有自己的幸运，他碰到了宋神宗。如果他逢秦始皇或朱元璋，那么早就死了。

政　　绩

苏轼诗词之光的璀璨遮蔽了他的领导能力，容易使人忽略一个有作为的且有功业的苏轼的存在。

他在朝廷做官，总是陷入纠纷之中，然而一旦至地方任职，便生龙活虎，政绩卓著，可以永远纪念。

苏轼初任是凤翔府签判，相当于公署的副长官。他颇有工作的热情，且具实事求是的品质。秦岭森林茂密，凤翔府要完成的一个任务是伐木伐竹，并从渭水运黄河，再运京师，以供建筑之用。公署规定在渭水暴涨之季操作，这固然有效率，不过也频频使人殒命破家。苏轼发现问题以后，修改规定，让服役之人自己决定怎么工作。他们或进或止，相机而动，只要能完成任务就行，从而其害速减。毕竟是才士，遂也修喜雨亭，挖饮凤池，其遗址至今犹存。

大展其领导能力的，当是苏轼移知徐州的那两年。为公署长官，掌有权力。他也历练了十六年，积累了足够的经验。关键是，他的心智已经完全成熟。

到徐州三个月，便逢黄河决口澶州，泛滥梁山泊，溢涌南清河。其奔流漫延，有一股竟汇集徐州城下。积水上涨，城外之水便渐高于城里。暴雨不息，随时都会倒墙致灾。

苏轼进城出城，认真检查了一遍。见有富户离城逃去，便率从吏动员他们返城，以免造成恐慌。他挥着手，大声说："吾在是，水决不能败城。"劝阻了一些富户之后，他匆匆至驻扎徐州的武卫营，请指挥员命令士兵也参加抗洪抢险。指挥员通情达理，顷派士兵出发。

苏轼的具体措施是要筑一道长堤，以阻水冲城。长堤984米，建成了，也挡住了水，险情遂减。

然而暴雨连绵，城下原有的积水还在上涨。苏轼便组织劳力增高其墙，并加固之。他还要从吏分段守护，各负其责，保证墙不垮。他还派青年送干粮给受困之人，并伺机解围。苏轼在墙上搭了一个草棚，几十天就宿于此，过家门而不入。上下奋战，终于保证了徐州的安全。

朝廷知情，表扬了苏轼。他也乘兴在徐州东门建了一座可以远望青山白云的楼，专门以黄土涂饰，名曰黄楼。苏轼懂哲学，建黄楼意在以黄土克水，从而佑助徐州。苏轼喜欢热闹，就举行了一个隆重的落成典礼。他还设宴奏乐，以飨麾下和宾客。

苏轼还为徐州人找到了新的燃料。徐州人一直烧柴烧草，然而遇雨遇雪，不能进山，便不得柴草。由于不得燃料，做饭不成，竟有人抱着棉被换柴草。苏轼以徐州人之急为急，立即派巧匠在徐州西南一带勘探，发现了煤。他下令开采，不但解决了燃料问题，而且还可以炼铁，制造农具和兵器。

1089年至1091年，苏轼任杭州知州，卓有政绩。

他甫至杭州，就遇天旱。以饥而疫，饥疫并发。苏轼上书，申请免除了杭州当缴的贡米三分之一，从而防止粮价飙升。他还得到了朝廷所赐的一批出家为僧的身份证明，用它换米，救济灾民。措施得力，饿殍无一。

遗憾的是感染发生，遂使疾病流行。苏轼一边遣使至闾里送粥，一边派医进街坊治病，以尽量保命。由他主持，杭州建了一家医疗所。钱不足，他便拿出自己的五十两黄金以资助。

杭州近海，地泉又咸又苦。唐刺史李泌先引西湖之水作六井，居民用水方便了。唐刺史白居易再浚西湖之水流入漕河，又引漕河之水流入农田。一旦灌溉，便能丰收。李泌和白居易在杭州的贡献，不可能不影响苏轼。

苏轼来杭州的时候，六井尽废，漕河也没有多少运输了。西湖更是淤泥层堆，葑草狂长，水域也萎缩了。苏轼得到朝廷的同意，动员20万劳力浚茅山河和盐桥河，以启漕河之航。他又建堰设闸，以控制江潮肆泄西湖，从而防水淹城。

他最宏伟最豪迈的工程显然还是要修筑贯通西湖的长堤，使杭州人的绕行变成直行，并使他们能欣赏西湖的潋滟与空蒙。他策划并安排劳力起淤泥，拔葑草，以作长堤。2.8公里的长堤成了，西湖的水也清了。他用杭州赈款赈粮之余招募劳力在西湖种菱，种芙蓉，又栽杨柳。苏轼在西湖所修筑的长堤，真的是功在昨日，利在千秋万代。

苏轼既善于在白纸上做文章，也善于在大地上做文章。

苏轼没有形式主义的政绩。他的政绩，唯在民生。

如何活下来

在考察苏轼生存能力的时候，我反复想到屈原。

屈原博闻强志，娴于辞令，有一套治理社会的办法，可惜受到嫉妒和排挤，先遭楚怀王放逐，后遭楚顷襄王放逐。湖泽相连，荒野漠漠。屈原怨愤冲天，忧患遍地，觅不到解脱之路，遂自绝于汨罗江。

苏轼比屈原更坎坷，更迍邅，但他却活了下来，究竟靠的是什么？

人生实难，没有解脱之路就会寻死的。

苏轼显然在千方百计地求得生存。也是在求得生存的过程中，苏轼的文章才越来越通神，越来越有启示。

苏轼喜欢形胜和史迹，每到贬谪之地，他便登临乎山，移趾乎水，以遣其闷，以宽其怀。

苏轼也有雅兴收藏字画和奇石，这需要发现并鉴别，而且将永远处于期待之中。一个人对生活越是有情趣，有热情，他就越是留恋生活。苏轼便属于这样的人。

苏轼的女人也温柔且坚韧地支持着他。他爱女人，女人也为他的魅力所吸引。苏轼和朝云既能肌肤相亲，又能灵魂相通，凡二十余年，确实是天赐之福。朝云西归，朝云则成了他的思念和向往。她也是苏轼的太阳，想到她总是一片光明。

苏轼的朋友很多，无处无时不得朋友的喜欢、尊敬和支持。这一点非常重要，尤其在倒霉的日子，它是一种可贵的抚勉与鼓励。

放逐儋州，他有朋友；放逐惠州，他也有朋友；放逐黄州，他当然有朋友。

黄州是一个偏远的地方，不过太守徐大受钦佩苏轼，遂以礼遇之，一再邀请苏轼赴宴栖霞楼，并常请苏轼至他家吃饭。有蜀人王齐俞、王齐万兄弟住武昌，苏轼抽暇便走一走，往往也要留饮几天。陈慥也是蜀人，隐居黄州歧亭。他数晤苏轼，苏轼也数见陈慥，交流甚欢。陈慥的妻子嗓音高，苏轼曾经戏谑为狮子吼。马梦得为他请得一片过去的营地，使苏轼栖而有屋，耕而有田，基本上解决了生计问题。马梦得忠于苏轼，长期陪伴着苏轼。李常任职舒州，惦念苏轼，便至黄州探望。苏轼兴起，携李常往寒溪去游西山寺。王天麟坐船过长江而来，毛滂自筠州而来，都要谒苏轼。米芾任职长沙，也至黄州谒苏轼。张舜民左迁郴州，绕道黄州，以会苏轼为幸。张怀民贬谪黄州，志同道合，遂不仅找张夜游承天寺，还为张所作的一个建筑题曰快哉亭。参寥是僧人，也是诗人，在杭州认识了苏轼。他来黄州看苏轼，并寓苏轼家一年之久。道士乔仝，足有百岁，也聚于苏轼家。朱寿昌是鄂州的太守，一再至黄州，送酒肉给苏轼。苏轼得旨，将离开黄州，朋友不舍，便纷至沓来为其饯行。他们送苏轼到慈湖，再到九江。这种依依之情也太难得了。

不过苏轼赖以生存的还有一种尖端武器。

在苏轼的精神食谱里，儒家文化是一道主菜。它使苏轼的人生有了强大的动力，从而下山出川，至京师参加进士考试，以踏上仕途。儒家文化给他的前脑注入了经邦济世的思想，也在他的后脑储存了立功扬名的理念。他积极地展示才能，希望得到重臣的延举和推荐，以使自己靠近皇帝。在有了一个职位并赖以尽忠之际，也难免竞争，难免遭遇嫉妒、排挤和攻击，难免受到伤害，甚至坐牢和流放。理想是跻身于三公九卿之列，执政于枢密州府之中，以布尧舜之德，但结果却是贬谪，贬谪，再贬谪。怎么办？如何活下来？

苏轼最终能用于抵御人生失败的便是佛老之道。

苏轼颇具慧根，更有佛缘。他父母都拜佛，家里敬有十八罗汉像，自小便懂得供奉。

不过他喜欢佛经，是从任凤翔府签判开始的。有同事王澎，向他传播佛理，遂渐渐乐之，钻研之。

任杭州通判时，苏轼巡行辖区，曾经宿无量院和灵隐寺，体验了僧人的生活。吴越一带的法师，他交往的有很多。他的儿子苏迨三岁还不会走路，甚为忧虑，便请辩才法师为其剃发，摩顶祝福。数日以后，苏迨就能走路了。这些都增加了苏轼对佛的感情。

落难黄州，岁月难熬，苏轼遂杜门谢客，学习释迦牟尼的教导。他还常常至安国寺，向佛上香，之后打坐，默默省察，以至物我两忘。

佛教认为，色不自有，虽色而空。既然四大皆空，那么是非、得失、毁誉或贵贱有什么区别呢？计较它有什么意义呢？苏轼慢慢得到解脱，从而视野为之开阔，胸襟为之旷达。人豪迈，文章也豪迈了。

佛理不仅给了苏轼生存的智慧，佛也做了他的神。放逐惠州，他过金山，入崇因禅院，喜逢观世音菩萨像新成，遂灵机一动，向佛上香，行礼，发愿："吾如北归，必将再过此地，当为大士作颂。"从惠州至儋州，苦海无边，不过苏轼终于北归。他践其承诺，至崇因禅院，果为观世音菩萨作颂。

苏轼也从道教汲取生存之法，并奉行得矜矜兢兢。他懂得老子和庄子的哲学，清静无为，顺应自然，不以通而为荣，不以穷而为丑。他还感受像婴儿一样动止无心，像醉汉一样委屈随意，以获全生。在技术层面，苏轼禁食闭关，设炉炼丹，并坚持运气练功，调津咽液。

我以为，凡喜欢形胜与史迹，收藏字画及奇石，钟情于爱人并为爱人所温暖，或广受朋友之拥戴，固然有助苏轼的生存，不过这些都是他的常规武器。也许仅有常规武器是不够的，当然，苏轼也不止有常规武器。佛老显然是他的尖端武器，其兼而用之，才不致自绝。

可惜的是屈原，他缺少这些尖端武器。

在顺境，苏轼行孔子之道。在逆境，苏轼遵循佛老的原则。苏轼之生存，不亦瑰玮乎！

我 沉 默 吧

在冬天，我赴四川眉山，瞻仰了苏轼的出生地。在春天，我至河南郏县，徘徊于苏轼的墓地。我久浸于对他的征考之中，以获得一个关于苏轼的实质。难矣哉！

林语堂给苏轼的人生涂抹了浓厚的暖色，从而掩盖了苏轼之痛。苏轼也并没有完成什么突围，因为他临终的眼睛仍有惊恐。

我一直想用放大镜和显微镜看一看苏轼，以辨其瑕瑜。我无意给苏轼增光，更不能给他减彩。

宋文化对唐文化是一个继承，然而宋文化比唐文化多了理性思考，遂为发展。唐旷放，宋有境界。窃以为置苏轼于同列之中，他的境界不免逊于范仲淹，也弱于欧阳修，更输于张载。

苏轼虽然不失其时，遗憾拘于其地矣！他二十一岁出蜀，似乎已经带着几乎定局的世界观和价值观了。不过他横空现天，便为明星，并将永放光芒。

复杂寓于神奇之中，神奇包含了复杂。苏轼也太复杂了！他比我知道的要复杂十倍！

后记

我从自己的几十种散文集中，精选了这些作品。凡是我不满意的，都排除了。

据内容的角度，我对这些散文作了大体的分类，以构成几个单元。在每一个单元里，作品又是按时间顺序排列的。

我十分在意东方出版中心。只有我知道，为精选这些作品，我所用的心力。由衷地感谢朱荣所先生。

2019年3月25日，窄门堡